Le Festival de Cannes

ou

Le Temps perdu

DU MÊME AUTEUR

Chez le même éditeur

Une enfance laconique, 1998

Une jeunesse aphone, 2000

Une adolescence taciturne, 2002

Le Premier Amour, 2004

1978, 2009

La Première Défaite, 2012

Des jours que je n'ai pas oubliés, 2014

Mes derniers mots, 2015

Les Premières Fois, 2016

Le Ghetto intérieur, 2019

Le Premier Exil, 2021

La Justice des hommes, 2023

Santiago H. Amigorena

Le Festival de Cannes
ou
Le Temps perdu

Roman
(ou pas)

P.O.L
33, rue Saint-André-des-Arts, Paris 6e

ISBN : 978-2-8180-6323-1
www.pol-editeur.com

pour Marion

Où est la vie, où est la mort ? Où est la joie, où la douleur ? Quel est le temps que j'ai le plus gagné, quel est celui que j'ai le plus perdu ? le temps passé à le perdre ou celui passé à la recherche de ce temps perdu ? Comme chacune de ces parties que j'ai délimitées pour m'inventer un passé – mon enfance laconique, ma jeunesse aphone, mon adolescence taciturne, ma maturité coite –, ma vieillesse discrète a été également divisée en deux côtés distincts : le côté de Cannes, frivole comme une pluie de printemps ; le côté de Patmos, profond comme un lent crépuscule d'été. Et, bien que la frivolité aime toujours à dissimuler sa part d'intensité tout comme la profondeur cache toujours son désir de futilité, je vais, dans les quelques pages qui suivent, si vous me le permettez, m'en tenir au côté le plus léger.

Dans la vie comme dans les dédales, seuls les détours ont un sens. Le plus grand détour que j'aie jamais emprunté fut celui du cinéma. Ce détour, dont je devais tant me plaindre qu'il m'écartât de ma divine vocation – écrire les interminables et lamentatoires confessions qui nous occupent, ami lecteur, en ces moments diachroniques où j'écris, où tu lis –, je devais en faire, faute de temps, mon pain perdu, ce pain avec lequel je pourrais un jour lointain agrémenter la solitude écrivante des petits-déjeuners de mon grand âge. Dans ce grand détour joyeux – joyeux et alimentaire, puisque le pain perdu du cinéma devint ma seule pitance –, dans ce monde du spectacle semblable, pourrait-on dire, à un cercle dont la circonférence est partout et le centre nulle part, un lieu plus que tout autre allait pourtant concentrer pour moi, pour ma faible capacité de concentration, toute son attirante attraction : le festival de Cannes.

C'est dans ces mots, écrits il y a une quinzaine d'années, que je mentionne pour la première fois le festival de Cannes. Aujourd'hui, aujourd'hui qu'il m'est enfin donné d'*agrémenter la solitude écrivante des petits-déjeuners de mon grand âge*, aujourd'hui comme je rentre du festival, y étant retourné après tant de temps passé loin de sa Croisette, de son Palais, de ses marches, de son tapis rouge, je ne peux que me souvenir de toutes ces autres années pendant lesquelles cette petite escapade du mois de mai loin de mes occupations parisiennes – mon ordinateur où j'écrivais des scénarios, ma plume grâce à laquelle je traçais l'infinité de pattes de mouche de mes aveux – me permettait de continuer de vivre la lente mort que je m'imposais durant l'automne et l'hiver.

C'est en 1985 que je suis allé au festival de Cannes pour la première fois. Comme je l'ai déjà conté dans ces pages anciennes, l'époque, bien différente d'aujourd'hui, n'empêchait personne de se déclarer lui-même scénariste, de s'inscrire à la Société des Auteurs et Compositeurs Dramatiques et de demander une accréditation pour aller festivaler. J'avais donc convaincu mes amis Hervé et Cédric, qui avaient convaincu à leur tour leurs amis Marc et Nathalie, et nous étions partis tous les cinq nous installer dans la maison des grands-parents de Cédric à Antibes. La dizaine de jours passés au festival nous avait permis de voir une trentaine de films (*Birdy*, *Détective*, *Le Baiser de la femme araignée*, *A.K.*, *Oriane*, *Tokyo-Ga*, *Witness*, *La Rose pourpre du Caire*, *Les Destins de Manoel*, *Vertiges*, *Rendez-Vous*?) dont les souvenirs vagues n'ont guère marqué les vagues de ma mémoire. Le premier jour, ayant pu retirer nos accréditations mais n'ayant pu obtenir de places pour la projection du soir de la sélection officielle, nous avions regardé, perdus parmi les centaines de badauds amassés au pied du grand escalier du Palais, ces êtres magnifiques, en papier glacé, qui montaient les marches tapissées de rouge. Qu'ils semblaient inatteignables dans leurs robes de soirée et leurs smokings ! Qu'ils semblaient voler des milliers de pieds au-dessus de nous et de nos pauvres vies misérables ! Le lendemain, nous étant réveillés à l'aube, nous allâmes pour la première fois faire la queue dans le sous-sol du Palais où la SACD distribuait ses entrées pour ces projections si prisées. Le sous-sol du Palais était un monde à part, un des multiples mondes de ce monstre polycéphale, ou plutôt myriapode, qu'était aussi le festival ; un univers vivant de sa vie propre, grouillant de centaines d'employés obscurs qui, *au milieu d'affiches criardes, de titres tapageurs, de prospectus amphigouriques pleins de superstars inconnues*, seize heures par jour douze jours sur douze, s'acharnaient à vendre et acheter les films les plus improbables – westerns burkinabés, comédies érotiques moldaves, films de karaté du Kurdistan, mélos chantants du Bangladesh, drames sociaux finlandais, épopées sri-lankaises – comme si ç'avaient été des friandises, des pierres précieuses, des bijoux rares, ou des tapis ; ou bien encore ces demi-carcasses de bœuf qu'on voit à l'aube des bouchers se faire livrer par de vaillants gaillards portant des blouses aussi blanches qu'ensanglantées.

Le stand de la SACD était situé au fond à gauche de cet immense sous-sol, et il était composé d'un long comptoir où l'on faisait longuement la queue et d'un petit bureau dont la porte s'ouvrait parfois, pour des raisons qui me parurent en cette première année mystérieuses, pour accueillir ou laisser partir un scénariste ou un réalisateur connu ou âgé. Plus tard, bien sûr, ces raisons obscures s'éclairciraient et je saurais exactement comment les invitations qui permettaient d'accéder aux projections des films de la sélection officielle, et surtout à celles du soir, pour lesquelles il fallait s'habiller, étaient scrupuleusement comptées, scrupuleusement réparties. Mais soyez patients, et avant de connaître tous les secrets du festival de Cannes, laissez-moi profiter du simple fait de me souvenir et me revoir âgé d'une vingtaine d'années, faisant la queue à l'aube le long de ce long comptoir au fin fond des entrailles du Palais.

C'était un comptoir fraîchement découpé, au dessus couvert de formica, dont l'odeur de sciure et les arêtes où l'aggloméré était visible trahissaient chaque année, plus que sa jeunesse, plus que sa récente fabrication, son éphémère propos, son éphémère mission. Sur le formica, collé au scotch, le programme du festival était placé de manière à être lisible pour les visiteurs et non par les deux employées qui, assises, tenaient toujours un autre et même programme devant leurs yeux. La queue, je ne devais pas tarder à le remarquer, était composée de deux catégories d'auteurs : des lève-tôt, comme nous en cette première année, et des couche-tard, qui venaient chercher leurs billets pour le soir avant d'aller retrouver leurs lits. Comme certains auteurs accrédités par la SACD se rendaient à Cannes dans des conditions encore plus précaires que la nôtre, dormant dans des tentes au camping ou dans leur voiture au parking, c'était l'un des rares endroits où l'on pouvait croiser des scénaristes et des réalisateurs en pyjama – fussent-ils, les jours de pluie, recouverts de gros pulls tricotés à la main ou de vestes de survêtement –, ou en smokings – fussent-ils, en ces fins de fin de soirée, imbibés de champagne ou de vomi. Une fois parvenu devant les employées, on pouvait retirer des places pour les projections du jour si jamais il en restait et exprimer des souhaits pour celles du lendemain.

Au comptoir, la démocratie, ou la méritocratie plutôt, était de mise, et seuls les souhaits des premiers arrivés étaient exaucés. Le plus souvent, il suffisait donc de se lever tôt pour obtenir ces billets qui donnaient non seulement le droit d'aller dans la grande salle et de voir les films les plus attendus, mais également le devoir – tout aussi plaisant, et je dirais aujourd'hui *tout aussi frivole* – de s'habiller. Bref, dès le lendemain de notre arrivée, ayant obtenu des entrées pour le film du soir, après nous être affublés, c'est-à-dire après que Nathalie avait mis sa robe longue achetée chez Agnès b. et que nous, les garçons, avions enfilé nos smokings (j'ose à peine employer ce mot tant nos vêtements imitaient du mieux qu'ils pouvaient, mais c'était encore bien mal, les vrais smokings que nous porterions quelques années plus tard), nous avons « monté les marches », perdus parmi les centaines d'êtres en papier glacé qui contemplaient, comme les singes les humains au zoo, les badauds qui, comme nous la veille, amassés à leurs pieds, les contemplaient. Nos places nous plaçaient dans cette partie du grand auditorium Lumière qu'on nomme, à très juste titre, le balcon – et d'où l'on contemplait, comme les badauds au pied des marches quelques instants plus tôt, les gens vraiment connus qui étaient placés à l'orchestre. Juste après l'arrivée de l'équipe du film qu'on allait voir, et qu'on acclamait souvent comme si leur œuvre eût déjà remporté la Palme d'or, on sentait au balcon une vague agitation : des gens se levaient de leurs places, couraient vers les côtés et descendaient pour se ruer, juste avant que la salle ne devînt réellement obscure, sur les derniers strapontins inoccupés de l'orchestre. Puis le film commençait. Ou plutôt : commençait la séance, où le film était éternellement précédé de cette montée des marches fantomatique où ce ne sont plus les êtres mais les marches elles-mêmes qui montent, émergeant des flots, nous menant, par la grâce de Saint-Saëns, jusqu'au ciel. Alors, dans ces lointaines années 1980, personne n'applaudissait cette montée des marches féerique : si l'excitation d'être là, dans la grande salle, était peut-être semblable à celle qu'on éprouve aujourd'hui, rendre manifeste cette excitation n'était pas encore possible pour le regard que chacun, plus que les autres, portait sur soi-même, et qui interdisait d'exhiber son plaisir – fût-il profond, fût-il futile. Le seul privilège que le balcon possédait par rapport à l'orchestre était qu'on pouvait aisément quitter la salle au milieu du film si celui-ci nous paraissait le mériter – privilège que nous vîmes nombre de spectateurs exercer pendant ce premier festival mais dont nous n'usâmes jamais.

La journée, nous croisions parfois Philippe, un ami de lycée qui, âgé comme nous de vingt-trois ou vingt-quatre ans, était déjà devenu un producteur important pour lequel nous faisions régulièrement, Cédric et moi, de menus travaux à Paris. Mais la plupart du temps, exclus de toute cette agitation professionnelle qui dévore la ville des sous-sols aux terrasses du cinquième étage du Palais, des minuscules voiliers à quai dans le port aux yachts immenses mouillant au large, des salons du Carlton, du Martinez, du Majestic, du Gray au Blue Bar et à la pizzeria du quai Saint-Pierre, des villas situées sur les hauteurs ou sur le bord de mer aux bars à putes de La Bocca, de l'Eden-Roc du cap d'Antibes à la chambre de bonne la plus miteuse du Cannet, nous marchions parmi les marcheurs, contemplant les publicités, attirés par les meutes de photographes qui se ruaient soudain sur un comédien vaguement connu ou une starlette vaguement dévêtue.

Marc était à Polytechnique, Hervé à Sciences Po, Nathalie en économie à Nanterre ; Cédric et moi étions les seuls qui voulions « faire du cinéma ». Mais si le désir de mon ami Cédric – né d'une passion qui couvait depuis déjà longtemps dans son cœur et qui ne s'arrêterait jamais de grandir et qui aujourd'hui encore lui permet de faire ce qu'il aime de la plus joyeuse des façons – le rendait impatient comme Hervé, Marc et Nathalie de découvrir le dernier Godard ou le premier Kusturica dont tout le monde parlait, mon envie, née du fait que je me rêvais encore poète et n'avais écrit un premier scénario, et ne voulais faire du cinéma, que dans l'espoir absurde de reconquérir la comédienne qui avait été mon premier amour et m'avait infligé ma première défaite, n'était le fruit que de mon désœuvrement et ne provoquait qu'une triste avidité : celle de pénétrer dans toutes ces soirées qui, en cette première visite au festival de Cannes, nous étaient férocement interdites. Cédric, Marc, Hervé et Nathalie se préoccupaient donc surtout de savoir et de prévoir quels films nous irions voir, tandis que moi j'errais comme une mâne en peine, étalant mon anxiété et mon désœuvrement telle une mauvaise confiture sur le pain perdu, mais aussi un rien ranci, de tout ce que le festival propose en dehors de son Marché et ses projections. Bref, autant sa passion permettait à Cédric de profiter de ce que cette première escapade de mai pouvait nous accorder, autant mon désœuvrement me condamnait à l'anxiété terrible d'« en être » – alors que presque toutes les portes nous étaient encore fermées.

De quelle couleur est la douleur ? Quel est le goût de la souffrance ? Quelle forme exacte a le désespoir ? La surface de la peur est-elle rugueuse ou est-elle glissante, vertigineuse, comme celle de l'ennui ? Le mal est-il mélodique ou discordant comme une fausse note ? Quel est le vrai parfum de la mélancolie ?

Si j'hésite entre anxiété et désœuvrement, ou si j'avoue que mon cœur était aux prises avec ces deux états à la fois, c'est qu'en 1985 mon amour pour Φilippine, qui m'avait quitté en 1982 pour faire du cinéma, était réellement fini, mais cette jalousie perfide qui nous fait envier ce qu'un autre possède quoique nous ne désirions pas vraiment le posséder, cette jalousie que nous avons tous ressentie enfants contemplant, filles, les chaussures à crampons ou les gants de boxe qu'on a achetés à notre frère ou à notre cousin, garçons, la magnifique poupée ou le rouge à lèvres qu'on a offerts à notre sœur ou notre cousine, et que, prisonniers de l'image sexuelle que la société nous donne de nous-mêmes, nous voudrions avoir pour nous quand bien même nous savons que, les ayant, nous ne saurions quoi en faire, – cette jalousie perfide, je la ressentais encore. Je n'aimais plus Φilippine. Ou Philippine plutôt. Mais Philippine ne cesserait pendant de longues années d'être encore Φilippine. Car les vraies douleurs, les vraies blessures, les grands drames du passé, mettent des siècles à s'oublier ; ils laissent, longtemps encore visibles, aussi bien sur le corps que dans l'esprit, des plaies qui, bien que refermées, ont tracé sur nous des cicatrices que nous ne pouvons, comme les vers d'un poème que nous aimons mais dont une partie du sens toujours nous échappe, nous empêcher de longuement contempler, de longuement caresser.

On dit souvent que la joie, l'euphorie, le bonheur nous font oublier le temps ; il y a quelque chose dans la douleur qui l'abolit aussi. Je n'aimais plus Φilippine, mais je voulais faire partie de ce monde festif pour lequel elle m'avait abandonné. Je n'aimais plus Φilippine, mais je ne pourrais cesser, pendant des dizaines d'années, d'essayer de trouver une comédienne qui puisse la remplacer. Je n'aimais plus Φilippine, mais j'apprenais à accepter que nos désirs ne sont jamais satisfaits, que lentement ils s'éteignent, *c'est-à-dire se perdent et meurent d'avoir eu la certitude de ne pouvoir être jamais satisfaits.* Je n'aimais plus Φilippine mais, qu'elle y fût ou qu'elle n'y fût pas, je ne pourrais, pendant plus de trente ans, cesser de revenir à Cannes pour la chercher – pour la chercher et, surtout, pour ne pas la trouver.

> *Trouver une chose, c'est toujours amusant ; un moment avant elle n'y était pas encore. Mais trouver un chat : c'est inouï ! Car ce chat, convenez-en, n'entre pas tout à fait dans votre vie, comme ferait, par exemple, un jouet quelconque ; tout en vous appartenant maintenant, il reste un peu en dehors, et cela fait toujours : la vie + un chat, ce qui donne, je vous assure, une somme immense.*
>
> *Perdre une chose, c'est bien triste. Il est à supposer qu'elle se trouve mal, qu'elle se casse*

quelque part, qu'elle finit dans la déchéance. Mais perdre un chat : Non! ce n'est pas permis. Jamais personne n'a perdu un chat. Peut-on perdre un chat, une chose vivante, un être vivant, une vie?

La seule fête dans laquelle nous entrâmes lors de ce premier festival de Cannes fut la fête qui suivit la projection, bien peu magique, du film *Night Magic* de Lewis Furey. J'avais espéré que nous y serions admis parce que j'avais aperçu plusieurs fois Carole Laure dans les rues du XIVe arrondissement à Paris et que, sans que nous eussions échangé le moindre mot, nos regards à chaque fois s'étaient croisés; ou bien parce que, pour d'obscures raisons stratégiques, Philippe, qui s'était promis – ou plutôt : qui m'avait promis – de produire ce premier scénario que j'avais écrit pour reconquérir Philippine, m'avait obtenu, quelques jours plus tôt, un rendez-vous avec l'une des filles du ministre de la Culture qui désirait devenir comédienne et que je supposais, comme tous les gens importants, assister inéluctablement à cette fête. Ce fut finalement le hasard d'une ruse involontaire qui nous permit de pénétrer dans le sous-sol du Gray d'Albion (qui n'était pas encore la « boîte Canal » mais le Jane's) où la fête avait lieu : pendant que Marc et Nathalie discutaient avec la physionomiste et les videurs et, prétextant que leurs noms devaient figurer sur la liste d'invités parvenaient à en voir d'autres qui y étaient réellement notés, Cédric et Hervé, moqueurs, s'étaient précipités vers Marc pour lui demander un autographe. *Face à sa célébrité ainsi établie*, la physionomiste laissa entrer Marc, accompagné de Nathalie, qui ressortit quelques minutes plus tard pour nous transmettre les noms grappillés sur la liste qui nous servirent, à Cédric, Hervé et moi, pour nous infiltrer finalement aussi dans la soirée.

De la soirée elle-même, je dois dire, tant d'autres soirées dans ce même lieu ont superposé leur souvenir à ce souvenir premier, je ne me souviens guère, mais quelque chose d'assez festif nous fit rester là jusqu'à l'aube – et me fit revenir à Cannes dès l'année suivante.

Ce qu'on fête dans une fête, devais-je écrire trente ans plus tard, *c'est l'oubli, la puissance absolue de vie que nous offre l'oubli*. Et, vivant dans ma mémoire pour écrire mes aveux, oublier m'a toujours été si indispensable ! Oublier, m'oublier, tout oublier, devint peu à peu le but de ce petit séjour printanier que j'ai commencé d'accomplir religieusement tous les mois de mai. Pendant que les années 1980 finissaient de mourir de cette mort si morbide qui ne devait jamais les achever et qui nous fait vivre, aujourd'hui encore, dans la détresse de leur funeste héritage, je ne m'étais pas encore fixé cette tâche absurde – et plus sage, plus sensée, plus raisonnable que toute autre tâche – qui consiste à me lever chaque jour avant le soleil pour coucher sur le papier quelques lignes irrégulières du *Dernier Livre* dont vous tenez le premier chapitre de la cinquième et dernière partie entre vos mains. Mais peaufiner, par des notes et des lectures, ce projet d'écriture dont la rédaction allait m'occuper de plus en plus à partir de *l'an de phrases* 1992 et écrire des scénarios pour gagner ma vie me contraignait déjà à passer le plus clair de mon temps à l'obscurcir, assis à mon bureau parisien, l'écran de l'ordinateur devant mes yeux ou une plume à la main. Comme je partageais ma vie avec Lucie, je me plaignais constamment de ce qu'écrire des scénarios pour subvenir à mes besoins m'empêchât d'écrire de la littérature et de mener à bien ce que je pressentais depuis longtemps comme une destinée littéraire. Mais l'une et l'autre de ces écritures avaient déjà – ou encore –, ou encore – et déjà –, un je-ne-sais-que-trop-bien-quoi qui m'éloignait du monde et de la vie. Écrire des scénarios (souvent de films qui ne seraient jamais tournés) et penser, concevoir ce monstrueux projet littéraire (que je ne parvenais pas à commencer de rédiger) étaient deux pensums, deux corvées que je m'imposais sans tirer, de l'une, la satisfaction, superficielle me direz-vous, ô exigeants lecteurs ! de gagner, grâce à la graisse – fût-elle de coude –, grassement ma vie ni, de l'autre, la fierté, ou la considération, ou le soulagement plutôt, d'être lu par la magie de la publication. Ma vie se résumait donc à un long hiver studieux et laborieux, une petite escapade vernale au festival et un séjour estival dans l'île de Patmos. Parfois, dans le simple but d'arriver bronzé à Cannes, je me permettais une première semaine en Grèce fin avril ou début mai. À Paris aussi, souventefois, je me préoccupais du festival à venir, rencontrant des producteurs, des réalisateurs et des comédiens que je savais que j'aurais, si ce n'est du plaisir, de l'intérêt à croiser sur la Croisette, et cherchant une tenue un peu plus correcte que celle endossée chaque soir lors de ma première visite à Cannes. Ainsi, je découvris que mon père possédait un smoking – un peu usé, un rien démodé – que je commençai de lui emprunter chaque mois de mai. Je trouvai aussi, chez l'un de ces modistes japonais à la mode dans les années 1980, une petite veste blanche très cintrée, hésitant, comme souvent chez Kenzo, chez Yamamoto ou chez Comme des garçons, entre l'habit le plus chic que l'on pût imaginer et le bleu de travail ou l'uniforme de garçon de café, dont je devais m'accoutrer pendant une bonne dizaine d'années pour monter les marches du Palais.

Mais pouce ! Stop ! Halte-là ! Progressons comme il se doit : progressivement.

Pour ma deuxième visite au festival de Cannes, comme Cédric était bien trop occupé par la préparation d'un court-métrage pour m'y accompagner, je lui demandai les clefs de la maison de ses grands-parents et invitai Terence, le petit frère de Philippine, à venir festivaler avec moi. C'est à partir de ce festival-là, celui de 1986, que je devins un vrai professionnel – non pas du cinéma, mais du festival lui-même. *Ah ! souffles très fidèles, ah ! tendres printemps !* Ne sachant l'un ni l'autre conduire de voiture, nous louâmes des scooters grâce auxquels le trajet entre Antibes et Cannes se transforma en une partie de pur, puissant et profond plaisir. Le matin, nous allions cueillir nos places au comptoir de la SACD et faire le tour des bureaux où nous pourrions trouver des invitations non seulement pour les fêtes du soir mais également pour les déjeuners et les dîners où nous assouvissions notre gloutonnerie enfantine ; puis nous revenions à Antibes afin de traîner un peu au soleil de la petite piscine de la villa des grands-parents de Cédric ; puis nous retournions à Cannes vêtus de nos smokings pour regarder *Tenue de soirée*, *Thérèse*, *After Hours*, *Down by Law*, *I love you* d'un œil presque toujours distrait avant de nous précipiter dans ces soirées auxquelles, la première année, il m'avait été si douloureux de n'être pas admis – et dans lesquelles il m'était si agréable, à présent, de réussir à pénétrer parfois.

C'est aussi avec Terence que je découvris les vraies entrailles du Palais. Nous liant d'une amitié furtive aussi bien avec les gardiens du parking qu'avec les hôtesses multiples qui tenaient les stands d'information ou gardaient les entrées des innombrables bureaux, franchissant chaque porte sur laquelle était écrit « réservé au personnel » ou simplement « interdit », parcourant les allées du Marché et discutant avec les vendeurs qui nous guidaient vers les distributeurs qui nous dévoilaient les noms des attachés de presse auxquels nous irions ensuite demander des invitations pour les fêtes qui avaient lieu après les projections des films dont ils s'occupaient, passant régulièrement par le « bureau des comédiens » du protocole pour glaner des informations sur les festivités à venir, nous rôdions des heures et des heures chaque jour et notre jeunesse, et un vague charme physique sans doute, nous permettaient de jouir de notre fin d'adolescence sans jamais éprouver aucune pudeur et sans jamais ressentir la moindre crainte d'apparaître comme ce que nous étions : des pique-assiettes, des parasites.

Parmi les souvenirs les plus singuliers de ce festival avec Terence, il y a les visites récurrentes que nous rendions à un incertain bureau, situé au troisième ou au quatrième étage du Palais, et dont j'ignore aujourd'hui absolument le propos mais dont je revois encore, derrière le petit comptoir qui en gardait l'entrée, le visage souriant et rêveur de l'hôtesse qui, à chaque fois qu'elle nous voyait arriver, nous demandait, convaincue que nous étions des mannequins, dans la publicité de quel parfum nous avions « joué ». La jeunesse de Terence égayait la mienne et me faisait oublier combien je m'étais senti âgé et laid en perdant sa sœur ; et c'est avec lui, comme si quelque chose de leur fraternité palliait la perte de ce que j'avais cru posséder, ou de ce que j'avais considéré être une partie de moi-même, que je commençai de ressentir cette fierté, si vaine, si risible : celle de vivre des journées – qui avec le temps me deviendraient tellement familières – où je passais d'un petit-déjeuner à un déjeuner à un dîner puis à une fête puis à d'autres fêtes où ma présence n'était nullement requise.

J'exagère peut-être un peu en nous traitant de parasites. Et je sais bien, et je l'ai assez répété, et je me le répète encore assez, combien de l'adolescence, comme disait Proust, il n'y a presque pas un des gestes qu'on y a faits qu'on ne voudrait plus tard pouvoir abolir *alors que ce qu'on devrait regretter au contraire c'est de ne plus posséder la spontanéité qui nous les faisait accomplir*. Terence était le frère d'une jeune comédienne en vogue et le fils d'un comédien qui était depuis longtemps une star en Italie, et il avait grandi dans le cinéma comme d'autres grandissent entourés de médecins, de musiciens, de bouchers, de plombiers ou de psychanalystes; et moi, quelles que fussent mes appétences littéraires, je commençais d'être payé pour écrire des scénarios. Le monde du cinéma ne nous était pas si étranger. Ou plutôt : nous n'étions pas si étrangers au monde du cinéma. Et, en comparaison des vrais pique-assiettes, ceux qui commenceraient de venir à Cannes, le plus souvent juste pour faire la fête le week-end, à partir du début des années 1990, nous ne faisions pas seulement vaguement partie de ce monde, nous n'étions pas seulement vaguement professionnels : nous étions aussi, à notre manière, de vrais cinéphiles. Mais très tôt, et pour des raisons qu'aujourd'hui encore j'ai du mal à m'expliquer, à l'inverse de tous mes amis scénaristes, réalisateurs ou comédiens qui craignaient tant de se montrer à Cannes s'ils n'avaient, comme on dit, « rien à y faire », j'eus quant à moi un plaisir presque immédiat à venir au festival *parce que* je n'avais rien à y faire.

C'est ainsi que Glissez-glissez-à-votre-tour
voit monter sur la scène

la Pure-lâcheté-de-s'enfuir-
précipitamment-
devant-l'absence-de-danger

Pour autant, peu à peu, même s'acharner à ne rien faire ne préserve pas d'un peu travailler. En ce deuxième festival de Cannes j'eus un seul vrai rendez-vous de travail : celui avec une femme qui, employée chez Artmedia, une agence très réputée à l'époque, m'invita à prendre un café à la fin d'un déjeuner. Nous parlâmes pendant une dizaine de minutes et elle devint mon agent pour une dizaine d'années. Je rencontrai aussi un producteur à qui mon ami Philippe m'avait conseillé de proposer de produire ce premier scénario que j'avais écrit et à la production duquel lui-même, devenu bien trop important après avoir produit le magnifique *Mauvais Sang* de Leos Carax, ne voulait plus s'attarder. L'ayant croisé par hasard devant le vieux palais des Festivals, je l'abordai et parlai avec lui (pendant deux ou trois minutes seulement), et s'il ne devait jamais produire ce premier scénario que j'avais écrit, il devint l'un des producteurs pour lesquels j'allais le plus travailler pendant les quarante années qui ont suivi cette première et si éphémère rencontre. Dès l'année suivante, prendre un café avec Paulo Branco et déjeuner avec Catherine Davray allaient devenir pour moi, chaque mois de mai, mes premières habitudes professionnelles de festivalier.

Mais permets-moi, ô limace d'étagère ! ô grenouille d'encrier ! de ne point me presser. Oh oui !

accorde-moi, ô mon ami lecteur ! ô lecteur ennemi ! quelques grammes de ta zélée attention afin qu'étalant mon lent sillon de bave derrière moi, épandant *parmi les apparences* ma *traînée de comète ou d'escargot*, je puisse folâtrer encore un peu avec Terence en 1986 !

Ah ! ces réunions, ma bonne bouille,
Dont on parlait pendant des semaines,
Five o'clock tea des Grenouilles,
Des personnes les plus mondaines,
De ceux qui à peine arrivés
Étaient fêtés comme des patrons
Parce qu'ils avaient été invités
Avec des cartons d'invitation !

Il y avait, au festival de Cannes, plusieurs sortes de fêtes : les fêtes dans le Palais, les fêtes sur les plages, les fêtes dans les villas, les fêtes au château, les fêtes au Palm Beach, les fêtes à La Napoule, les fêtes à Mougins, Antibes ou Juan-les-Pins, les fêtes un peu pourries (et parfois les plus réussies) au pavillon bulgare, togolais ou péruvien, les fêtes mythiques (souvent chimériques) sur les yachts mouillant au large, les fêtes après les fêtes dans les chambres d'hôtel ou les boîtes de nuit. Ces fêtes étaient organisées pour différentes raisons : fêter la projection d'un film, l'ouverture ou la clôture du festival ou d'une de ces sections qu'on dit « parallèles » (Un certain regard, la Quinzaine, la Semaine), fêter les succès obtenus par un producteur ou un distributeur pendant l'année écoulée, fêter les trente, les quarante, les cinquante, les soixante ans du festival, ou même fêter un autre anniversaire, plus humain, comme celui de Jacques Le Glou que le hasard, chaque année, faisait tomber infailliblement au mois de mai. Dans ses années les plus fastes, il devait y avoir, au festival, entre dix et vingt fêtes chaque soir. À certaines de ces fêtes, en cette deuxième année à Cannes, nous entrions avec Terence, comme tant d'importuns, avec à la fois *une fierté de justiciers et une volupté de poètes*, tout simplement à force d'insister, épuisant les diverses personnes qui en gardaient les entrées (videurs, physionomistes, attachés de presse, simples employées du distributeur ou du producteur qui organisait la fête) par des supplications ou de mauvaises blagues. Ou bien, encore comme tant d'intrus, nous y entrions par effraction, contournant des grilles, sautant par-dessus des murets, franchissant des fourrés dans les parcs des villas, ou bien enlevant nos chaussures pour passer, les pieds dans l'eau, dans le dos des gardiens sur les plages. Mais parfois aussi, comme j'écrivais, nous allions à des fêtes où nous étions vraiment invités – pour peu qu'on puisse dire que mentir pour obtenir des invitations de jour permet de devenir un vrai invité le soir. Pour certaines de ces fêtes, *moños, cintas, charolados, puro corte y confección*, trouver le vendeur à l'étranger du film dans les sous-sols du Palais ou les bureaux du distributeur ou du producteur sur la Croisette suffisait pour se procurer l'après-midi un carton d'invitation ; mais il était d'autres fêtes, plus sélectes, dont les invitations ne nous étaient accordées qu'au prix de mensonges relativement élaborés. En 1986, la plus grosse fête du festival fut organisée au cinquième étage du Palais par un couple de producteurs américano-israéliens qui répondaient aux acariâtres noms de Golan et Globus. Leur *company*, Cannon, produisait des films aussi divers que *Massacre à la tronçonneuse 2*, *Death Wish 4* et des comédies plus ou moins érotiques, que *Love Streams* de Cassavetes ou le *Roi Lear* de Jean-Luc Godard – ou encore *Runaway Train* d'Andreï Kontchalovski, présenté en sélection officielle cette année-là. Le bruit de cette future fête avait couru la veille de bouche en bouche et, sans savoir comment, tout le monde savait que pour y pénétrer il faudrait présenter une invitation portant son nom, certifiée par l'accréditation au festival et une pièce d'identité. Trouver les bureaux de Cannon n'était guère difficile : un immense panneau publicitaire indiquait leur présence dans l'un des palaces de la Croisette. Lorsque nous arrivâmes devant la porte ouverte de la suite où une vingtaine d'employés s'agitaient, nous n'eûmes aucune peine à remarquer les deux personnes, assises derrière un bureau, qui s'occupaient des cartons d'invitation pour la fête à venir : une petite queue s'était formée, si l'on peut dire, à leurs pieds. Nous avions prévu, avec Terence, de simplement mentir que nous étions venus de la part du bureau des comédiens. Mais le hasard fit que la jeune fille qui se trouvait juste devant nous utilisa ce même prétexte. Comme l'employée de Cannon lui demandait son nom pour confirmer qu'il était bien sur la liste des cartons d'invitation à distribuer aux comédiens, elle précisa qu'il ne devait pas y figurer mais qu'elle venait « directement » de la part de Dominique Segall qui dirigeait alors le susdit bureau. L'employée leva aussitôt le combiné de son téléphone pour vérifier cette information. Avant que quiconque répondît à l'appel, la jeune fille rougit, bafouilla des excuses filandreuses et s'en alla d'un pas aussi embarrassé que pressé. Notre mensonge était tombé à l'eau et nous nous trouvions devant la petite table. Désarçonné, j'entendis l'employée nous demander à notre tour notre nom. Terence, fut-ce pour nous éviter l'humiliation subie par la jeune fille, fut-ce par un brusque trait de génie digne d'Hérodote ou de Cendrars, répondit que ce n'était pas pour nous que nous venions chercher des invitations mais pour le réalisateur argentin Santiago Amigorena et l'acteur Terence Leroy-Beaulieu qui logeaient tous deux au Majestic. Il dit cela avec une telle assurance et une telle modestie que l'employée fut immédiatement persuadée qu'il nous semblait impossible de songer que nous-mêmes, jeunes coursiers, pussions être invités à la soirée.

– Mais vous venez de la part de qui ?

– Gilles Jacob, répondis-je avant que Terence n'eût eu le temps d'hésiter. C'est lui qui nous a dit de venir vous voir.

Le mensonge était si gros, et il était si difficile de joindre le délégué général du festival au téléphone, que l'employée, convaincue peut-être que n'étant pas l'acteur Terence Leroy-Beaulieu et le réalisateur argentin, comme on dit en Argentine, « célèbre à cause de sa renommée », Santiago Amigorena, nous ne réussirions pas à entrer à la fête, écrivit nos noms sur deux cartons d'invitation et les mit dans des enveloppes pour que nous les portassions au Majestic.

Jamais je ne voudrais faire partie d'un club qui m'accepterait comme membre. Je ne sais si c'est l'influence de Groucho Marx ou à cause d'un narcissisme démesuré – et commun pourtant à tant de mortels – mais si s'offre à moi le choix d'aller dans une fête où je suis invité ou une autre où l'on ne m'attend pas, c'est toujours la seconde qui m'attire le plus. Toutefois, ne voulant pas ici mentir, j'avoue me souvenir précisément de la satisfaction et du bonheur que nous éprouvâmes le soir, avec Terence, à passer fièrement les trois contrôles successifs qui, à l'entrée du Palais, en haut de l'escalator, puis à la porte du salon des Ambassadeurs, empêchaient les imposteurs comme nous de pénétrer dans la soirée.

La fête elle-même n'a laissé en moi aucune trace : elle fut, comme tant de fêtes, une fête de plus. On y mangea beaucoup de petits-fours, de canapés abusant de ces deux marqueurs d'excellence sociale que pour d'obscures raisons sont encore le saumon fumeux et le froid gras, et l'on but beaucoup de champagne. Mais n'en tenons pas rigueur aux cousins israéliens. Qu'une fête devienne une fête est finalement si rare. Et si j'ai énuméré tant de fêtes différentes, j'ai oublié d'inclure dans ma liste les fêtes les plus nombreuses : les fêtes superflues, les fêtes oiseuses, les fêtes ratées, les fêtes loupées, les fêtes foirées, les fêtes de trop. En fête, en trente ans de festival, je n'ai vu que cinq ou six fêtes devenir de vraies fêtes. Une tous les cinq ou six ans. Oui, comme on dit, c'est « cher payé ». Mais c'est le festival de Cannes. Et quelque chose d'heureux demeure de toutes ces soirées inutiles, de toutes ces heures vaines, de toutes ces nuits sans objet, de toute cette agitation stérile – de tout ce Temps perdu.

Qui n'a pas connu la gloire
De chanter sous la vigne victoire
Dans ces fêtes
Où le moindre pique-assiette
Était balancé par le balcon
Parce qu'il n'avait pas été invité
Avec un vrai carton d'invitation ?

La mélodie de mon deuxième festival de Cannes finit pourtant sur une triste note : un réalisateur insignifiant obtint la Palme d'or pour son insignifiant film alors qu'un des plus grands metteurs en scène de tous les temps, si ce n'est le plus grand, Andreï Tarkovski, ne l'obtint pas pour *Le Sacrifice* – qui devait être son dernier chef-d'œuvre. Déçu par ce palmarès, mais commençant de comprendre qu'il n'y aurait jamais rien à attendre d'aucune distribution de palmes, je rentrai à Paris pour contempler la fin de son éternel hiver qui, avant le réchauffement climatique, durait souvent jusqu'à la fin du mois de juin.

À partir de l'année suivante, mes Cannes s'enchaînent et se déchaînent, comme se confondent parfois inextricablement les chaînons de ces chaînes d'or si fines qu'on utilise en orfèvrerie par trois ou par quatre pour fabriquer des bracelets et des colliers si légers qu'impalpables, ils semblent flotter sur la peau. Ne nourrissant plus le désir de réaliser de films mais seulement celui d'en écrire, je retournais à Cannes chaque année, avec des amis ou seul, pour diverses raisons qui, à mes propres yeux, ne dissimulaient jamais tout à fait la raison véritable : que j'aimais aller à Cannes au mois de mai. J'aimais y aller comme ces gens, finalement pas si nombreux, qui, à l'inverse *des bourgeois cossus, bien obéissants, respectueux des usages mondains qui quittent leurs affaires, leurs plaisirs, leurs bonnes paresses, leurs chères intimités, pour aller, sans trop savoir pourquoi, se plonger dans le grand tout*, ne se rendent pas à la montagne l'hiver et à la mer l'été seulement « pour les enfants » ou « parce que ça se fait », mais qui aiment véritablement skier et se baigner. J'allais à Cannes, souvent pendant toute la durée du festival, parce que j'aimais vivre cette vie sociale, mondaine, purement tournée vers les autres, qui était le contraire exact de ce que je vivais les trois cent cinquante-trois autres jours de l'année à Patmos ou à Paris. J'aimais courir d'un film à un autre, d'un rendez-vous à un autre, d'un petit-déjeuner à un autre petit-déjeuner, d'un déjeuner à un autre déjeuner, d'un cocktail à un autre cocktail, d'un dîner à un autre dîner et enfin d'une fête à une autre fête à une autre fête à une autre fête à une autre fête – et aller me coucher, pour trois ou quatre heures de repos seulement, lorsque le jour se levait. J'aimais aller à Cannes au mois de mai pour toutes ces raisons, mais, entre 1987 et 1992, parmi ces motifs divers, il y en avait un qui, plus que tout autre, justifiait, pour moi comme pour mes amis, pour moi comme pour Lucie avec qui je commençais lentement de former un vieux couple, ces escapades printanières : j'allais au festival pour chercher du travail. Et, chose surprenante ! malgré la maxime (« Des chercheurs qui cherchent, on en trouve ; des chercheurs qui trouvent, on en cherche »), souvent, j'en dégotais. Insensiblement, à la fin des années 1980 et au tout début des années 1990, le petit enfant sud-américain à jamais exilé que j'étais commençait à faire vraiment partie de ce monde : les films que j'écrivais commençaient d'être tournés – ou du moins certains des films que j'écrivais, un sur cinq, un sur dix peut-être (mais j'en écrivais tant !) –, les réalisateurs et les scénaristes avec qui je travaillais allaient aussi au festival et puis, enfin, fuyant tout ce que ce monde possédait de mondain à Paris pendant l'année, gardant toute mon urbaine voracité pour cette douzaine de jours du mois de mai, pourquoi diable me serais-je privé de cette joie ?

Ne rien faire de mondain, m'exclure absolument de tout ce qui est proposé, à Paris, comme activité inutile par le monde du spectacle, ne me demandait aucun effort. Je vivais avec Lucie et si notre amour n'avait malheureusement plus rien de passionnel (nous nous disputions aussi rarement que nous nous adorions), il était si débordant de tendresse, si prodigue en bienveillance, et nous nous entourions de tant d'amis qui, loin du cinéma, nous permettaient de partager toutes ces choses amicales (des sorties, des discussions, des désaccords, des réconciliations, des lectures communes, des combats politiques) qui finissent par former une véritable culture partagée que même moi, même le monstre d'égoïsme et de prétention que j'étais déjà et que je ne devais jamais cesser d'être, survivais sans trop de peine à l'automne et à l'hiver en gagnant tristement ma croûte et en commençant tristement à écrire ma vie.

Comme je disais, à Paris, je me plaignais constamment du fait qu'écrire des scénarios m'empêchât d'écrire de la littérature ; et je souffrais autant de devenir un scénariste vaguement connu que de ne pas arriver à commencer la rédaction du projet monstrueux pour lequel, depuis des années déjà, j'accumulais des fragments et des notes. Mais j'avais vingt-cinq, vingt-six, vingt-sept, vingt-huit, vingt-neuf, trente ans, et bien que le temps passât, comme il passe toujours pour chacun de nous, beaucoup trop vite – mais quel dieu absurde, persuadé que le temps est *l'étalon qui convient à la vie*, nous a donné une telle conscience de l'histoire et de l'éternité et une existence si courte? –, je découvrais encore tant de choses, mes lectures me dévoilaient des mondes si variés et si puissants que je n'étais ni véritablement pressé de commencer à écrire mon seul et dernier livre, ni véritablement inquiet de ne jamais parvenir à le faire. De même que quelques années plus tôt le simple fait de lire Cao Xueqin et Li Qingzhao m'avait conduit à manger du riz et boire du thé chaque jour pendant des mois et à m'inscrire en chinois à Jussieu afin de pouvoir profiter dans un avenir lointain du *Rêve dans le pavillon rouge* et des *ci* et des *fu* de Li dans le texte, mes lectures m'entraînaient vers d'autres lectures et vers une ribambelle de cours et de séminaires à une vitesse telle que perdre autant de temps que j'en perdais à cause du cinéma ne m'interdisait pas de songer qu'une vaste partie de ma vie était quand même destinée à préparer mon Grand Œuvre. Bref, je me plaignais constamment et j'avais raison et j'avais tort à la fois, puisque mes plaintes me faisaient aussi comprendre qu'il ne tenait qu'à moi de changer tout ça; et c'est pour cela sans doute que chaque année, je retournais à Cannes au mois de mai le cœur léger. Parmi les innombrables souvenirs du festival en ces années-là, parmi cette multitude de clichés du passé qui, forts ou fortuits, solides ou cotonneux, ne sont jamais réellement heureux ni réellement malheureux, et dont je vous laisse, ô mes oreilles sacrées ! ô mes esgourdes sucrées ! ô mes satanés semblables ! seuls juges afin de m'épargner la tâche de les développer, de les choyer pour qu'ils chatoient de leur chaleureuse chumière, il y en a qui méritent peut-être, tout de même, quelques mots. Si mon but est de tout écrire pour ne plus écrire, si, méconnaissant *la valeur et la dignité de l'auto-limitation*, j'ai commencé, il y a plus de trente ans, à écrire ma biographie et mes œuvres complètes dans l'espoir d'un jour ne plus rien avoir besoin de confier aux mots muets qu'on couche sur le papier, si nous avançons aujourd'hui ensemble, péniblement, dans l'avant-fin qu'est ce premier chapitre de cette dernière partie de mon Grand Tout, je peux de moins en moins cacher, à toi comme à moi-même, ce que j'ai soupçonné en 1992 en commençant de rédiger *Le Dernier Livre* : j'écris pour survivre à mon passé, pour échapper au silence qui me submerge et me torture depuis que je suis né, j'écris tout – tout – pour apprendre à parler, mais ce que me promet de plus en plus clairement et de plus en plus fatalement mon écriture n'est pas de trouver une voix, c'est un *autre* silence qu'elle augure.

Du bavardage incessant des souvenirs du festival de Cannes, cet autre silence que mon écriture littéraire me fait miroiter, tu t'en doutes sans doute douteux compagnon, est savamment absent. En

1988 ou en 1989, ou bien peut-être en 1990, j'allais au festival en compagnie d'Anne, avec qui nous avions décidé de former un couple de scénaristes, ou de soudards, de mercenaires : un couple de plumitifs vénaux. Comme moi, Anne voulait surtout écrire des livres, mais elle devait, aussi surtout si l'on peut dire, gagner sa vie. Avant de quitter Paris, nous nous étions fait faire de cartonnées cartes de vi-visite avec nos deux noms et, écrit en italiques juste en dessous, un simple mot : scénaristes. Nous avions déjà écrit le premier et seul film dont l'affiche porterait nos deux noms : *Jean Galmot, aventurier.* Nous avions été normalement payés, le film s'était normalement financé, nous étions allés passer quelques jours sur le tournage en Guyane – et puis le film était sorti. Pour un coup d'essai, ce fut un coup de maître. « Touché-coulé ! » comme on s'exclame à la bataille navale. Le producteur, l'un des plus importants sur la place de Paris, fit faillite aussi vite. Comme faisaient faillite, presque en même temps, mes amis Francis et Philippe qui, après *Mauvais Sang*, avaient eu la mauvaise et magnifique idée – car une idée peut définitivement être mauvaise et magnifique à la fois – de produire *Les Amants du Pont-Neuf.* Oui, j'avais à peine commencé de travailler pour le cinéma et ces deux grands navires qui avaient été mes deux premiers employeurs avaient déjà touché le fond. Mais aussi bien avec Ariel et Alain, le producteur et le réalisateur de *Jean Galmot, aventurier*, qu'avec Francis et Philippe (qui ne devait pas tarder à s'exiler à Los Angeles), je gardai, si ce n'est une réelle amitié, une incertaine connivence qui faisait que les croiser au mois de mai m'était toujours agréable. Comme tout, à Cannes, m'était toujours agréable. Il y avait, dans le faste de la fin des années 80 et du début des années 90 du siècle dernier, dans ce faste qui était aussi le chant du cygne d'un festival qui appartenait exclusivement au cinéma et aux cinéphiles car la télévision, n'ayant pas encore commencé de le financer et de se l'approprier comme elle le ferait à partir de 1993, n'y était pas encore omniprésente, il y avait dans ces derniers instants d'un festival qui, s'il n'était plus celui des années 1960 et 1970, gardait encore le souvenir de l'avoir été, – il y avait encore, dans l'agonie de ce festival de Cannes que j'ai aussi connu, un joyeux mélange d'à peu près tout ce que le cinéma porte en lui. Ce septième machin, dont la mère est l'Art et le père l'Industrie, et dont les oncles et tantes se nomment Musique, Littérature, Peinture, mais aussi Banque, Luxe, Misère, Optique, Métallurgie, Exploitation et Misogynie, conglutinait encore, pendant douze jours sur la Côte d'Azur, les cinéastes les plus doués, les critiques les plus exigeants et les spectateurs les plus attentifs. Entre 1987 et 1992, l'ancien festival était déjà mort, mais son souvenir était encore vivant : bien que les années 1980 et leur *épaisse vulgarité* eussent déjà commencé d'accomplir leur lent labeur funeste – celui d'enterrer le passé et de dévaluer définitivement l'expérience –, lors de la montée des marches, on applaudissait davantage les stars de cinéma que les présentateurs télé.

Il n'y avait, avec Anne, aucune ambiguïté amoureuse, et nous formions un couple digne de cette époque, entièrement dominé par une seule ambition : travailler. Et pour travailler, pour travailler davantage, pour travailler davantage que davantage, pour tripaliumiser bien profond, si vous me permettez l'étymologique et grossière allusion, pour jouir comme on jouit depuis les années 1980 du fait d'être débordé, surchargé, accablé par *le rapide, le nouveau* et la quantité de *sauvage labeur* qu'on s'inflige, il nous fallait, encore et toujours, profiter du profitable vivier de travail possible que constituaient le festival et ses *numéreuses* extensions festives (mais pourquoi donc a-t-on remplacé le numéro par le nom pour dire « nombreux »?). Anne, bien sûr, était moins douée que Terence pour passer par-dessus des grilles ou franchir des fourrés, mais elle l'était bien plus pour entrer dans les fêtes par la porte d'entrée. Connaissant davantage de monde que je n'en connaissais moi-même, et désireuse encore, comme je ne l'étais déjà plus, de non seulement gagner sa vie comme scénariste, de non seulement écrire des livres, mais également de réaliser des films, elle m'entraînait souvent dans des dîners, des cocktails et des fêtes, moins mondains que ceux où nous avions réussi à pénétrer avec Terence, mais bien plus utiles pour dénicher des gens avec qui nous serions susceptibles, plus tard, de collaborer.

C'est avec Anne que j'allai pour la première fois à l'anniversaire de Jacques Le Glou. C'est grâce à elle que je rencontrai mon ami Raymond, alors jeune metteur en scène malgache dont le premier long-métrage était présenté à la Quinzaine des réalisateurs et avec qui je devais écrire un scénario qui me fit devenir, pour une décennie, un scénariste prisé parmi les metteurs en scène africains. L'opulence des anniversaires de Jacques Le Glou dépendait de la santé financière de sa société de production, Les Films du Volcan, dont l'activité principale n'était pas de produire des films mais de les vendre. Certaines années la seule grande star qu'on pouvait y croiser était l'adorable Jacques Nolot, d'autres années on pouvait y apercevoir Catherine Deneuve, Isabelle Huppert, Micheline Presle ou Danielle Darrieux qui, tels des cygnes *dans l'oubli mythologique de leur grandeur native*, faisant tous les mouvements divins de leur espèce animale, se jetaient sur des pizzas comme si ç'avait été des parapluies. Certaines années le champagne y coulait à flots, d'autres années on y buvait une piquette infâme de la région. Mais dans mon souvenir deux choses ne variaient jamais : la maison, qu'on appelait « villa » mais qui n'avait rien de ces villas ostentatoires des hauteurs de la ville ou du bord de mer, et le camion à pizzas garé dans le jardin qui permettait, pour un soir, de changer le régime de petits-fours et de saumon fumé qu'on s'infligeait les onze autres soirs du festival.

Il y a sans doute quelque chose d'irréel dans l'idée même d'un cocktail. On y mange mal et debout, et on y boit seulement pour arriver à une ébriété qui n'a rien à boir avec la braie ibresse, celle que nous promet notre bieille culture à chaque fois que surgit en nous le nom du *grand Caché*, du *dieu tentateur*, du *flûteur-né ravisseur de consciences* – le nom défendu de Dionysos. Les pizzas du camion des anniversaires de Jacques avaient cette étrange vertu : elles nous faisaient toucher terre – sans nous cacher le ciel. Il y avait, entre cette fête du cinéma indépendant indépendante du cinéma – bien qu'il lui dédiât sa vie, ses parents n'avaient pas choisi le jour de sa naissance en fonction des dates du festival – et les autres fêtes cannoises, la même différence qu'entre les histoires dont Jacques était prodigue et celles dont se targuent les producteurs d'aujourd'hui. Jacques racontait des anecdotes sur le tournage de *La Nuit de l'Iguane* qu'il tenait de la bouche même de John Huston, ou sur sa jeunesse lorsqu'il était contrebandier de montres de luxe, ou encore sur ses rencontres avec Welles, sur son amitié avec Debord et sur l'imbécillité de Sartre en 68, avec une simplicité et une sincérité qu'ont perdues, de nos jours, ces producteurs qui racontent des potins sur le tournage de *Camping 17* ou celui de *Qu'est-ce qu'on a fait au bon Dieu ?* et de leurs débuts dans l'industrie cinématographique en tant qu'experts-comptables comme si ça pouvait susciter, auprès de leur auditoire, un vif intérêt et une fervente admiration.

« – Ah ! le bon vieux temps ! » Oui, vous avez raison de vous moquer de moi, ô mes innombrables lecteurs à la jeunesse *toujours* éternelle ! Mais qu'il est ardu d'écrire sur le passé sans être un vieux con. Soyez donc indulgents. Pour une fois, tels des censeurs cléments, tels des exégètes charitables, oyez mes silencieux dires jusqu'au bout avant de me juger – et de m'ensevelir sous le feu de vos critiques si vous le considérez comme souhaitable.

> *Sans la Mémoire, il ne saurait y avoir*
> *d'espoir – le Présent est un fantôme connu*
> *par sa nostalgie seule s'il ne respire pas l'air*
> *vital du Futur : et qu'est-ce que le Futur,*

sinon l'image du Passé projetée sur la brume
de l'Inconnu, et vue en son auréole de gloire ?

Avec ces réflexions, soit dit en passant, *je n'entends nullement apporter de l'eau au moulin dissonant et grinçant de nos pessimistes dégoûtés de la vie* ; au contraire, si je ne crains pas de passer pour un vieux con qui n'arrête pas de se plaindre que le temps passé fût, ou soit, ou serait été (si je peux me permettre ce futur du subjonctif) toujours meilleur, c'est pour une raison très simple qui m'a souvent valu de me faire traiter de naïf ou de crétin : je crois dans l'avenir. Comme mon cousin Mopi, qui y croit encore dans une proximité avec la mort d'où peu d'hommes auraient la force lucide de l'affirmer, je crois, surtout aujourd'hui, dans la désolation d'aujourd'hui où le futur ne nous apparaît plus que comme une menace (démographique, écologique, sanitaire, géopolitique), aujourd'hui comme nous avançons avec *cet estomac dérangé et cette langue chargée* qui non seulement nous font trouver *répugnantes la joie et l'innocence mais nous rendent la vie insipide*, aujourd'hui où le futur n'est plus qu'une terreur à venir, je crois, à côté ou en parallèle de mon travail solitaire, justement parce qu'il est si difficile de l'imaginer, justement parce que inévitablement il existe *et insiste* dans le présent, je crois qu'on doit inventer un futur désirable *et le désirer.* Et je crois, avec la même foi avec laquelle je crois chaque jour que les mots que trace ma plume aident le soleil à se lever, que cette masse indéfinie qu'est le genre humain, cette masse indéfinie qui ne finit jamais d'avoir tort, de se tromper, ne finit jamais également à sa manière, à sa drôle de manière ! d'espérer.

Parmi les nombreuses raisons que le passé nous donne de croire encore dans le futur l'une me surprend et m'émerveille toujours : que la perspective, et donc une forme de beauté, de grâce et de puissance, ait disparu pendant dix siècles avant de nous revenir telle qu'elle était. Cette redécouverte ne nous montre-t-elle pas à quel point nous pouvons être confiants dans l'avenir de l'humanité ? Ne suffit-il pas de regarder une sculpture grecque (c'est-à-dire, le plus souvent, une sculpture qui n'est même pas grecque mais dont nous ne possédons qu'une pâle copie romaine) puis une sculpture romane, puis de songer à Donatello et à Michel-Ange pour éprouver que si *aux temps où l'humanité n'avait pas encore honte de sa cruauté, la vie était plus heureuse sur terre*, elle sera sans doute *plus heureuse* de nouveau ?

Nevó.
Esta mañana al levantarme veo
las copas blancas de los árboles: en mi sierra
ayer noche nevó, y es primavera.

Il y a peut-être toujours eu, à toutes les époques, un désir, lorsque l'adolescence finit, de surjouer le fait de devenir adulte : on s'impose d'être occupé par des tâches qui nous paraissent importantes, essentielles, et dont plus tard seulement on comprendra la futilité, l'inutilité, voire la nocivité pour nous-même et pour nos proches. N'observant plus aucun rituel qui nous permette de passer simplement – fût-ce uniquement symboliquement – de l'insouciante adolescence aux soucis de l'âge adulte, souvent, à vingt, vingt-cinq, trente ans, nous imitons nos aînés, faisant semblant d'être toujours affairé, en retard, surmené. Qu'est-ce qui marque de nos jours, dans les pays riches, la fin de l'adolescence ? Chez certains la fin d'un premier amour, chez la plupart la fin de cette dépendance familiale qui nous permettait de vivre encore chez nos parents ou de profiter de leur fortune pour poursuivre des études sans être obligé de travailler. Qu'est-ce qui marque le début de la maturité ? Un premier travail, une première maison, un premier couple. Ces raisons parfois se combinent, nous confondant, et nous vivons des fins d'adolescence qui s'étendent joyeusement sur plusieurs années et des débuts de maturité aussi longs que néfastes. En ce qui me concerne, la fin de l'adolescence dura les quatre ans de ma première défaite amoureuse, et le début de ma maturité les six années qui, entre

1986 et 1992, me virent vivre sans réellement écrire : prisonnier d'un premier silence. Comme je disais, comme je disais déjà dire, je me plaignais constamment qu'écrire des scénarios m'interdît de commencer vraiment à écrire de la littérature, et je n'écrivais pas deux ou trois scénarios par-ci par-là : sur mes agendas de ces années-là, je mentionne certains mois quatorze projets sur lesquels je travaillais à la fois. Ne sachant où aller, comme tous ces gens qui s'ébouillantent en inventant l'eau tiède, je courais sans cesse d'un rendez-vous à l'autre, d'un projet à l'autre. Assis devant mon Mac SE – qui avait remplacé ma magique machine à écrire électrique qui avait elle-même remplacé ma vieille Underwood Portable Typewriter –, je profitais de sa virtualité en virtuose, ajoutant une scène à un scénario, une réplique à un autre, un commentaire à un troisième, reprenant la structure d'un quatrième, tout en rédigeant le synopsis, le traitement ou le séquencier de trois autres sans perdre du coin de l'œil mes sept autres projets en cours qui traînaient sur mon digital bureau. Et lorsque je n'étais pas assis devant mon ordinateur, je courais dans Paris pour voir des producteurs, des réalisateurs, mon banquier exactement comme je courais pour voir ma famille, ma copine, mes amis : comme un petit rat squatteur cavalant sur la roue de la cage d'un hamster – ou, si vous préférez, je volais d'un triste vol, comme cette cage qui, disait Kafka, s'en alla *à la recherche de l'oiseau*.

Pendant toutes ces années où je me rendais religieusement au festival, ayant commencé de vivre en couple avec Lucie, il y avait aussi, chose étrange, le fait qu'à Cannes comme à Paris, cette autre voracité adolescente, celle de rencontrer des filles – tout est vorace à l'adolescence –, mystérieusement, cessait d'exister. Le travail était-il devenu à mes yeux plus important que l'amour? Avais-je besoin, de même que j'avais eu besoin pendant les quatre années que dura ma première défaite de m'étourdir dans la séduction de jeunes filles, de m'abêtir dans mon métier? Je ne saurais le dire. Mais je garde le souvenir d'avoir cherché, pendant toutes ces années au festival de Cannes, à séduire des réalisateurs et des producteurs bien davantage que des femmes que j'aurais pu aimer – fût-ce seulement le temps d'un verre, d'une fête, ou d'une nuit.

Avec Christophe, le réalisateur, ou l'écraniste, si vous me permettez ce joli terme quelque peu suranné, avec qui la collaboration colaborieuse, sans jamais cesser d'exister, devint aussi, plus qu'avec tout autre, progressivement, une belle amitié paresseuse, je fondai une petite société de production, qu'il proposa de nommer PMD (Pauvres Mais Dignes) avant que je le convainquisse de l'appeler, en m'inspirant de ma *mau-*

vaise vie de rongeur, Les Films du Rat. Tous ces va-et-vient fébriles, toutes ces fuites en avant, en arrière et sur tous les côtés, tous ces vagabondages hâtifs qui étaient l'opposé exact de la flânerie chère à Benjamin, ne m'empêchaient pas de vivre : ils m'empêchaient de donner un sens à ma vie. À Paris, comme j'écrivais, je vivais en couple avec Lucie, j'avais des amis, et si j'avais arrêté mes études, décidant de ne jamais finir cette thèse sur l'apparition de la perspective dans les dessins de Jacopo Bellini entamée sous la direction d'Hubert Damisch à l'EHESS, je les avais remplacées par des lectures et des conférences, des séminaires et des cours où, auditeur libre, je me rendais – pour y trouver un moment de répit – avec la même frénésie qu'à mes rendez-vous de travail. Ce que je n'avais pas encore trouvé dans ma vie était cette chose si simple et si dépréciée, si dénigrée, si méprisée de nos jours : des habitudes.

Sauf celle de retourner à Cannes chaque mois de mai. L'arrivée en train ou en taxi depuis l'aéroport de Nice ; l'odeur de pin et d'eucalyptus ; la chaleur accueillante de la Méditerranée ; les files au bureau des accréditations ; les marches vides du Palais la veille du début du festival ; l'invasion de chaque centimètre de la ville par l'offensante pollution publicitaire et l'outrageante profusion professionnelle devenues pour une fois, toutes deux, à mes yeux, terriblement réjouissantes ; l'installation des stands au Marché, et leur destruction aussi, le lundi qui marquait, au bout de douze jours, la mort abrupte du festival ; et les queues, les innombrables queues, au comptoir en aggloméré de la SACD où j'allais de plus en plus souvent, comme tous les fêtards, retirer mes billets pour les projections de la sélection officielle avant de me coucher, les queues pour aller voir les films des sections parallèles, les queues pour entrer dans les fêtes ; et les discussions sur la plage ou sur le port pour savoir si le petit bateau qui s'en allait vers tel yacht illuminé au large était le vrai sésame pour entrer dans telle fête que certains disaient avoir lieu cette nuit-là et dans laquelle il y avait inévitablement, chaque année, David Bowie, Prince ou Madonna ; et les petits-déjeuners et les déjeuners – cinq, dix en même temps chaque jour – qui, telles des pieuvres, me tendaient leurs séduisants tentacules couverts de prometteuses ventouses au fond desquelles j'étais alors sûr de trouver des mets délicieux pour me remplir la panse et des projets fascinants pour les mois à venir ; et puis le Blue Bar, et les halls du Gray, du Majestic, du Carlton, du Martinez, où j'allais chercher *Le Film français* et *Variety* et où je croisais ces stars à peine réveillées qui, en quête d'un premier thé ou d'un premier café, signaient déjà leurs premiers autographes de la journée ;

et la rue d'Antibes, et le Grand Hôtel, et le Petit Majestic où se retrouvaient tous les festivaliers qui, vexés, n'avaient pu entrer dans aucune fête ou qui, résignés et sages à la fois, n'avaient plus la force d'essayer; et le scooter, la joie enfantine du scooter, vêtu d'un smoking, en route pour la projection du soir au Palais ou pour une soirée dans une villa lointaine; et les soirées elles-mêmes, les fêtes où j'entrais de plus en plus naturellement et où je croisais de plus en plus de gens que je connaissais et qui me connaissaient, et qui semblaient à leur place, et qui semblaient m'en offrir une; les fêtes sur les plages, dans les villas, sur les bateaux, sur les terrasses des hôtels, les fêtes au Palm Beach, à La Napoule, au château de Mougins, les fêtes au Jane's lorsqu'il s'appelait encore le Jane's, les fêtes où je n'étais pas le seul à ne jamais danser, les fêtes dans lesquelles je me perdais dans la foule, puis me retrouvais pour rentrer, encore et toujours ivre et seul, en longeant la mer où naissait, avec cette éternelle pusillanimité de petit enfant effarouché qu'ont les aubes ensoleillées, un jour nouveau.

Souvent, les chroniqueurs, les mémorialistes, les logographes du festival de Cannes – et dieux qu'ils sont nombreux! – se plaisent à voir en 1993, peut-être en hommage à l'Histoire et à Hugo, si ce n'est l'année la plus Terrifiante de ses annales, celle d'un changement radical. Et ils n'ont pas tort : le partenariat avec Canal+ fut le début d'une lente dérive vers une dépendance, non seulement de la télévision, comme tout ce qui touche au cinéma en France, non seulement des studios américains, qui devaient commencer leur lent et lourd retour sur la Croisette, non seulement des grands sponsors publicitaires, mais de cette chose mystérieuse, et vide et plate et dévorante et désolante à la fois, qui est devenue notre seule métaphysique : l'économie.

Dans ma vie aussi, 1993 marqua un changement radical. En 1992, je passai une partie de l'été dans le Luberon avec Lucie, mon ami Antoine et sa sœur, Bérénice, et mon ami Juan qui, vous vous en souvenez sans doute, après m'avoir permis, comme Gatti et mon inusable ami d'enfance Daniel, de survivre à mon premier amour, était parti au beau milieu de ma première défaite faire des études en Uruguay, puis au Brésil, et qui, depuis peu, était revenu vivre parmi nous à Paris. Si je crois n'avoir pas été étranger à son envie de reprendre ses études après quelques années d'errance, je sais ô combien il joua un rôle simple et essentiel, prépondérant, dans mon retour à l'écriture littéraire. Retour ? Le mot est fort. Comme Proust, adolescent, j'avais été certain que mon père *avait trop d'intelligences avec les puissances suprêmes* pour que ce qu'il avait convenu avec le Gouvernement et la Providence

– que je serais le premier écrivain de l'époque – pût ne pas advenir. Entre 1986 et 1992, cette certitude s'était peu à peu dissipée, et je songeais souvent au contraire *que j'existais de la même façon que les autres hommes, que je vieillirais, que je mourrais comme eux, et que parmi eux j'étais seulement du nombre de ceux qui n'ont pas de dispositions pour écrire.* Et ce sentiment intime, immédiat que j'avais du néant de ma pensée, prévalait contre toutes les paroles flatteuses qu'on pouvait me prodiguer, *comme chez un méchant dont chacun vante les bonnes actions, les remords de sa conscience.* Je n'avais jamais réellement cessé d'écrire et de lire, mais le cinéma, à force, m'avait éloigné de moi-même. Mes complaintes, si je puis dire, me parlant à moi-même de je-ne-sais-où pour me dire je-ne-sais-quoi, n'étaient pas injustifiées. Ma vie, à ce moment-là, aurait pu devenir celle de n'importe lequel de ces êtres qu'on croise si souvent à cinquante, soixante, soixante-dix ans et qui parlent encore de la possibilité de changer de vie et de revenir à leurs rêves d'enfant – alors que leur regard triste avoue déjà, secrètement, amèrement, qu'ils ne le feront jamais. J'aurais pu, j'étais à deux doigts, en 1992, sans en avoir aucune conscience, de devenir, âgé d'à peine trente ans, un vieux scénariste aigri, éprouvant *une rancune hirsute*, convaincu comme tant de scénaristes que je n'avais pas de talent et qu'il me fallait renoncer à la littérature et me contenter d'écrire des projets de films et *des mots croisés* – un vieux scénariste aigri se souvenant de sa passion pour Joyce et Proust et de cet immense projet littéraire dont il avait nourri la chimère dans son cœur depuis sa prime adolescence avec la plus malsaine des nostalgies.

1992. Oui, c'est cette année-là, celle de mes cinq fois six ans, qui sépare ce premier silence où j'éprouvais un *malaise inexplicable* à seulement prononcer des mots car ils *se décomposaient dans ma bouche tels des champignons moisis*, ce premier silence où tout m'empêchait d'écrire de la littérature, ce premier silence où je ne cessais, comme le petit Marcel, de me plaindre que *quelles que fussent les conditions dans lesquelles j'abordasse* mon projet c'était toujours une page blanche, vierge de toute écriture, qui finissait par sortir de mes efforts, de cet autre silence, celui du *Dernier Livre*, dans lequel je vis depuis plus de trente ans.

À Goult, sachant que Juan se levait chaque jour avant le soleil pour lire en buvant du maté, je commençai à faire comme lui : chaque jour, vers cinq heures et demie, six heures, *l'âme tout entière baignée de rosée*, nous nous retrouvions dans le petit salon de la maison et, comme il lisait Héraclite, comme je lisais Deleuze – ou était-ce le contraire ? –, le maté allait et venait silencieusement entre nous.

Lire et écrire se ressemblent : il suffit de demander la différence à un livre fermé. La création littéraire, comme disait Borges, est simplement un mélange des souvenirs et des oublis de ce que nous avons lu. C'est pour ça qu'il y a des lectures qui sont presque de l'écriture. *Qu'est-ce que la philosophie ?* puis, dans les mois qui devaient suivre ce doux été provençal, *Critique et clinique*, *Les mots et les choses* comme *Stanze* ou *La Naissance de la philosophie*, aussi bien que les Présocratiques, ont été pour moi des lectures qui, le matin, ressemblaient autant à l'écriture que celles de la *Recherche*, d'*Ulysse* ou de *L'Homme sans qualités* le soir avant de m'endormir. Et si je puis dire que j'ai commencé la rédaction de mon *Dernier Livre* à Goult au mois d'août 1992, ce n'est pas tant parce que j'ai compris que tout ce que j'avais écrit précédemment *n'était que le prélude avorté de l'exigence d'écrire*, ni parce qu'à partir de cet instant précis de ma vie j'ai commencé, comme le conseillait Apelle selon Pline, de tracer chaque jour une ligne, mais bien parce que je pris alors cette habitude qui ne m'a pas quitté depuis : celle de me lever chaque jour avant le soleil et, chaque jour, quoi qu'il arrive, quelles que soient les attentes futiles ou profondes des producteurs et des réalisateurs pour qui je travaille, de commencer mes journées par une ou deux heures consacrées à ce que je crois, depuis toujours, que le monde présume de mon court passage sur terre. À l'aube, chaque jour, je me lève, j'écris, *et je me sens justifié.* Ma journée, je le sais, finit à sept heures ou sept heures et demie du matin. Tout ce qui suit ce moment peut être extrêmement pénible – travailler pour gagner de l'argent, m'occuper de questions administratives sans jamais réussir à les régler, me disputer avec toi – ou extrêmement réjouissant – jouer avec notre fille, l'emmener à l'école, déjeuner avec mes garçons, prendre un café avec un ami, ne pas me disputer avec toi. Écrire à l'aube, et songer qu'au-delà de ce que vaut mon écriture j'aide ainsi le soleil à se lever, est une raison de vivre qui me fait oublier, chaque jour, que je vais mourir – tout ce qui suit ce moment est, chaque jour, une raison de mourir qui me rappelle combien je suis en vie.

Je sais : nous sommes, en ce bas monde, juifs ou pas juifs, si nombreux à nous croire élus qu'on pourrait penser que cette idée que le judaïsme a déposée en chacun de nous n'est pas une lubie mais l'essence même de nos vies – l'essence de nos vies que nous soupçonnons, depuis bien avant l'invention du *Dasein*, depuis toujours peut-être, ne pas avoir d'essence. Mais c'est justement parce que nous craignons de n'avoir pas une vie mais seulement une existence, ou parce que nous craignons de n'avoir pas une existence mais seulement une vie, qu'il est si important de la rythmer par ces règles – comme se lever chaque jour à l'aube – qu'il est essentiel d'enfreindre lorsqu'On nous les impose et essentiel de respecter lorsque nous nous les prescrivons nous-mêmes.

> *– C'est le temps que tu as perdu pour ta rose qui fait ta rose si importante.*

Oui. *Les rites sont des techniques temporelles de l'emménagement : de l'être-dans-le-monde, ils font un être-à-la-maison.* Et rien n'est plus important de nos jours, de nos sombres jours où tant de gens, parce qu'ils nous croient sans futur commun, se réfugient dans une identité (de genre, de religion, d'ethnie), que de revenir, pour être Un, à la joyeuse profusion d'identités éphémères. *Presque tous les hommes sont aujourd'hui égaux dans leurs principes, leurs mœurs, leurs vices, leur égoïsme, et ils sont tous divisés, quand les anciens étaient tous différents et tous unis, – et par conséquent aptes à faire de grandes choses, ce dont nous sommes absolument incapables puisque nous sommes tous seuls.* Rien n'est plus important aujourd'hui, au jour d'hui comme au jour d'hui de Leopardi, que de se battre pour retourner à l'être de l'étant et faire du présent un futur, et du langage *autre chose qu'un transport en commun.* Et nous le pouvons, oui ! nous le pouvons, puisque si le judaïsme a planté en nous depuis la nuit des temps une graine monothéiste, le polythéisme n'en a pas moins, depuis une nuit encore plus profonde, planté en nous une autre graine qui a fait pousser cet arbre magnifique, mirobolant bien qu'on l'élague chaque jour, qui fait de chacun de nous, tous. Il ne tient qu'à nous de recréer ces rituels qui rendent le temps praticable, et de retrouver les choses, les objets, les obstacles qui, nous permettant de n'être pas prisonniers du virtuel, le rendent *tangible.* Il ne tient qu'à nous d'être de nouveau inégaux pour être de nouveau unis ; il ne tient qu'à nous d'être de nouveau chacun mille pour être de nouveau tous ensemble.

> *– Les hommes ont oublié cette vérité, dit le renard. Mais tu ne dois pas l'oublier. Tu deviens responsable pour toujours de ce que tu as apprivoisé.*

En 1993, je retournai à Cannes vaguement apaisé. Écrire chaque matin n'avait pas éteint mes ardeurs mondaines du mois de mai, mais quelque chose d'assez abstrait pour qu'en partie je l'ignorasse et d'assez précis pour soulager mon impatience, me permettait de profiter davantage encore de ces quelques jours qui étaient aux antipodes de ce que je vivais le reste de l'année. Le premier jour du festival, comme j'allais au sous-sol du Palais chercher ma place pour la projection du soir et que j'attendais le long du long comptoir de la SACD, je fus surpris de voir la porte du petit bureau qui se trouvait en face s'ouvrir et une femme que je ne connaissais pas m'appeler par mon nom et m'inviter à y entrer. Je m'assis en face d'elle et elle me dit qu'elle avait vu deux des trois films que j'avais écrits cette année-là (et qui, j'avoue, honte à moi, avaient eu un incertain succès). Huit ans. Huit ans après être venu pour la première fois au festival, j'étais devenu un scénariste célèbre – ou vieux. Quoi qu'il en soit, que ce fût grâce à mon talent ou à un vieillissement prématuré, je perçai enfin le mystère du petit bureau de la SACD dont j'avais tant de fois contemplé la porte s'ouvrir et se refermer sur d'autres que moi. Assis face à cette gente dame, je lui dis, comme elle me le demandait, quels étaient les films que je voulais voir ; et je sus qu'à partir de ce jour, reçu au pinacle de cette sombre partie du sous-sol du Palais, la Société exaucerait mes souhaits bien davantage qu'au guichet.

En quittant le petit bureau, je croisai un ami scénariste qui faisait la queue au comptoir. Il animait, à Paris, une sorte de collectif qui œuvrait pour la reconnaissance de l'écriture dans la production audiovisuelle et avait réussi à m'entraîner dans quelques-unes des rencontres bimensuelles qu'il organisait en me vantant les mérites du simple fait de se rencontrer entre exécutants de cette tâche, si solitaire disait-il, qu'est l'écriture de scénarios. J'avais tenté de lui expliquer combien l'écriture de scénarios m'était pénible, combien elle me semblait trop peu solitaire, et à quel point le seul réconfort que j'y trouvais était justement d'être oublié dès que le film commençait d'être tourné, mais rien n'y fit – et deux, peut-être trois fois, je m'étais retrouvé au premier étage enfumé d'un café parisien à entendre les atermoiements fumeux de scénaristes qui ne désiraient qu'une chose : que les projecteurs éternellement dirigés sur les réalisateurs et les comédiens posassent enfin leurs rayons éblouissants sur leurs figures de tristes sires. Ce matin-là, toujours aussi persuasif, il me convainquit de passer à sa résidence cannoise en fin d'après-midi. Docile comme je le suis habituellement envers ceux qui – fût-ce par un fait aussi dérisoire qu'être accueilli dans un petit bureau au lieu de faire la queue au comptoir situé en face – se sentent inférieurs à moi, j'acceptai. En début de soirée, j'allai le voir au camping situé au bout du bout du Cannet où il avait planté sa tente. Les pieds dans la boue (il pleut plus souvent qu'on ne s'en souvient au festival de Cannes), assis sur un minuscule tabouret pliant devant un réchaud sur lequel chauffait une boîte de raviolis, le pantalon de son smoking soigneusement retroussé sur ses mollets, il s'apprêtait à dîner. Réjoui lui aussi de mes retentissants succès, de ma triomphale réussite, de ma glorieuse fortune, il me proposa que nous travaillassions sur quelque projet obscur qu'il me pitcha comme s'il était inéluctablement destiné à être le plus grand triomphe du cinéma mondial dans les années à venir. En silence, comme toujours en silence – me faut-il encore l'écrire ? –, je contemplai la désolation de sa tente trempée, de ses pieds dans la boue, de son pantalon de smoking retroussé sur ses maigres mollets, de la boîte de raviolis qui peinait à chauffer sur le triste réchaud.

– Bien sûr, pourquoi pas ?

Comme il recommençait à pleuvoir, je répondis positivement à sa proposition – et en profitai pour partir rapidement en prétextant qu'il me fallait encore me changer et en lui promettant qu'on continuerait de contempler l'heureuse perspective de travailler ensemble au Blue Bar ou au Petit Majestic le soir même après la projection. Ravi, il me regarda partir sans se rendre compte que des gouttes de pluie commençaient de crépiter sur ses raviolis.

Chaque jour je vais à la foire aux mensonges
Et je vends les miens pour gagner mon pain

Rien n'est plus terrible, dans le cinéma, que cette propension à laisser croire à ceux qui n'arrivent pas à écrire un scénario qu'il est facile de le faire, à ceux qui arrivent à l'écrire qu'il sera facile de financer leur projet, à ceux qui arrivent à le financer qu'il connaîtra le succès. Je ne sais pas s'il existe, dans d'autres métiers, un pourcentage aussi élevé de gens qui prétendent qu'ils « font » sans jamais avoir rien fait ou en ayant fait très peu dix ou vingt ans plus tôt, mais il est clair que le cinéma, le monde du cinéma, est constitué surtout de producteurs qui ne produisent pas, de réalisateurs qui ne réalisent pas et de scénaristes qui n'arrivent pas à écrire. Et, au-dessus de cette caste, de loin la plus nombreuse, il en est une autre tout aussi frustrée : les producteurs qui produisent, les réalisateurs qui réalisent et les scénaristes qui scénarisent, mais qui n'arrivent pas à triompher. Et encore au-dessus, la frustration continue : ceux qui ont un succès critique ne rêvent que d'avoir un succès public, et vice-versa. C'est assez triste, mais j'ai même connu, au-dessus de tout, des réalisateurs et des comédiens qui après une Palme d'or ne rêvent que d'une autre Palme d'or, après un Oscar que d'un autre Oscar.

Le succès, comme *le désir de savoir et la soif des richesses*, on le sait depuis Platon, s'accroît à chaque acquisition. Mais qu'il est étrange qu'on ait réussi à nous convaincre, alors que nous vivons tous entourés d'êtres humains qui aspirent surtout à un peu d'amitié, un peu d'amour, un peu d'argent, et un peu de temps pour en profiter, que cette cupidité monomaniaque nous est constitutive !

Le soir, à la projection de *La Leçon de piano*, ou de *Naked*, ou d'*Adieu ma concubine*, ou bien du *Maître de marionnettes*, ou encore de *Raining Stones* (que les films étaient alors meilleurs ! ou bien : que la sélection était alors plus sélecte ! ou encore : que je voyais plus de films que je n'en vois aujourd'hui ! que mon regard était alors plus pertinent et plus clément !), je fus surpris qu'on me plaçât directement à l'orchestre. Les trois, quatre années précédentes, j'avais appris, comme tant d'autres envieux du balcon, à tenter une descente vers les strapontins vides dès que la salle devenait obscure ; à présent, la SACD me plaçait, fût-ce loin sur le côté, sur un siège qui me permettait, avant et après la projection, de contempler l'équipe du film installée sur son rang et les quelques stars qui étaient assises dans le petit carré qui se trouvait juste devant.

Après le film, oublieux des promesses faites à mon ami scénariste devant ses raviolis (s'il m'est difficile, lorsque quelqu'un qui me semble plus malheureux que moi, moins favorisé par la vie, me demande de l'aide, de ne pas promettre de la lui accorder, il m'est extrêmement facile de ne pas tenir mes promesses), j'évitai le Blue Bar et le Petit Majestic pour aller, sur la plage ou dans une villa, à quelque soirée où je n'avais absolument rien à y faire. De même que mes premiers succès comme scénariste m'avaient ouvert la porte du petit bureau de la SACD au sous-sol du Palais, souvent, je n'avais plus besoin de mentir pour obtenir des invitations pour les fêtes. Je commençais à connaître assez de producteurs, de distributeurs et d'attachés de presse qui me faisaient grâce d'un carton pour peu que je leur demandasse – ce que je faisais (ô ! plaisir coupable de la répétition !) de la plus déférente des grâces. Sans doute réside-t-il là l'une des clefs de cette pitoyable réussite mondaine qui, tel un cicérone servile, a toujours escorté, dans le cinéma, ma pitoyable réussite professionnelle : je suis si prétentieux dans ma solitude littéraire que jamais je ne crains de m'abaisser en dehors. Je quémandais alors sans peine des invitations de la même manière qu'à Paris je n'éprouvais aucune honte à rappeler sans cesse des producteurs qui ne répondaient pas à mes appels. Je ne sais pas si je suis encore aussi difficile à vexer, mais, de même que j'ai toujours considéré devant une œuvre que je ne comprends pas que c'est mon intelligence ou ma sensibilité qui sont défaillantes et non celles du philosophe ou du poète qui l'ont produite, je n'ai jamais eu de mal à supposer que si on ne me répondait pas au téléphone c'était qu'on avait autre chose de plus important à faire, que si une commission refusait d'aider l'un de mes projets c'était qu'il y en avait d'autres plus prometteurs, que si je n'étais pas sélectionné pour un prix c'était qu'il y avait d'autres films, ou d'autres livres, qui correspondaient plus au goût des membres du jury.

Je te vois sourire, ô ami lecteur ! – et tu as bien raison. À quelle forme d'autolâtrie appartient cette posture paradoxale ? Peut-on clamer sa discrétion ? Peut-on se pavaner de sa modestie ? Peut-on être fier de son humilité ? Je laisse ces questions en suspens, car répondre par l'affirmative ou par la négative ne serait qu'une façon de renforcer mon obséquiosité, mon asservissement – et l'illusion de ma toute-puissance.

Une autre vertu – ou un autre défaut – de ma prétention réside dans la conduite que j'adopte dès qu'un succès, aussi riquiqui soit-il, me paraît possible. De même qu'aujourd'hui, lorsqu'on m'accorde, tel un titre honorifique, le nom d'« écrivain » je reviens au cinéma et lorsqu'on m'octroie celui de « cinéaste » je retourne vers la littérature, alors, n'ayant pas encore publié le moindre livre mais ayant écrit trois films dont l'un avait obtenu le petit prix de la critique internationale à Venise, un autre le petit ours d'argent à Berlin et le troisième un petit succès public, je décidai de demander une petite bourse pour cesser d'être un jeune scénariste à la mode et commencer enfin la rédaction du *Der-*

nier Livre. En 1994 donc, ayant été admis à la Villa Médicis, trop occupé à écrire et à lire et à profiter des délices de la Ville éternelle, pour la première fois depuis presque dix ans, je séchai le festival.

À l'aube, il a contemplé la ville éternelle. Le soleil caressait à peine les toits. La nuit emprisonnait encore les rues obscures dans sa pénombre brumeuse. Un groupe d'oiseaux allait et venait dans le ciel et brillait par à-coups au soleil comme la longue queue de feu d'un dragon chinois. La joute verbale des grillons battait son plein : ils semblaient débattre joyeusement de sujets très sérieux. L'air était imprégné d'une douceur de pin et de rosée. La ville semblait grandir, pousser du fond des âges vers un futur magnifique. Au pied de la Villa, descendant vers la via Margutta, les jardins s'étageaient, composant une petite sonate aux notes brunes et vertes ; plus loin, s'étendait le cœur symphonique de la ville minérale où s'élevait parfois la voix grave d'un dôme, parfois celle aiguë d'un clocher.

Il y avait à la Villa quelque chose de Patmos – et c'est pour ça que je décrirai plus tard, dans le deuxième et dernier chapitre de cette dernière partie de mon *Dernier Livre*, plus en détail ma pension – et quelque chose de Cannes – qui me force à en dire quelques mots ici. Depuis Ingres tous les pensionnaires le savent : le séjour à Rome peut ressembler aussi bien à la plus studieuse des retraites qu'aux vacances les plus badines. Et qu'ils en deviennent ensuite les plus louangeurs des hagiographes ou les plus médisants des détracteurs, rares sont ceux qui n'y ont pas vécu un peu les deux. Qui profite trop de sa frivolité se sent souvent coupable de n'y avoir pas assez travaillé ; qui n'en profite pas assez, coupable d'y avoir trop peu goûté. Quant à moi, absous pour une fois de tout remords, je profitais chaque jour des deux : j'écrivais et lisais sans relâche dans la plus profonde des solitudes tout au long de la journée, et je batifolais chaque soir de concert avec les autres pensionnaires, surtout avec mon amie Marion et mon ami Jacques, dans le plus réjouissant et récréatif des commerces. Et si ces quelques mois romains ont sans doute, plus que toute autre époque de mon âge adulte, été un tournant décisif de mon existence, c'est bien parce qu'au-delà de la joie de pouvoir consacrer tout mon temps à l'écriture littéraire, comme si une voix lointaine m'avait susurré : « Si tu veux tu peux mourir tout en vivant, et tu peux écrire en t'amusant », j'ai commencé d'y soupçonner que Cannes et Patmos pourraient n'être pas séparés – comme ne sont pas séparés, si ce n'est à Combray à son retour à Paris au commencement de 1916, le côté de Guermantes et le côté de Méséglise dans l'existence du petit Marcel.

Mais, comme j'écrivais, paresseux hérisson que je suis, laissons aux pages futures le soin d'en dire davantage. Comme chacun sait, Platon, *ce jour-là*, était malade et

La maison Platon n'a pas de succursale

En 1995, je retournai au festival l'esprit ailleurs. J'avais goûté, à Rome, à une vie entièrement tournée vers la lecture et l'écriture et entièrement distraite chaque soir par ces dîners qui nous réunissaient, heureux pensionnaires, dans les appartements, les ateliers ou les pavillons des uns et des autres ou bien, plus souvent encore, dans les mille restaurants de la Ville éternelle – et quelque chose de cette vie-là m'avait assez plu pour que je commençasse à aspirer à ce qu'un jour ce fût ma seule vie. Il y avait pourtant à Cannes, cette année-là, un film qui aurait pu revêtir pour moi un caractère particulier, puisque Φilippine y tenait un petit rôle. Le film était en compétition, et il était américain, et Φilippine, comme il était d'usage pour les équipes des films américains, logeait au Carlton. Les grands-parents de Cédric avaient vendu la villa

Klapisch quelque temps plus tôt et j'étais descendu à Cannes avec la molle intention de squatter les chambres d'hôtel ou les appartements de quelques amis producteurs ou réalisateurs. Pour d'obscures raisons, Φilippine accepta – ou bien me proposa-t-elle ? la mémoire pour une fois est si imprécise, si évasive, qu'il me semblerait abusif d'ôter au passé sa contingence – de loger quelques jours au Carlton avec elle. Si je peux affirmer que les motifs étaient obscurs, c'est à cause de cette simple et seule certitude : notre amour était fini depuis presque quinze ans, et mon malheur depuis presque dix ans, et aucun trouble sentimental ou physique n'y distrayut (n'y distraya ? n'y distrayit ? mais pourquoi diantre n'y a-t-il pas de passé simple pour tous ces verbes en « aire » ?) notre chaste éloignement. Nous dormîmes dans le même lit pendant ces quelques jours sans jamais échanger le moindre regard ou le moindre propos complice et sans que jamais les bouts des bouts de nos orteils ne s'effleurassent.

> *Tu n'as pas bougé. Et parce que tu n'as pas bougé, parce que ton dos n'a même pas frémi comme il l'eût fait si tu avais été endormie, j'ai compris que tu comprenais que ce baiser précieux et fragile il te fallait le garder un long moment, sans que se brisât sa douceur, sans que se répandît et s'évaporât*

sa vertu volatile ; – parce que tu n'as pas bougé, j'ai su que tu ne dormais pas et que tu acceptais mon baiser.

N'est-il pas singulier que nos doutes se fondent toujours sur des certitudes ? J'avais tant aimé Φilippine ! Je l'avais aimée au-delà de ce que l'amour était pour moi. Je l'avais aimée pendant deux courtes années au cours desquelles elle m'avait peut-être aussi aimé – et pendant quatre longues, très longues, très très longues années pendant lesquelles je l'avais aimée du plus solitaire, du plus éperdu des amours. Soudain, à Cannes, il n'y avait plus trace ni de la joie de l'amour, ni de son désespoir. Comment cet immense bonheur et cet immense malheur avaient-ils pu s'effacer ? Comment ma mémoire, comment ma peau, pouvaient-elles ne plus porter leurs stigmates que j'avais crus indélébiles ? *Il y a dans ce monde où tout s'use, où tout périt, une chose qui tombe en ruines, qui se détruit encore plus complètement, en laissant moins de vestiges que la beauté : c'est le chagrin.* Dix-neuf ans plus tard, je devais revivre une situation similaire ; et toujours sans pouvoir comprendre comment cet autre amour, qui avait été aussi toute ma vie, n'était plus rien. Sans doute, comme dix-neuf ans plus tard avec Julie, nous étions avec Φilippine, à Cannes, bien trop occupés par notre réussite professionnelle, par la possibilité plutôt d'une possible réussite fruit d'une possible rencontre porteuse d'un possible projet, que par la solide, par l'indéfectible solidité de notre passé. Mais comment peut-il en avoir été ainsi ? Comment est-il possible d'oublier autant son passé pour se tourner autant vers son avenir ? Comment peut-on oublier autant l'évidence de celui qu'on a été au profit de cet autre être, hautement improbable, qu'on sera ?

La mémoire est une commode. La mémoire est un buffet, un chiffonnier, l'un de ces meubles chinois qu'on dit « à secrets » où chaque tiroir dissimule un autre tiroir encore plus confidentiel, encore plus discret, encore plus intime. Soudain, comme j'écris, en poussant la porte de la chambre du Carlton où j'ai logé en 1995 avec Φilippine, une autre porte s'ouvre à moi : celle d'une autre chambre du Carlton où je pénétrai en 1985 ou 1986. Encore quelques années plus tôt, au tout début des années 1980, comme j'écrivais *Écume de lune*, ce premier scénario destiné à reconquérir Φilippine que, dans un premier temps, je n'avais pas voulu réaliser moi-même et que j'avais proposé à Robert Bresson puis à Alain Resnais, j'avais vu par hasard un film que j'avais littéralement adoré : *Lettres d'amour en Somalie*. J'avais cherché l'adresse de son réalisateur dans l'annuaire – ô que ces temps semblent préhistoriques ! (ou historiques, faudrait-il dire, puisque si l'Histoire n'est pas finie quelque chose de ce qu'était l'Histoire, quelque chose qui existait avant l'ère numérique, est quand même fini) – et je lui avais écrit une longue lettre dans laquelle, jeune et pédant, je lui montrais que j'avais saisi un certain nombre de ses références littéraires et, jeune et vaniteux, je lui déclarais, si ce n'était mon amour admiratif, mon amoureuse admiration. Il y avait dans ce film – je me le dis à présent – quelque chose qui ne pouvait alors, même si je n'avais pas les mots pour me le dire, que terriblement m'éblouir : l'ambition d'une réconciliation entre la littérature et le cinéma où se reflétait le désir d'une autre réconciliation possible : celle de la poésie et de la philosophie à laquelle j'aspire chaque jour en me levant à l'aube pour écrire.

Frédéric Mitterrand m'avait répondu et, peu après, nous nous étions rencontrés. Il m'avait donné rendez-vous à son bureau, où j'avais compris qu'en plus d'être réalisateur, il dirigeait deux petites salles de cinéma et distribuait des films. Nous nous étions vus une ou deux autres fois et je lui avais demandé, pour m'aider à l'improbable production d'*Écume de lune*, d'écrire une lettre qui l'engageait à distribuer le futur film – ce qu'il fit avec la plus généreuse obligeance. Bref, en 1985 ou 1986, le connaissant à peine, comme tant de gens se connaissent dans cet univers singulier, clos et expansif à la fois, exubérant et endogame comme tant de tribus, qu'est le cinéma, je le croisai sur la Croisette (que faire d'autre sur une croisette ?) et, tout en bavardant, tout en courant, puisqu'il devait se changer (que faire d'autre à Cannes en fin d'après-midi ?), je montai avec lui dans sa chambre. Sans que nous nous arrêtassions un seul instant de discuter, il enfila son smoking tout en me présentant son amoureux qui sortait de la douche pour enfiler le sien. J'avais vingt-trois ou vingt-quatre ans ; Frédéric devait en avoir trente-cinq ou quarante. Et je me souviens d'avoir été alors surpris par le peu de trouble sensuel qu'avait revêtu cet instant dévêtu – autant que je me souviens aujourd'hui, troublé justement par le fait de m'en souvenir, du visage de cet amoureux qui, je crois, travaillait et partageait la vie de cet homme que j'admirais. Il était brun et ressemblait un peu à mon ami Paolo, que j'avais tant aimé et tant détesté pendant les courtes années de mon premier amour et les longues années de ma première défaite ; et comme Paolo, il ressemblait aussi au Marcello de *La dolce vita*, souriant comme le plus mondain des boute-en-train, et sombre, tourmenté, comme si lui non plus n'avait pu abandonner l'idée, qu'il savait pourtant illusoire, de devenir un grand réalisateur, un grand penseur, ou un grand écrivain.

Car la pédérastie, pour les Grecs, non seulement n'est pas la même chose que pour nous les modernes – et cela est indiscutable –, mais elle est peut-être même le contraire.

Je n'ai jamais su au juste ce que Giorgio Colli voulait dire en écrivant cette phrase que j'ai lue il y a bien des années et qui me revient à présent comme je me souviens de Frédéric Mitterrand. Qu'est-ce qui serait le contraire de l'homosexualité ? Je n'ai jamais tout à fait compris cette pensée (et l'explication que l'auteur lui-même en donne ne m'a jamais paru suffire à dissiper sa *brume lumineuse*), mais je crois que tout ce que dit Colli sur la Grèce antique peut être tenu simplement pour vrai ; et si me souvenir de cette chambre d'hôtel et de Frédéric et de son amant et de moi perdu dans leur intimité me rappelle cette phrase bien que je sois, aujourd'hui encore, incapable de dire ce qu'elle signifie, je sais, d'un si sûr savoir, qu'il y avait, dans l'homosexualité de Frédéric Mitterrand, quelque chose de profondément grec et d'*innocent*, quelque chose de cette inversion qui se rattache à l'antique Orient mais qui remonte plus haut encore, *à ces époques d'essai où n'existaient ni les fleurs dioïques ni les animaux unisexués, à cet hermaphroditisme initial dont quelques rudiments d'organes mâles dans l'anatomie de la femme et d'organes femelles dans l'anato-*

mie de l'homme semblent conserver la trace, quelque chose d'absolument opposé à l'homosexualité florissante – et fière, et prétentieuse, et meurtrie – des années 1980.

Encore une fois : que la mémoire est trouble ! qu'elle est prolixe ! qu'elle est fourmillante, luxuriante et torrentielle ! Comme je me souviens, comme je me souviens de me souvenir (et comme je constate aussi, comme à chaque fois que je me souviens, à quel point la mémoire, dans sa prodigalité même, comme disait Borges, est surtout faite d'oubli, ou combien, comme écrivait Malherbe, *les fruits passeront la promesse des fleurs*), à la précision du souvenir de cette situation insolite – me retrouver dans la chambre d'un couple enfilant chacun son smoking sans la moindre pudeur ni la moindre impudeur – et à la précision du souvenir du visage de ce garçon que je ne devais revoir que bien des années plus tard et dont je n'ai jamais su le nom, s'ajoute, ou se soustrait si l'on peut dire, l'imprécision soudaine de découvrir, *en me souvenant*, que la chambre où tout cela a eu lieu se trouvait au Martinez et non au Carlton. Comment suis-je sûr de cette imprécision ? parce que Frédéric appartenait alors à la même « famille », à la même branche plutôt de la famille cinématographique que deux autres producteurs amis – Paulo Branco et Philippe Carcassonne – qui logeaient exclusivement au Martinez. Mais justement si l'on peut dire : j'en suis certain sans que disparaisse l'incertitude, je le sais d'un savoir qui jamais n'effacera ce que j'ignore, puisque si je ne m'étais pas souvenu de la chambre de Φilippine au Carlton, jamais je ne me serais souvenu de celle de Frédéric au Martinez – que j'avais oubliée.

> *Le Labyrinthe ne peut préfigurer autre chose que le* λόγος. *Y a-t-il, en dehors du logos, une autre production de l'homme, où l'homme se perd et court à sa ruine ?*

Frédéric. Frédéric, Paulo, Philippe. Pas plus que je ne sais dissimuler des personnes que j'ai connues derrière des personnages inventés, je n'ai jamais aimé laisser goutter des noms en écrivant – sauf ceux que je prononce avec encore, toujours, la même tendresse, la même délectation, et qui sont en général les noms d'amis bien plus intimes que Frédéric, Philippe ou Paulo. Mais, dans ce qu'eux-mêmes sans doute nommeraient le « cirque cannois », ces trois hommes, leurs trois noms plutôt, font continûment résonner en moi leur doux écho amical. Je ne doute guère que Philippe, et encore plus Paulo, me considèrent aussi, aujourd'hui encore, plutôt comme un ami, et peut-être ai-je été l'un de ces garçons *inatteignables* avec lesquels Frédéric a écrit que, *pour chaque année de Cannes, il y en a au moins un avec qui il aurait aimé avoir une histoire*, mais je me sens à présent si loin du cinéma que même l'amical écho de leurs noms, retentissant dans la houle de la mémoire, se teint d'une ombre triste, presque menaçante, comme à la fin des plus lourdes et chaleureuses journées d'été ces ciels qui, sans une goutte, sans un éclair, annoncent déjà l'orage.

Le poète est celui qui feint
Et il feint si parfaitement
Qu'il fait passer pour feinte
La douleur qu'il ressent vraiment

Et les lecteurs de ses écrits
Ressentent sous la douleur lue
Non pas les deux qu'il a connues
Mais la seule qu'ils n'ont pas eue

Et puis il y eut 1996. Cela faisait déjà dix ans que j'allais au festival, *mais il y eut 1996*. J'allais écrire que ce fut comme une première année au festival – mais ce fut aussi comme une dernière année au festival. Qu'il est difficile, lorsqu'on qualifie tout, de qualifier aussi ce qui est extraordinaire ! Vous connaissez sans doute, ô mes amis qui me lisez, ces choses qui arrivent inévitablement trop tôt et inévitablement trop tard, ces moments qui marquent autant un début qu'une fin, ces temps qu'on pourrait dire opposés à l'extrême au temps des crises où le vieux monde se meurt et le nouveau ne parvient pas à naître et où surgissent les monstres. 1996, le festival de Cannes 1996, fut pour moi un moment semblable à ces instants-là, ces instants qu'on ne parvient souvent à situer dans la chronologie de nos vies que longtemps après qu'ils ont eu lieu ; ces instants où, en un clin d'œil, tout finit et tout commence à la fois.

Mais avant de vous conter les extravagances de ce millésime sublime, permettez-moi un petit saut de puce dans le passé parisien. Peu après qu'il avait eu tourné son premier long-métrage, on avait proposé à mon ami Cédric de réaliser un téléfilm qui faisait partie d'une série de trois téléfilms qui se passaient, à des époques différentes, dans un lycée. Cédric m'avait demandé, naturellement si j'ose dire, puisque nous nous étions rencontrés et étions devenus amis au lycée, d'écrire avec lui. J'avais naturellement accepté et nous avions naturellement convié Alexis (cet ami avec qui j'avais accompli l'exploit, vous vous en souvenez peut-être, ô lecteurs assidus de cette quête de moi-même dans laquelle je me suis moi-même depuis longtemps perdu, de mettre presque quarante-huit heures pour rallier Aix-en-Provence depuis le Gers en stop) à se joindre à nous. Nous étions partis trois semaines dans le petit village de Najac où se trouvait la maison familiale d'un autre de nos condisciples du lycée Rodin (qui serait aussi le chef opérateur du projet) et nous avions écrit le film profondément inspirés, ou profondément submergés, par des dizaines et des dizaines de souvenirs de ces années que nous avions partagées pendant notre adolescence et que nous n'avions guère évoqués depuis. Notre collaboration avait été aussi agréable que féconde. Cédric ne cessait d'avoir des idées de mise en scène, Alexis ne cessait de se souvenir des pires grossièretés et des plus tendres échanges de notre adolescence, et moi, grâce à ma jeune expérience de scénariste, j'essayais de faire tenir tout ça tant bien que mal dans une structure vaguement stable qui pourrait aboutir à un téléfilm de quatre-vingt-dix minutes qui devait être tourné en une petite vingtaine de jours.

Najac est un village de quelques centaines d'âmes dont on vante le calme en été, puisqu'il n'y a rien à y faire, et nous y étions allés écrire au mois de janvier. Autant dire que nous n'y étions guère distraits de notre besogne. Nous sortions rarement de la maison, et lorsque nous en sortions, nous ne croisions jamais personne. Tassés devant le feu de la cheminée (le mois de janvier avait été encore plus glacé que d'habitude *mais* la maison n'était pas chauffée), nous avions écrit et traîné et ri et nous nous étions avoué des choses qui, pour chacun de nous, avaient été fondamentales lorsque nous étions au lycée, et dont, pour la plupart, nous n'avions jamais osé parler à quiconque. Et tout cela était devenu le terreau fertile du film à venir. Puis nous étions rentrés à Paris et Cédric avait tourné le film, et il l'avait si bien réussi qu'il fut remarqué dans quelques festivals et qu'un distributeur décida de le transformer de téléfilm en film de cinéma. Et puis le film était sorti en salles et il avait eu un certain succès et tout aussi naturellement qu'il nous avait proposé d'écrire ce scénario, Cédric nous proposa d'en écrire un autre. Cet autre scénario, commencé juste après la sortie du *Péril jeune* qui avait été écrit en trois semaines et qui reste de la quarantaine de films que j'ai écrits celui pour lequel j'éprouve le plus d'affection, nous mîmes cinq ans à le finir. Et pendant ces cinq années d'écriture, à Marseille, à Strasbourg, à Aureille, à Dordives, à Cabourg, à Venise, à Ouarzazate, à Essaouira et dans cinq ou six autres villes, il y eut quelques semaines d'écriture à Rome, durant cette année où, bienheureux pensionnaire à la Villa Médicis, j'avais séché le festival. Cédric et Alexis étaient venus interrompre brièvement mes longs mois de travail solitaire par ce joyeux travail collectif. J'avais obtenu qu'ils logeassent dans la chambre 28, l'une des chambres alors réservées aux invités des pensionnaires qui, double symétrique de la célèbre Chambre turque, nichée tout en haut de l'autre tour du bâtiment principal de la Villa, permettait de croire qu'on dominait Rome davantage encore qu'on ne le croyait depuis le jardin ou les dépendances où se trouvaient, comme le mien, d'autres appartements, et d'où l'on tient déjà, éternellement, la Ville éternelle à ses pieds. Et c'est justement dans cette merveilleuse chambre 28, pour en arriver enfin là où je désirais parvenir, que nous eûmes, avec Alexis, Rome à nos pieds, un prémonitoire problème : un problème, précisément, de pieds. Nous sortions tous les trois, depuis peu si l'on peut dire, de cet âge où les pieds, en été, posent leur éternel tracas estival : celui de leur odeur. Que ce soit par le passage des baskets aux chaussures, par l'achat d'un nombre supérieur et concomitant de celles-ci ou de celles-là, par la découverte de semelles ou de déodorants adéquats, par la fréquence croissante des douches ou le renouvellement quotidien des chaussettes, ou encore par une transformation de la nature ou de la qualité de l'excrétion produite par les glandes sudoripares, c'est un problème dont l'intensité décroît souvent entre l'adolescence et la maturité; dans le cas d'Alexis, il n'avait fait qu'augmenter. Partageant depuis quelques années une partie de nos vies avec lui, nous n'ignorions guère son ampleur, et dans les différents lieux où nous écrivions, nous trouvions toujours un endroit aéré et lointain où déposer ses godasses. Ne pouvant résoudre à la Villa, à cause de circonstances topologiques et de contraintes de civilité, cet indélicat souci anatomique (anatomique et atomique, si je puis me permettre la prosonomasie), un jour, Cédric, étourdi, embrumé, que dis-je : asphyxié ! explosa et décida de descendre immédiatement via del Babuino et d'offrir à Alexis de nouvelles baskets. Que n'eût-il pu lui acheter de nouveaux pieds ! Deux jours plus tard, malgré ses nouvelles baskets, les effluves étaient de retour.

Mais je m'égare. Revenons sur nos futurs pas. En 1996, comme nous avions prévu d'écrire pendant une bonne partie du mois de mai, et que nous avions signé un contrat pour ce nouveau projet avec un producteur célèbre, Cédric appela son assistante pour lui demander s'ils auraient l'amabilité de nous trouver un lieu où nous pourrions nous rendre pour travailler. « Pas trop loin de Cannes si possible », avait-il précisé. Christine Gozlan, l'assistante d'Alain Sarde – laissons goutter encore quelques noms, puisque nous revenons au festival –, nous avait donné simplement l'adresse de la maison qu'elle nous avait louée et nous avions pris, Cédric et moi, l'avion pour Nice puis un taxi pour Juan-les-Pins afin de nous y rendre. Alexis, qui habitait dans les Alpilles, devait nous rejoindre le lendemain. Lorsque le taxi niçois nous déposa à l'adresse indiquée nous crûmes qu'il s'agissait d'une erreur : à travers la grille de l'entrée, on apercevait le parc qui entourait la villa et dans lequel, outre la commune mais considérablement vaste piscine, reposait, placide, un court de tennis. Avant que nous n'eussions le temps de réagir à ce luxe débordant, le gardien vint nous accueillir, prit nos bagages et nous conduisit jusqu'à la maison elle-même. Entrant dans le salon immense, et comprenant peu à peu à quel point notre nouveau producteur avait voulu nous épater – mais connaître l'intention, comme souvent, n'épargna en rien la force surprenante de la découverte –, nous ne pûmes nous empêcher de compter les grands canapés qui le meublaient : il y en avait huit.

Le lendemain, après avoir passé une première nuit dans cet endroit de rêve – de rêve et si bassement réel, comme tout ce qui est luxueux –, nous allâmes louer des scooters à Antibes, puis accueillir Alexis à la gare de Cannes. Quelques jours plus tôt, je l'avais appelé pour le prévenir qu'il fallait qu'il trouvât un ami à qui emprunter un costume afin qu'on lui confectionnât, grâce à la chemise blanche à col cassé et au nœud papillon que je lui avais apportés de Paris, une tenue qui ressemblât à un smoking. Débarquant du train avec juste sa minuscule besace où nous savions qu'il empilait seulement, quelle que fût la durée du voyage, quelques slips, quelques tee-shirts et une absence fatale de chaussettes, je lui demandai où était le costume. Alexis éclata de rire : il avait cru qu'en lui disant qu'il lui faudrait un smoking je lui faisais une blague.

« Qu'importe ! fit Cédric. Qu'à cela ne tienne ! » Quelques minutes plus tard, nous voilà rendus dans un magasin miteux près de la gare où, comme à raison tout lui paraissait bien trop onéreux mais qu'il n'osait le dire au vendeur car celui-ci ne cessait de le gaver de questions et de l'abreuver jusqu'à plus soif de conseils auxquels, mal à l'aise, il ne répondait que par un mutisme malveillant, nous finîmes par avouer qu'Alexis était un ami polonais qui venait d'arriver en France dépourvu de tout. Comprenant notre tourment, mais ne comprenant pas notre humour, un sourire crispé aux lèvres, le vendeur montra à Alexis une veste et un pantalon dépareillés qui, fins de série, répondaient d'un prix raisonnable.

Accréditations, sous-sol du Palais, petit bureau de la SACD, café au Blue Bar, petite promenade dans les halls du Majestic, du Carlton, du Martinez afin qu'Alexis comprît vaguement où il mettait ses odorants pieds, puis, sur le chemin de retour à notre somptueuse résidence, petit arrêt chez le loueur de scooters où Alexis insista pour ne pas faire comme nous et, puisque c'était Alain Sarde qui régalait, louer, à la place d'un 50 cm^3, une vraie moto.

Que dire de plus de ce mémorable festival de Cannes 1996 ? Tout fut, constamment, comme ces immenses feux d'artifice qui, éphémères, éblouissants, régalent régulièrement les regards des festivaliers. J'écrivais qu'en 1996 tout était fini et tout avait commencé – la réalité est encore plus simple : mes quarante ans de festival pourraient se résumer à cette seule année. Comme lorsque j'étais venu au festival avec Terence, notre quotidien était merveilleusement huilé par quelques heures de sommeil, des réveils tardifs – puisqu'il ne nous était plus nécessaire d'aller faire la queue à l'aube au comptoir de la SACD –, un déjeuner dans quelque festivité festivalière, quelques heures – deux heures maximum – de travail sur ce scénario qui était le responsable, ou l'irresponsable plutôt, de notre présence à Cannes, un reste d'après-midi paresseux autour de la piscine – puisque nous n'avions plus besoin de courir après les cartons d'invitation –, une brève mise en tenue, la projection d'un film qui nous attirait particulièrement (*Breaking the Waves*, *Fargo*, *Secrets & Lies*, *Goodbye South, Goodbye*) ou d'un réalisateur que j'avais déjà rencontré (Rolf de Heer, Ruiz, Frears) ou bien d'un ami (Jacques), un dîner officieux ou officiel, et une fête, des fêtes, des fêtes féeriques que notre présence et notre amitié suffisaient à rendre magnifiquement magnifiques, splendidement splendides, divinement divines.

Alexis et Cédric vivaient, tout comme moi, en couple, mais cette fièvre adolescente qui augmente, chez les hommes, le désir de connaître d'autres femmes, cette fièvre qui, comme toute fièvre, afflige et soulage à la fois, cette fièvre, disais-je, qui baissait paradoxalement en ce qui me concerne pendant le festival, cette année-là, parce que nous étions à Cannes, parce que nous étions ensemble, avait repris possession de nos corps (encore désunis) et de notre esprit (déjà partagé, déjà commun, déjà *communiste* comme dirait Hölderlin). Époustouflés par le faste de notre logis, nous rêvions de le surpeupler de ces fastes créatures que l'on croise sur la Croisette. Mais, comme le savent tous ceux qui ont voulu, à un incertain moment de leur vie, désespérément rencontrer un homme, désespérément rencontrer une femme, rien de pire que ce désir désespéré de trouver l'âme sœur ou le corps frère (ou leur contraire) pour y arriver. Ce qu'on cherche, nul chercheur ne l'ignore, nous échappe si souvent, surtout, d'abord, parce que nous le cherchons. En ce festival 1996, avides tous les trois de rencontrer des filles, impatients chacun d'avoir une histoire, nous vécûmes perdus dans un présent atemporel où aucune rencontre ne pouvait survenir, où aucune histoire ne pouvait avoir lieu.

Mais que cet atemporel présent était joyeux ! Cannes appartenait alors à Canal+ et, chaque soir, après avoir épuisé une dernière fête sur la plage ou dans une villa, nous allions prendre un « dernier verre » au Jane's qui, toujours au sous-sol du Gray d'Albion, n'était déjà plus le Jane's mais la boîte Canal. Cette expression, « prendre un dernier verre », nous l'utilisions chaque soir, tel un cri de ralliement, pour nous assurer que notre envie de voir, chaque jour, ensemble, le jour se lever, ne fléchirait jamais. Et nous passions les fins de fins de fins de soirée, comme la boîte peu à peu se vidait, installés au pied de l'escalier, à prendre congé des gens qui partaient comme si le lieu nous appartenait.

J'ai écrit que presque aucune fête, à Cannes comme ailleurs, ne devient réellement une fête. C'est vrai – et c'est faux. L'amitié, l'amour, l'ivresse peuvent faire que n'importe quelle fête devienne une vraie fête. Mais l'ivresse, l'amour, l'amitié excèdent rarement les deux, trois, cinq, dix invités qui, dans une fête, font vraiment la fête. Parmi les innombrables fêtes où, cette année-là, nous fîmes réellement la fête, Cédric, Alexis et moi, deux fêtes seulement sont restées dans mes souvenirs comme des fêtes où tout le monde fit la fête. Sont restées dans mes souvenirs, ou plutôt y échappent tant que je peux affirmer que pour nous tous l'oubli y défit la mémoire ; que pour chacun, le temps d'une soirée, la vie l'emporta sur la mort.

La première fut une fête dans cette villa qui, pendant quelques années, où qu'elle se trouvât, revêtit le doux nom de villa Tinchant. Maurice, le doux Tinchant à l'origine de son doux nom, était l'une des figures emblématiques de Cannes. Fêtard, érudit, cinéphile jusqu'au bout des ongles, aimant autant les films que toute la frivolité qui les entoure, il adorait une chose plus que toute autre : recevoir. Organiser une fête avec goût, zèle, ardeur et amitié ne garantit pas que ce sera une vraie fête ; l'organiser sans, assure que ce ne le sera jamais. Les fêtes à la villa Tinchant, bien plus par la douceur accueillante de Maurice que par la profusion ou le manque de moyens, et bien qu'elle se concrétisât rarement, ouvraient toujours la porte à cette éventualité. L'une de ces fêtes réellement festives eut lieu donc en 1996. Je ne me souviens ni du jour ni de la raison. Je ne me souviens pas quelles étaient les stars qui étaient là, quelles étaient les stars qui y manquaient. Je me souviens seulement que nous étions arrivés assez tard et que nous avions laissé nos scooters et notre moto loin de l'entrée, au bout d'une interminable file de voitures ; je me souviens seulement que, comme chaque soir, nous avions beaucoup bu, que, comme chaque soir, nous avions rencontré beaucoup de gens que nous connaissions ou que nous ne connaissions pas ; je me souviens seulement d'un escalier dans le jardin qui descendait de la terrasse vers un bassin où j'avais longuement bavardé avec une fille très belle dont j'ai oublié le nom. Mais ce ne sont pas ces souvenirs ordinaires, ces souvenirs quelconques – soient-ils rares –, ces souvenirs que j'aurais pu garder de tant d'autres fêtes à Cannes qui me permettent d'affirmer que cette fête-là fut une vraie fête, une fête où le temps fut aboli – ce qui me permet de l'affirmer c'est le souvenir d'un seul instant : cet instant silencieux qui, *la prétention du Moi à se suffire à soi seul* défaite, nous fit contempler, non pas à deux, non pas à trois, non pas à cinq ou à dix, mais à cinquante ou cent, le lever du jour depuis le jardin.

J'ai vu beaucoup de jours se lever. Me levant chaque jour avant le soleil pour narrer tous ces faits inutiles de mon passé que je vous propose de partager convaincu que l'idée du partage excède la nature ou la qualité de ce que l'on partage, je vois presque chaque jour, depuis plus de trente ans, le soleil lentement émerger de son impénétrable léthargie nocturne pour affirmer des ciels qui, bleus ou gris, printaniers ou automnaux, profonds ou légers, demandent toujours d'être éclairés. Je sais, je sais au-delà de toute idée de savoir, la douceur de la lumière à l'aurore. Je n'ignore rien – rien – de la beauté de cette promesse que fait le soleil chaque jour avant de se lever : celle d'illuminer une nouvelle journée sur cette Terre commune. Mais quelque chose de cette aube qui nous fut offerte à tous à la villa Tinchant au mois de mai 1996, cette aube silencieuse après le tumulte de la nuit, à chaque fois que je la revois, craintive et audacieuse à la fois, me dévoile, depuis la lumière et l'ombre de la mémoire, combien tout ce qui l'avait précédée avait été exceptionnel.

Rien. Silence. Silence, silence, silence. Maurice avait eu le bon goût de suspendre la musique et nous nous étions tous suspendus, immobiles, sur les terrasses suspendues du jardin. L'air avait gardé la fraîcheur de la nuit mais le ciel promettait une tiédeur si claire qu'elle réchauffait déjà la peau comme le cœur. Silence. Silence, silence, silence. Silence égayé par quelques premières cigales frappées de stupeur par notre présence. Silence. Silence, silence, silence – et attente. Douce. Patiente et confiante attente. Et puis, comme *l'aube joyeuse* touchait du pied le sommet brumeux des pins et les doux nuages éparpillés avec amour dans le ciel clair, sont apparus des premiers rayons roses et suaves, couleur de glycine, de souci, *et de toutes les nuances aimées.*

> *Je porte dans mon âme une image de sociabilité : grands dieux! comme elle fait apparaître plus beau d'être ensemble que seuls!*

Le génie du cœur, *celui qui polit les âmes rudes et leur donne à goûter un désir nouveau : celui de demeurer calmes comme un miroir afin de refléter la profondeur du ciel*; le génie du cœur *dont nul n'est effleuré qu'il ne se sente plus riche de soi-même, épanoui, baigné par une brise de printemps, peut-être plus incertain, plus tendre, plus fragile, mais plein d'espoirs encore sans noms*, le génie du cœur, oui, lui-même, nous fit la grâce de sa présence, de son épiphanie.

> *Et soit fausse pour nous toute vérité où il n'y ait un seul éclat de rire! Et soit perdu pour nous le jour où même une fois nous ne dansâmes!*

Je ne danse pas, je ne sais pas danser, je n'ai jamais su danser. Mon corps alors adroit, habile pour tant de sports ou pour jouer avec les vagues pendant des heures dans les flots, *leste et bien pris dans sa taille* comme celui de Rousseau, ne savait pas, déjà! se laisser aller à cette autre ivresse qui, *comme les rêves*, est tellement intime que lorsqu'on regarde quelqu'un danser, souvent, on ne peut éprouver que de l'incompréhension, de la gêne. Je ne danse pas, je ne sais pas danser, je n'ai jamais su danser. Mais si je danse! ai-je envie d'écrire. Si je danse comme j'ai dansé une fois aux Bains Douches quand j'avais vingt ans; comme j'ai dansé une fois au Balajo quelques années plus tard ; comme j'ai dansé à Punta del Este, ivre et défait, fatalement défait par la fin de mon premier amour ; comme j'ai dansé une fois avec Julie, il y a vingt ans, à une fête anodine après une projection anodine alors qu'elle ne m'aimait déjà plus ; si je danse comme j'ai dansé, surtout ! surtout ! avec toi, Marion, après ce dîner aux Deux Amis avec Frédéric et Sabine il y a six ou sept ans seulement, convaincu qu'au-delà de mon passé, au-delà de ma folie, au-delà de ton passé, au-delà de ta folie, nous pouvions partager ce que nous partageons aujourd'hui, – si je danse, accrochez-vous. Je ne dirai pas, comme Inodoro Pereyra, que les Ponts et Chaussées, de peur que je ne provoque un tremblement de terre, me l'ont interdit, mais la surprise de tous mes amis, et ma propre surprise surtout, est si grande que l'événement revêt et dévoile immédiatement, à chaque fois, son caractère prodigieux.

Mais danser aussi, comme boire, est quelque chose qu'on fait à deux, à trois, à dix – et rarement à cent. Ou peut-être si, peut-être dans ces abstractions grandioses ou grandiloquentes qu'on appelle des « raves ». Je ne sais pas. N'ayant été qu'une fois dans une rave – était-ce une rave ? –, je ne saurais dire. Mais, encore une fois, une rave est faite pour ça : danser à mille en cherchant, grâce ou malgré des drogues hallucinogènes, une forme d'extase.

C'est fait à propos. Et des chercheurs qui cherchent on en trouve, des chercheurs qui trouvent… Bref, en général, dans mon passé, il n'a pas suffi que je dansasse pour que fête se fasse (parfois la rime l'emporte sur l'accord). Mais, une troisième fois, j'avoue m'être parfois laissé aller à danser lorsqu'une fête me paraissait le mériter.

Mais, comme toujours, je m'égare. Sacrifions une rime et revenons, Grecs que nous sommes, à nos chèvres. Il y avait eu, à ce festival, plusieurs films – *Crash*, *Ridicule*, *Trainspotting*, *Au loin s'en vont les nuages* – dont j'aurais pu, les ayant appréciés ou les ayant dépréciés, dire quelques mots ; de même qu'il y a quelques événements ou quelques particularités de cette édition (le fait que je connusse pour la première fois depuis que je venais à Cannes quelques membres du jury, la fête à la boîte Canal après la projection du film de mon ami Jacques, l'invitation que l'on fit au gardien de notre villa et à sa femme pour qu'ils vinssent à une projection de la sélection officielle avec nous, leur air bien plus déconcerté que réjoui sur le tapis rouge) qui auraient pu provoquer quelques réflexions, quelques spéculations, quelques digressions, ou quelques sarcasmes. Mais, une bonne fois pour toutes, je m'en tiendrai, avant de finir de deviser avec vous sur cette édition singulière du festival par le souvenir ou l'oubli de la deuxième vraie fête qu'il abrita, à un événement saugrenu et à la présence, désagréable, d'un film que je n'ai pas encore cité dans la profusion de films éclos en ce mois de mai 1996.

Commençons par l'événement saugrenu. À notre éternel problème odorant, nous avions, lors de nos courtes séances d'écriture, trouvé une solution simple et routinière : chaque jour, avant que nous commençassions à travailler, Alexis se lavait les pieds et plaçait ses tennis tout au bout de l'immense salon à huit canapés, là d'où leur venimeux parfum ne pouvait atteindre nos narines. Ce problème nous semblait définitivement réglé lorsqu'un jour, invités à déjeuner sur le bateau d'Arte (la chaîne, comme si elle se tenait prête à mettre les voiles au moindre coup de Trafalgar, a toujours eu cette habitude, à Cannes, de camper sur un voilier), nous eûmes la surprise d'être accueillis, non par Jérôme Clément, l'alors président de la chaîne à qui nous devions l'invitation en remerciement du fait que nous nous étions, comme il nous l'avait demandé, occupés de sa fille pendant l'une des nuits festives qu'elle passa au festival, mais par un matelot qui nous ordonna, avant d'aborder le navire, d'enlever nos pompes. Aïe, aïe, aïe. Pris de la plus inquiétante des inquiétudes, Cédric et moi nous tournâmes vers Alexis, cherchant dans notre for intérieur s'il était plus vraisemblable de prétexter que sa religion lui interdisait de retirer ses baskets ou bien de prétendre que ce n'étaient pas des baskets mais une œuvre hyperréaliste tatouée sur ses pieds – ou simplement d'avouer que s'il les retirait tous les convives de ce déjeuner allaient prendre leurs jambes et leurs bras à leur cou pour gagner le large à la nage. Finalement, Alexis lui-même, feignant d'être affecté de la plus affectueuse des affections, prit un air offusqué et, sans dire un mot, tourna le dos au matelot et partit d'un pas perdu sur le quai. Et Cédric et moi, car l'amitié restait tant plus importante que les festivités, l'imitâmes comme une seule âme.

Venons-en au film dont la présence nous fut désagréable. C'était un film présenté en compétition et, comme tant de films cannois, sa projection avait été suivie d'une tentative de fête sur une plage. Il avait été réalisé par un réalisateur qui en voulait terriblement à Cédric, qui non seulement avait siégé dans une commission qui lui avait refusé une aide financière mais avait, également et ouvertement, pris position contre lui dans une dispute, absurde et publique, avec un autre réalisateur – une dispute qui était, d'une certaine façon, le sujet même de son œuvre. Ayant trouvé ce film moins intéressant que son film précédent (que j'avais beaucoup aimé), mais ayant trouvé, comme dans tous ses films suivants, quelques minutes de grâce perdues dans un fatras d'érudition vaine qui dissimulait mal, comme tant d'éruditions, un doute profond sur ses connaissances, j'avais convaincu Cédric, difficilement, d'aller quand même à la soirée qui avait lieu après la projection. Guillerets et embarrassés, batifolant sur le qui-vive, nous bûmes, mangeâmes, bavardâmes, folâtrâmes comme nous le faisions chaque soir dans les débuts tendres de nos nuits. Nous étions encore relativement sobres et d'humeur pondérée lorsque nous vîmes le réalisateur du film fendre la foule et fondre sur Cédric pour lui demander furieusement ce qu'il foutait là. Pris de court, Cédric ne répondit pas : après un regard dépité ou désolé, digne et indigne à la fois, il remonta le petit escalier qui remontait vers la Croisette. Remonté, rageusement remonté, le réalisateur se tourna vers Alexis et moi et, ne pouvant reconnaître nos visages, hésita un instant. Il ne nous dit pas un mot mais nous sourit vaguement, mal à l'aise comme il le paraissait toujours. Son sourire semblait nous informer que nous, nous pouvions rester, mais, bien que nul grief contre lui n'assiégeât notre cœur, Cédric partait et nous n'avions guère besoin de sentir la même inimitié que lui pour savoir que le bon chemin, le seul possible, comme du voilier d'Arte, était de nous éloigner nous aussi.

Un pour tous, tous pour un !

Ou plutôt, comme l'écrit Hypérion surclassant précocement les trois mousquetaires : *Tout pour tous, chacun pour tous.* Et chacun pour *tout* aussi, faudrait-il ajouter aujourd'hui, comme la Terre se meurt.

Mais peut-être mon envie de vous importuner par ces quelques mots sur cette anecdote falote ne tient-elle qu'à ceci : de tous mes souvenirs du festival de Cannes, il s'agit du premier souvenir désagréable. Malgré que (si vous me permettez cette locution joyeusement incorrecte condamnée par les puristes) son désagrément même me rappelle un autre film dont la propice présence au festival, comme celui dans lequel jouait Philippine, aurait dû revêtir, à mes yeux de misérable taupe, une importance considérable. Ce film, présenté à la Quinzaine des réalisateurs, s'intitulait *Sélect Hotel.* L'importance de sa présence, si j'ose ainsi parler, était comparable à celle du film de Philippine l'année précédente – puisque je ne vis, à Cannes, aucun des deux –, et opposée à l'extrême – puisque, si la présence du film de Philippine m'avait permis de loger pour la première fois dans l'un des palaces cannois, elle m'avait dévoilé à la fois combien mon premier amour était non seulement fini, mais aussi enterré, alors que la présence de *Sélect Hotel*, n'affectant en rien, cette année-là, ma vie matérielle, mais étant responsable, à sa troublante manière, de mon deuxième premier amour et de la naissance de mes deux premiers enfants, devait bouleverser fondamentalement, physiquement et métaphysiquement, le reste de mon existence.

Mais parlons enfin de la dernière vraie fête du festival de Cannes 1996. Son souvenir, ou le manque de souvenirs encore plus étrange qui l'entoure, certifie son avènement. Je ne crois pas que c'était la fête de clôture – il est toujours difficile de certifier qu'une fête fut la fête de clôture, non seulement parce que les fêtes de clôture surviennent en général après de nombreuses nuits alcoolisées et de très peu d'heures de sommeil, mais, surtout, parce qu'elles ont lieu après les films de clôture dont on ne se souvient guère, soit parce qu'ils sont, comme souvent, déplorables, soit parce que, comme la plupart des invités à la cérémonie de clôture qui les précède, on a quitté la salle avant leur début –, mais c'était une fête vers la toute fin du festival. Elle eut également lieu sur une plage, celle du Grand Hôtel, ou celle du Martinez peut-être, une plage, en tout cas, comme tant de plages de la Croisette, égayée d'un long ponton qui s'enfonçait loin dans la mer. Je ne me souviens pas du propos de cette fête ; je ne me souviens pas comment nous y étions arrivés. Je ne me souviens pas d'y avoir dansé, ou pas dansé ; je ne me souviens pas d'y avoir parlé avec qui que ce fût de particulier. Je ne me souviens que d'y avoir bu plus qu'il ne fallait et d'avoir joué au jeu mondain d'être simplement là, heureux et ridicule à la fois, plus que je ne le devais. Je me souviens seulement que j'étais seul au bout du ponton et que le soleil ne s'était pas encore levé lorsque je vis Cédric, à l'autre bout, sur la plage, qui parlait avec une fille qui avait l'air très belle et qui portait un chapeau. Je me souviens seulement que je l'ai vue et qu'elle m'a peut-être vu. Je me souviens seulement que je n'ai pas su cette année-là que cette fille était la comédienne qui jouait dans *Sélect Hotel*, et qu'elle allait devenir ma femme, et que j'allais devenir son homme, et que nous allions devenir les parents de nos deux enfants. Je me souviens seulement de Julie au loin, au milieu de la nuit, comme je me souviens qu'elle n'était plus là lorsque à l'aube, pris d'une immense frénésie festive, surexcités et ivres, furieusement ivres, Cédric, Alexis et moi entraînâmes tous les invités à jeter le plus loin possible dans les flots les dizaines de bougies qui, tant que le jour n'avait pas vaincu la nuit, avaient illuminé le ponton. Comme souvent à l'aube, la mer était encore sombre, et le ciel déjà clair ; et nous étions plusieurs dizaines de survivants de la nuit – tous ivres, tous joyeux – à balancer de nos faibles forces de zombies bienheureux les innombrables petits pots en verre qui abritaient chacun une bougie et qui formèrent un feu d'artifice artisanal, miséreux, monochrome, un feu d'artifice au cours duquel non des étincelles colorées mais de petites zébrures de fumée, parfois, comme les bougies s'éteignaient en vol, traçaient sur le bleu du ciel comme un dernier souffle – comme un dernier souffle qui exprimait un dernier espoir opiniâtre : Que la nuit ne finisse jamais !

Lastima, bandoneón,
Mi corazón
Tu ronca maldición maleva…
Tu lágrima de ron
Me lleva
Hacia el hondo bajo fondo
Donde el barro se subleva.
¡Ya sé, no me digás ! ¡Tenés razón !
La vida es una herida absurda,
Y es todo todo tan fugaz
Que es una curda, ¡nada más !
Mi confesión…

Ô mon lecteur ! ô mon ami ! mon cœur, je l'avoue, mon cœur à Cannes était parfois si léger que mon immense projet littéraire, déjà précis, déjà entamé, occupant déjà le début de toutes mes journées le reste de l'année, *ne pesait pas plus qu'un flocon d'écume dans un grand vent qui ne le laisse pas se poser.* Ô mon lecteur ! ô mon ami ! *Ô éternité sou-*

daine ! tout cet immense travail qui m'attendait me semblait si clairement pouvoir se résoudre en un instant désinvolte où, à l'aube, mes confessions se réduiraient au simple fait d'être là, ivre mort face au soleil qui se lève après une nuit sans sommeil ! La vie, ma vie, toute ma vie, tout ce que je pourrais en faire, tout ce que je pourrais écrire, comme dans le tango, ô lecteur ami ! n'était rien de plus qu'une bonne cuite.

Contame tu condena
Decime tu fracaso
¿No ves la pena
Que me ha herido ?
Y hablame simplemente
De aquel amor ausente
Tras un retazo del olvido…

Quelque chose dans la vie, dans cette vie-là qui était *ma* vie comme dans toute vie, est toujours si fugace que les confessions les plus longues se résument parfois à une bonne nuit d'ivresse. Il faut mourir, oui il faut mourir, *mais puisque avant il faut vivre, il faut sourire*. Je le savais. Cédric et Alexis le savaient. Et on partageait ce savoir, on partageait ce savoir qui n'était pas dû à notre adolescence, à son impétuosité, mais au fait de la revivre là, au festival de Cannes, quelques jours par an.

Ya sé que me hacés daño
Yo sé que te lastimo
Llorando mi sermón de vino,
Pero es el viejo amor
Que tiembla, bandoneón,
Y busca en un licor que aturda,
La curda que al final
Termine la función
Corriéndole un telón
Al corazón…

L'année suivante, n'ayant toujours pas fini d'écrire l'interminable scénario que nous écrivions alors, bien que nous discutassions longuement de l'inévitable inélégance dont serait éclaboussé le fait de demander à l'assistante d'Alain Sarde de nous trouver – encore une fois ! – un lieu près de Cannes pour travailler pendant le mois de mai, et bien que nous parvinssions finalement à la conclusion que l'indélicatesse de cette requête l'emportait sur la joie de son improbable acceptation (et sans doute aussi parce qu'un refus nous paraissait presque inévitable), alors que nous étions sur le point de nous décider, la queue entre les jambes, à partir nous reclure dans la maison de campagne de la mère de Cédric à Dordives, un événement incongru nous sembla pouvoir passer pour une excuse suffisante pour ne plus craindre la honte, que dis-je ! le déshonneur, d'être éconduits : dix jours à peine avant le début du festival, on m'annonça qu'un film dont j'avais écrit le scénario trois ans plus tôt était sélectionné dans la compétition officielle. Après tout, nous dîmes-nous, l'année avait été longue, et nous avions beaucoup travaillé, l'été comme l'hiver, et si, comme il arrive souvent lorsqu'on fait cet étrange travail qui ne consiste pas tant à écrire des actions et des dialogues qu'à imaginer un film possible, nous n'étions parvenus à rien qui pût satisfaire notre propre exigence, nulle cigale ne pouvait nous accuser d'avoir partagé sa paresse estivale, nul ours sa paresse hivernale. Prétextant donc qu'il nous fallait être près de Cannes pour que nous travaillassions mais que je pusse également monter les marches le jour de la projection de « mon » film, et sincèrement décidés à consacrer un peu plus de temps à l'écriture que nous ne l'avions fait l'année précédente, nous appelâmes Christine Gozlan qui nous dit, froidement, qu'elle allait en parler à Alain Sarde. Elle nous rappela une semaine plus tard et, comme l'année précédente, nous donna sans plus de précisions l'adresse du logement qu'elle nous avait réservé. Comme l'année précédente, nous prîmes, Cédric et moi, l'avion pour Nice puis gagnâmes en taxi Antibes, où se trouvait l'adresse indiquée. Notre relation avec Alain Sarde s'était assez détériorée pour que nous subodorassions que notre demeure serait moins luxueuse que la villa passée avec son salon aux huit canapés, mais nous fûmes tout de même surpris lorsque nous découvrîmes le petit deux-pièces situé au rez-de-chaussée d'un immeuble décati qu'on nous avait alloué. Nous étions encore jeunes, et la maison de la mère de Cédric à Dordives, où nous étions déjà allés écrire et où nous avions songé à retourner, comme la maison de Najac où nous avions écrit *Le Péril jeune*, n'étaient guère plus confortables que le petit deux-pièces où nous allions vivre, mais il y avait quand même quelque chose d'humiliant dans la façon dont nous traitait notre producteur. D'autant plus humiliant qu'il nous proposa, à peine quelques jours plus tard, soudain grand seigneur, de nous joindre à lui pour le petit-déjeuner à l'Eden-Roc, l'hôtel où il logeait et où la nuit, que dis-je ! le petit-déjeuner tout seul devait coûter plus cher que la location bi-hebdomadaire de notre petit appartement. Malgré l'humiliation, la minuscule et éphémère humiliation, le souvenir de ce petit-déjeuner, le souvenir de cette première visite que je fis à l'hôtel du Cap, n'est pourtant pas désagréable. Alain Sarde était alors à nos yeux – il faut avouer son aveuglement, fût-il, illuminé par le présent, le plus coupable des aveuglements – un homme élégant, toujours souriant, et nous ne parlâmes avec lui que de choses amusantes. Il nous raconta, par exemple, les deux projets de films que venait de lui proposer Jean-Luc Godard : l'un était de tourner de nouveau *Le Mépris*, avec une seule comédienne, sur fond bleu, pour pouvoir ensuite l'incruster sur le film original afin de remplacer Brigitte Bardot dont il n'appréciait ni la défense acharnée des animaux ni la dérive vers l'extrême droite ; l'autre, encore plus simple si l'on peut dire, était de tourner un film, de le monter, de brûler le négatif et de garder une copie unique qu'ils pourraient vendre aux enchères. Alain Sarde était alors, avec nous, un homme amène, et drôle, et sa vengeance elle-même avait quelque chose de plaisant : elle semblait, plus qu'à nous vexer, destinée à devenir un jour lointain une nouvelle anecdote qu'il pourrait raconter à d'autres scénaristes, à d'autres réalisateurs.

Notre vengeance à sa vengeance, d'ailleurs, quasi innocente, tout à fait involontaire, fut tout aussi plaisante : alors que l'année précédente, époustouflés par le court de tennis, la piscine et les huit canapés du salon de notre villa nous avions invité de nombreux amis parisiens à venir nous rejoindre et nous avions rêvé que de nombreuses conquêtes féminines partageraient nos luxueuses chambres mais qu'aucun ami n'était venu et aucun d'entre nous n'avait réussi à connaître (si vous me permettez cette tournure biblique) ou à pécho (si vous me permettez cette tournure contemporaine) la moindre fille, cette année-ci, le petit deux-pièces ne désemplit pas d'innombrables amis pendant les douze jours du festival et nous connûmes tous les trois, si ce n'est des aventures concrètement sensuelles, des partages affectifs, *séductifs* – et nous ne travaillâmes pratiquement pas.

Comme disait Lafargue que disait Lessing :

> *Paressons en toutes choses,*
> *hormis en aimant et en buvant,*
> *hormis en paressant.*

L'édition 1997 du festival de Cannes commença posément, comme avait commencé l'édition précédente : Cédric et moi étions allés louer nos scooters puis nous étions passés cueillir Alexis à la descente du train et, comme il avait égaré son costume pendant l'hiver, nous étions allés en acheter un autre, pareillement dépareillé, dans le même magasin miteux près de la gare. Puis Alexis avait loué sa moto et nous lui avions fait découvrir notre humble logis ; et les films et les fêtes et les retours à l'aube et les réveils tardifs et les séances d'écriture de plus en plus courtes avant de disparaître entièrement s'étaient enchaînés, ou déchaînés, pour reconstituer notre paisible et extraordinaire quotidien cannois. Un peu grâce au film que j'avais écrit et qui était en compétition, beaucoup grâce à l'immense succès des deux derniers films de Cédric, nous allions encore chercher nos billets dans le petit bureau de la SACD au sous-sol du Palais mais nous n'avions guère besoin de nous presser ou d'insister pour obtenir ce que nous voulions : nos désirs, malgré nous, étaient devenus des ordres. Et dans les fêtes aussi, les portes s'ouvraient comme par magie, pour nous et nos amis, dès qu'on y pointait le bout du bout pointu de nos nez. Montant les échelons de cette pyramide sociale grotesque qu'est le festival de Cannes, mais les montant avec une insouciance extrême, nous acceptions désormais mille privilèges sans plus les mendier.

L'un des premiers jours de notre séjour cannois, nous avions vu à la télé une émission dont Jean-Luc Godard était l'invité. Quel que fût le sujet, il y avait toujours des moments mémorables lorsque Jean-Luc Godard parlait. Ce jour-là, comme on lui demandait ce qu'il avait pensé du second film d'un jeune réalisateur très à la mode qui avait été présenté en compétition officielle, après cet inévitable silence de réflexion qui caractérisait souvent ses interventions et qui laissait toujours présager un trait de génie, il se tourna vers l'une des caméras qui le filmaient et dit ces mots terribles : « Vous voyez, c'est comme ce garçon, là, derrière sa caméra : il croit que c'est lui qui filme, mais c'est Sony. »

– Peut-être, finalement, c'est pas plus mal de ne pas être sélectionné à Cannes.

C'est Cédric, dont les films connaissaient un succès commercial mais étaient ignorés, voire méprisés, par une certaine critique, qui avait lâché ces mots avant que nous éteignissions la télé et partissions profiter du festival et de la nuit et de notre jeunesse comme nous le faisions chaque soir.

Le jour où fut projeté « mon » film (qui s'intitulait, je le précise parce que le moins qu'on puisse dire c'est qu'il n'a pas marqué de son indélébile empreinte l'histoire du cinéma, *Kini et Adams*), « mon » film dont je ne me tenais, puisque je n'avais écrit qu'une première version du scénario qui avait été ensuite retravaillée par un autre scénariste, guère responsable de la réussite (avoir été pris en sélection officielle au festival de Cannes reste une réussite même pour les films tombés dans l'oubli), après avoir accompli ce petit rituel qui consiste à attendre au pied des marches que les derniers invités pénètrent dans la salle, je dus, pour la première fois, m'installer dans ce rang singulier réservé à l'équipe. « Mon » film, je le répète, était un film dont je me sentais particulièrement détaché : en plus de n'en avoir écrit qu'une première version, il avait mis longtemps à être financé et tourné et j'en avais, depuis, écrit bien d'autres. Qu'il eût été sélectionné ne provoqua en moi aucune fierté, cela n'altéra en rien mon ambition, ou ma prétention, qui était encore et déjà toute littéraire, mais Idrissa, le réalisateur, avec qui je travaillais depuis longtemps, était un ami, et monter les marches à ses côtés, et monter les marches avec les acteurs, et monter les marches pour la première fois pour un film dont j'étais d'après le générique le scénariste, comme m'asseoir avec toute l'équipe, me remplit, si ce n'est de fierté, d'une légère et exquise gaieté.

Que dire de plus de cette première expérience (et seule pourrais-je ajouter, car si je m'assis par la suite plusieurs autres fois sur ce rang affecté à l'équipe ce fut pour des films d'amis auxquels j'avais vaguement participé mais que je n'avais pas écrits) ? Je profitai, comme tous les membres de l'équipe, comme tous les membres de toutes les équipes de tous les films qui sont projetés dans le grand auditorium Lumière, de l'accueil qui nous fut réservé. Les applaudissements avant la projection, dont je crus déceler l'origine dans le Grand Prix qu'Idrissa avait obtenu avec l'un de ses films précédents, comme ceux survenus à la fin de la séance, dont je tins pour responsable le plaisir que le public de cette salle singulière avait eu à voir notre œuvre, me parurent sincères. Un rien expansifs, un rien ostensibles, mais sincères. Et unanimes aussi. Bref, la soirée se passait de la plus délectable des manières dont peuvent se passer les choses fugaces qui passent avant de s'assombrir légèrement. Retrouvant mes amis après la projection, sentant un peu de compassion dans leurs airs, je finis par douter de mon appréciation et leur demandai comment ils avaient trouvé l'accueil. Ils me répondirent un rien gênés :

– C'était un peu… un peu dur, non ? fit Cédric.

– Un peu dur ? demandai-je.

– Ben ouais… on aurait pas dit que… enfin… je suis pas sûr que les gens aient vraiment aimé, poursuivit-il.

– Non ? demanda gentiment Alexis.

J'avais déjà vu des dizaines et des dizaines de films dans cette salle. Je les avais vus du balcon, du côté, du fond, du centre et du devant de l'orchestre, mais jamais je n'avais compris, avant cette projection de « mon » premier film en compétition, la particularité du rang réservé aux équipes : quel que soit le côté vers lequel on se tourne, avant comme après la projection, la salle a l'air comble et les spectateurs, aussi bien ceux placés dans l'orchestre, qui ne se sentent ni le droit de quitter la salle ni celui de ne pas applaudir, que ceux placés au balcon qui, s'ils ne sont pas très nombreux avant la projection ou s'ils n'ont pas quitté la salle après, se ruent vers la rambarde d'où ils peuvent contempler l'orchestre, semblent toujours innombrables et enthousiastes. Bref, dans la salle, avant et après la projection, j'avais cru que notre film avait remporté un triomphe – sortant de la salle, grâce à l'amicale sincérité d'Alexis et Cédric qui avaient vu le film du balcon, je compris qu'il avait fait un four et que les trois quarts des spectateurs étaient partis avant la fin.

Hélas ! à sa victoire qui donc n'a succombé ?

Cette illusion merveilleuse, qui fait croire immanquablement à un succès même lorsqu'on essuie le pire des échecs, est due à la conception du grand auditorium Lumière (bien différent des grandes salles des festivals de Berlin ou de Venise), mais aussi à l'acharnement d'un homme : le délégué général du festival. Principalement par bienveillance je dirais, il fait tout pour qu'on soit convaincu qu'on aime notre œuvre. Dès qu'il entre dans la salle, escortant l'équipe, on se sent absolument obligé d'applaudir ; dès que le film est fini, il ne laisse guère le choix à tout le monde que de le faire encore pendant de très longues minutes. On peut lui en vouloir comme spectateur, vu qu'on est souvent amené à porter aux nues les pires navets, jamais comme réalisateur, producteur, acteur – ou scénariste.

Les années ont passé,
J'ai vieilli.
Cependant,
Quand je regarde les fleurs,
Je n'ai plus de soucis.

Je vous ai avertis que l'élan adolescent qui m'avait si souvent depuis mon premier amour entraîné à séduire des femmes – fût-ce seulement par la distance et l'excès d'écriture –, paradoxalement, à Cannes, trouvait un incertain repos, comme s'il lui eût fallu, alors que commençait l'été, hiberner. Et j'ai déjà indiqué que je vivais en couple depuis des années, comme j'ai déjà précisé que Cédric et Alexis se trouvaient dans une situation identique à la mienne. Oui. Oui et non. Deux fois oui, et deux fois non. Je ne sais si mes amis éprouvaient à Cannes ce besoin de séduire tout le monde qui empêche toujours de séduire une personne en particulier, ni s'ils avaient, comme tant d'hommes, des aventures extraconjugales le reste de l'année. La seule chose que je ne peux ni taire ni ignorer, c'est que moi, partageant ma vie avec Lucie depuis plus de dix ans, je n'avais que très rarement songé à la tromper. Pour être aussi sincère que précis, entre 1986 et 1997, c'était arrivé deux fois. Une première fois tout au début de notre amour (en grande partie parce que, par provocation, elle m'avait dit que j'étais incapable de le faire) ; une deuxième fois alors que nous étions déjà devenus, depuis des années, un très vieux couple. Pourquoi étions-nous devenus si vite, si jeunes, un très vieux couple ? pour plusieurs raisons qu'on pourrait dire heureuses (l'immense tendresse que nous éprouvions l'un pour l'autre, une amitié réelle, profonde, une confiance absolue dans le bien qu'on se voulait) et une raison malheureuse : je ne savais pas faire l'amour.

J'imagine ton sourire, ô ami lecteur. L'amour a-t-il à voir avec le savoir ? Sait-on jamais faire l'amour ? L'ai-je, moi-même, jamais su ?

L'aveu d'un seul humilie chacun

J'ai déjà cité ces mots pour parler de l'ensemble de mes écrits. Et je suis désolé de me répéter. Mais, comme chacun sait, *quand on a bien dressé sa conscience, elle nous baise en même temps qu'elle nous mord* ; et même si je pousse peut-être la franchise de mes confessions *plus loin que ne le désirent les austères habitudes de vos oreilles*, cette *Voix* de Porchia me revient à l'esprit, je crois, à propos. Ma vie n'a pas été aussi simple que celle de Marcel (et, comme on dit, « excusez du peu ! » puisque cette vie on peut la considérer, avec celles de Hamlet, Mychkine, Stephen Dedalus, Ulrich, K et quelques autres, comme la vie la plus complexe de toute l'histoire de la littérature), – ma vie n'a pas été aussi simple que celle de Marcel, disais-je, plus prétentieux que jamais, et j'ai connu bien des nuits difficiles. Plusieurs femmes dans ma vie, comme Gilberte à Marcel dans les fourrés des jardins des Champs-Élysées, m'ont dit : « Vous savez, si vous voulez, nous pouvons lutter encore un peu. » Ce n'est qu'avec toi, mon dernier amour, qu'un jour j'allais croire, croyance absurde ! que j'étais devenu un amant accompli ; ce n'est qu'à toi, que ce fût ou non justifié, que j'allais dire ces autres mots semblables à ceux qu'adresse Marcel à Albertine, ces autres mots qui, dans la *Recherche*, trahissent avec une délicieuse et infinie discrétion que je ne saurais retrouver ici un siècle après Proust, le passage de l'adolescence à l'âge adulte : « Imaginez-vous que je ne suis pas chatouilleux du tout, vous pourriez me chatouiller pendant une heure que je ne le sentirais même pas. » Ce n'est qu'avec toi, comprenant *que le plaisir n'est pas quelque chose qu'on prend ou qu'on donne mais manière de se donner et d'appeler le don de soi de l'autre*, que je crus que j'étais enfin devenu adulte.

Mais devient-on jamais adulte ? La sexualité n'a jamais, pour moi, cessé d'être aussi complexe que la vie. Bien sûr, quand on aime, il s'y joue toujours autre chose que cet enjeu mécanique que décrit, avec sa violente et grossière justesse, la pornographie. Bien sûr, bien qu'il n'y ait pas de rapport sexuel, il y a tout de même, à chaque fois qu'on est deux, une responsabilité partagée dans la réussite ou l'échec de ce non-rapport. L'érotisme des sentiments, dans l'amour, dans l'amour qui est justement *ce qui vient à la place de ce non-rapport*, ourdit avec l'érotisme de la chair des étoffes, des cotonnades, des lainages, des soieries si personnelles qu'il est difficile de les partager par des mots. Mais comment ne pas en parler ici alors que ma capacité et mon incapacité à aimer ont été aussi, toujours, tristement, désespérément, littéraires ? J'ai inventé un premier amour où les mots s'entortillaient autour du corps de Philippine pour dissimuler, à mes propres yeux, qu'au lieu de vivre en déplorant ce que l'écriture pourrait ravir à l'amour, j'avais toujours aimé avec la crainte de ce dont l'amour pourrait priver l'écriture. Ce n'est qu'ici, maintenant, que la peur enfantine commence de s'en aller. Ce n'est qu'ici, maintenant, que j'espère, t'aimant, ne plus jamais craindre de t'aimer, et, écrivant, apprendre assez à ne plus écrire pour vivre enfin avec toi, pour toi, loin de l'encre et du papier.

> *Maturité de l'homme : cela signifie avoir retrouvé le sérieux que l'on mettait dans ses jeux, enfant.*

Pendant douze ans, je n'ai pas su donner de plaisir à Lucie, ou elle n'a pas su en obtenir – et notre relation, peu à peu, s'était si solidement arrimée à l'amitié et à une tendresse similaire à celle qui unit une sœur et un frère que nous vivions tous deux terriblement proches l'un de l'autre, mais terriblement éloignés de nous-mêmes. C'est peut-être pour cette raison qu'elle m'a demandé, il y a plus de dix ans, de ne pas écrire sur elle. C'est peut-être pour cette raison – et ma lâcheté, ma simple, commune, inexcusable lâcheté – que je ne l'ai pas fait.

> *Il est toujours quelque délire dans l'amour. Mais toujours aussi il est quelque raison dans le délire.*
>
> *Et moi-même, qui bien m'entends avec la vie, il me semble que papillons et bulles de savon, et tout ce qui parmi les hommes est de leur sorte, de l'heur ont le mieux connaissance.*

Je mens pour dire vrai. J'écris mon passé en me confiant autant à mes souvenirs qu'à mon imaginaire, en m'abandonnant autant à mes certitudes qu'à mes doutes, parce que j'ai la conviction, ou l'illusion, d'être un seul être. J'ai la conviction que si je suis toujours le petit *infans* laconique de Buenos Aires, ce petit être d'avant le premier exil, encore entier mais déjà atterré par les silences hérités de ses aïeux, que si je suis toujours le petit enfant aphone perdu dans les rues de Montevideo d'après le premier exil et aussi ce même petit enfant presque reconstruit, presque retrouvé de la fin du premier exil, lorsque l'amitié et l'amour et le fleuve et l'océan et l'apprentissage de l'écriture avaient commencé de lui ourdir un destin qui se voulait littéraire, que si je suis toujours le petit adolescent taciturne banni en France par un second exil, terrifié par la froide contrée boréale où ce nouvel exil l'avait mené et par cette longue langue nouvelle que partageaient autour de lui tous ces enfants aux regards torves et aux manières aussi glaciales que leur patrie, que si je suis toujours l'adulte coi mortellement blessé par la fin d'un premier amour qui éternellement se cherche dans ce qui l'a perdu, je suis aussi, comme nous tous, pour instables et mouvants que nous soyons, une seule et *soyeuse* chose : moi-même. Ai-je tort ? ai-je raison ? Ai-je jamais été autre chose qu'un fatras d'énergumènes cavalant et se cognant les uns aux autres comme des fourmis étourdies, maladroites ? ai-je jamais été, non pas successivement mais à chaque instant de ma vie, autre chose qu'un tas de quidams incapables de communiquer entre eux parce que *nous* ne parlons jamais la même langue ? ai-je jamais été autre chose, concomitamment, qu'un immense imbroglio d'ostrogoths, qu'un écheveau de zigotos, qu'un obscur quiproquo de tristes bougres perdus loin de leur illusoire fourmilière ? Ne sommes-nous pas tous *composés de fragments*, ne sommes-nous pas tous peuplés *d'habitants de nous avec leurs petits chapeaux*, ne fourmillons-nous pas tous *de vies mineures* ? N'est-ce pas parce que dans une vie il y a beaucoup de vies qu'en hébreu, cette langue qui porte, *comme des débris, les marques de la nomination première, le mot « vie » est un pluriel* ? N'est-ce pas de cela dont nous faisons l'expérience *dans toute rencontre véritable* ? Et n'est-ce pas cette expérience fragmentée, *ces liens que nous créons de fragment à fragment, de fragment d'être à fragment d'être, de fragment de monde à fragment de monde*, que nous pouvons aussi, finalement, éprouver *comme continue* et ressentir *comme « communauté »* ? Un jour, j'espère, ô lecteur ami ! un jour tu me le diras. Un jour, prenant mes mots avec la distance requise, tu me diras si je suis autre chose que l'énigme insoluble que, perle de fantaisie, perle de pacotille souffrant du mirage du fil, je reste à mes yeux. Un jour, s'il te plaît, n'hésite pas, dis-moi : ai-je jamais été autre chose que ce désolant labyrinthe où, Ariane, Thésée et Minotaure en même temps, je ne cesse de m'égarer ?

En attendant, si tu le veux bien, comme je suis seul et que le soleil tarde à se lever, comme je suis seul et que ma fille et ma femme dorment comme si le jour pouvait nous oublier, comme je suis seul à mon bureau, mon chat endormi à mes côtés, comme je suis seul *avec mon chat* – car *mon chat est un compagnon mystique, un esprit* –, permets-moi de continuer de t'humilier avec mes humiliants aveux.

J'aimais Lucie. Pendant douze longues années, j'ai aimé Lucie. Ou j'ai cru l'aimer – ce qui diffère dans le présent, mais revient au même dans le passé, puisque je ne pensais pas alors qu'aimer pouvait être autre chose que ce sentiment que j'éprouvais. Et puis, en 1997, j'ai rencontré une autre femme, une autre femme que j'ai aimée différemment – que j'ai aimée d'un amour qui, encore une fois, m'a fait croire, *pour un temps*, que je savais enfin ce qu'était l'amour.

Mais je me précipite. Ce n'est qu'à la toute fin de cette édition du festival de Cannes que j'ai rencontré ce nouvel amour. Avançons calmement, avançons lentement, avançons pas à pas, comme un lièvre et une tortue à la fois.

La fin de mon amour pour Lucie, que je pourrais tragiquement situer au mois de mai 1997, avait paisiblement commencé quatre ans plus tôt. J'avais passé quelques semaines à Patmos avec mes amis Juan et Antoine et, dans la désolation de la fin du printemps, nous avions rencontré une bande de quatre amies – et l'une d'entre elles nous avait éblouis. Comme Antoine n'était déjà plus amoureux de Sandra, comme Juan ne l'était pas encore de Bérénice, comme je croyais profondément aimer Lucie et que, malgré mes deux aventures, je n'étais guère enclin à l'infidélité, je les avais laissés tous deux jouer à « qui elle aimerait » en me tenant à une incertaine distance, contemplant de loin, mais avec un double ravissement, leur combat de jeunes coqs. Pour quelles raisons mon ravissement était-il double ? parce que, d'une part, je les contemplais se disputer Marina avec tant d'amitié que leur dispute, plus drôle et joyeuse que furieuse, formidablement me distrayait et, d'autre part, parce que je ne pouvais que férocement constater, comme eux, la beauté outrageante de ses vingt ans. Patmos était presque vide, et dès que nous l'avions vue pour la première fois sur la plage de Psiliamos, nous avions abandonné nos discussions quotidiennes sur Nietzsche et Spinoza pour ne plus parler que d'elle. Un mystère vaporeux, fluctuant, flottait autour de sa petite bande. Nous les retrouvions le soir – avant la pollution des portables, on se retrouvait toujours, inévitablement, à Patmos, les soirs du début du mois de juin – et nous dînions ensemble et nous buvions jusqu'à tard et Marina ne cessait jamais de jouer de ses charmes, et aussi bien Juan et Antoine, qui jouaient tout autant des leurs, que moi-même, j'avoue, qui n'en jouais guère, étions persuadés qu'elle nous aimait. Il y avait aussi, dans ce Patmos désert, par hasard, un autre ami parisien, Basile, à qui, bien que nous le connussions alors à peine, nous avions proposé de partager la petite maison que nous avions louée. Marina, de même qu'elle semblait créer, par sa seule existence, une réelle affinité entre ses amies, devint aussi, peu à peu, la raison de la nôtre. Comme il arrive parfois, ce furent des jours éminemment bienheureux, des jours radieux sans aucune cause apparente – à part la radieuse beauté d'un être dont nous ignorions presque tout. Je dirais simplement que tous, Basile, Antoine, Juan et moi comme ses trois amies, étions clairement amoureux de Marina et que cet amour si manifeste, si évident, dictait chaque jour notre conduite. Nous semblions tous également amoureux de Marina – à cette seule et visible différence près que Basile, Antoine et Juan ne rêvaient que d'une chose : se l'approprier et que leur amour devînt unique, alors que moi, comme ses trois amies croyais-je, l'aimions d'un amour qui n'était pas voué à la possession. Marina se laissait aimer par tous, mais elle n'avait pas l'air d'être opposée à l'idée d'un amour exclusif ; et de mes trois amis, j'aurais sans doute parié sur Juan – sans doute, bêtement, parce que des trois, c'était celui qui me ressemblait le plus – ; mais Antoine était en ce temps-là terriblement touchant ; et Basile débordait de cette masculinité qui parfois repousse, mais souvent attire ; bref, nous tous, garçons, du haut de notre égocentrisme et notre stupide virilité, pesions les pour et les contre qui feraient pencher la balance du désir de Marina dans un sens ou dans l'autre lorsqu'un jour, en fin d'après-midi, juste avant que nous les retrouvassions pour un énième dîner, Basile nous informa qu'il s'était retrouvé, « involontairement » dit-il, dans la même petite crique que Marina et l'une de ses amies, qu'il avait passé une bonne partie de la journée avec elles, et qu'il n'y avait aucun doute possible : elles étaient en couple. Le combat entre Juan, Antoine et Basile pour obtenir ses faveurs avait été si ostensible, nous en avions tant parlé, nous nous en étions tant moqué, que la fin rocambolesque de cette histoire fut bien plus réjouissante que désolante. Pourtant, du haut de son insignifiance si j'ose dire, elle marqua, pour moi, le début de quelque chose que je ne comprenais alors absolument pas mais que je ne peux aujourd'hui absolument pas ignorer : je n'aimais plus assez Lucie pour lui rester fidèle.

I can psoakoonaloose myself any time I want.

Lent comme je suis, lent parmi *« les êtres lents » que nous sommes*, je mis trois ans à l'accepter réellement. Mais après cet été-là, mon amour – comme le sien, je crois – faiblit ; et nous commençâmes tous deux de songer qu'il nous fallait, fût-ce seulement de temps en temps, nous éloigner l'un de l'autre. Lucie partit étudier quelques mois à Oxford, et elle tomba un peu amoureuse – un peu ? – d'un garçon portugais ; et je vécus seul quelques mois à la Villa Médicis où je ne connus personne, mais le désirai vivement ; et le temps se chargea du reste, accomplissant son inéluctable labeur – ce labeur qui si clairement bâtit et fortifie l'amitié, et si clairement érode l'amour.

Au festival de Cannes, année après année, comme tu l'as sans doute constaté, ô sagace lecteur, je ne pensais guère à Lucie et à ma vie parisienne. Ma pause mondaine du mois de mai avait quelque chose d'une colonie de vacances – mais une colonie purement joyeuse, jamais purulente ou pénitentiaire – et quelque chose d'une retraite – mais une retraite somptueusement populeuse.

Outre le film d'Idrissa, il y avait dans cette édition du festival de Cannes 1997, un film dont j'avais écrit le scénario qui était présenté à Un certain regard et le premier long-métrage de mon ami Christophe, que j'avais écrit et coproduit, qui était programmé à l'ACID. C'est dire si les amis sur la Croisette étaient nombreux. La première petite bande dont nous nous entourâmes, Cédric, Alexis et moi, fut pourtant composée des comédiennes et de la réalisatrice d'un film auquel je n'avais pas participé et qui était présenté à la Quinzaine des réalisateurs. Et c'est de cette petite bande qu'éclut (qu'éclit ? qu'éclota ?) la première fille qui me dévoila, à moi-même, combien le désir débordant d'aimer une autre femme que Lucie s'était accumulé en moi pendant ces dernières années jusqu'à ce point qui le ferait – je ne pouvais plus en douter – rapidement déborder.

Je me surprends, comme lorsque j'ai écrit ces quelques pages sur ma rencontre avec Lucie dans *La Première Défaite* il y a quinze ans, à attribuer le motif d'un autre de mes amours à des ressorts historiques et psychologiques – c'est-à-dire tristement psychanalytiques. Comment ne pas nier, en écrivant sur le passé, que tout cela aurait pu aussi bien ne pas avoir lieu ? que toute ma vie aurait pu n'être pas *ma* vie si seulement un autre être humain dont rien ne présageait le jaillissement n'avait surgi, lourd de toute son histoire, et léger, superbement léger comme tout ce qui est fortuit, à tel moment précis de mon existence ? Rien, jamais, n'annonce l'irruption d'un nouvel amour. Rien, jamais, n'augure le passage d'un autre être dans un espace et un temps où, passant nous aussi, nos regards peuvent non seulement se croiser mais se dévoiler leurs âmes. Rien, jamais, ne prévient que sur notre chemin un sublime obstacle, une tendre épreuve, un doux écueil ouvrira un chemin nouveau. Une rencontre, le possible d'une rencontre, ne doit pas être réduit à ce que nous soupçonnons, longtemps après, avoir pu la provoquer. Rien – absolument rien – ne saurait expliquer comment deux êtres, parmi les milliards d'êtres qui surpeuplent notre planète, peuvent se rencontrer. Rien, aucun mot, ne peut résoudre l'énigme de cet instant prodigieux où, quelques jours plus tard, je vis Julie se lever au milieu d'un dîner auquel étaient invités deux cents ou trois cents convives – comme aucun mot ne peut expliquer l'instant tout aussi prodigieux où nos regards, vingt ans après, devaient se croiser aux Deux Amis. On ne se rencontre peut-être pas pour les siècles des siècles, mais on se rencontre toujours pour le meilleur et le pire – et un seul regard peut toujours, à jamais, modifier notre destin. Les mots, face à une rencontre, retrouvent l'inutilité magique de ceux de l'oracle avant Œdipe. Seul un poème saurait ne pas savoir raconter comment je t'ai rencontrée. Seuls les mots d'un poème auraient cette impuissance suprême.

Mais je me précipite encore. Pourquoi se presse-t-on lorsqu'on écrit sur les moments heureux du passé alors que (même si les souvenirs heureux inévitablement suscitent des regrets) c'est si bon de le faire lentement ?

Jour après jour, entourés de notre petite bande, nous allions de fête en fête, profitant de notre petite célébrité pour entrer sans invitations, à huit, dix, douze dans des lieux où des dizaines de personnes, qui avaient réussi à se procurer une invitation mais qui n'étaient pas connues de Cathy, Delphine, Dominique ou tous les autres physionomistes et attachés de presse, se pressaient en vain pendant des heures devant un escalier qui leur demeurait interminablement interdit, devant une porte qui leur demeurait perpétuellement fermée. À Cannes, sans doute plus que partout ailleurs, beaucoup se sentent toujours exclus ; et très peu – comme nous alors – jamais. Comment aurions-nous pu nous sentir exclus de quoi que ce fût puisque, comme l'année précédente, et même davantage, les fêtes ne nous semblaient être réellement festives que si nous y étions présents ?

Un jour, tard dans la nuit, après une fête sur la plage, ou plusieurs fêtes sur différentes plages, quelqu'un dans notre petite bande dit que quelqu'un lui avait parlé de quelqu'un qui lui avait confié qu'un gros réalisateur faisait, ce soir-là, une fête « privée » dans sa villa. Une fête « privée », à Cannes, est simplement une fête un peu plus privée que les autres, c'est-à-dire une fête organisée, souvent au dernier moment, dans la villa, le yacht ou la suite d'un producteur, un réalisateur ou un acteur dont la célébrité attire forcément d'autres célébrités et suffisamment de festivaliers moins célèbres pour que l'on puisse – condition constitutive de toute fête cannoise – refuser l'entrée à certains mais sans s'entourer d'une armée de videurs, en se protégeant simplement par la confidentialité. La fête privée qui avait lieu ce soir-là dans cette villa excentrique située à une dizaine de kilomètres de Cannes avait tout pour tout avoir. Comme nous étions une petite dizaine, certains restèrent sur la Croisette à attendre la venue d'un improbable taxi pendant que Cédric, Alexis et moi emportions Carole, Sylvie et Emma sur nos infidèles destriers.

C'est de ce trajet précis vers quatre ou cinq heures du matin entre Cannes et Juan-les-Pins, Emma collée contre mon dos, que date non pas le désir ou la décision de connaître un nouvel amour, mais la conscience de sa furieuse nécessité. C'est étrange, n'est-ce pas, que la prise de conscience parfois soit plus violente que le désir lui-même. Mais c'est ainsi : sur ce scooter, dans cette nuit sacrée et sucrée comme tant de nuits de printemps et d'été sur les bords de la Méditerranée, je compris que cette année-là j'allais inévitablement aimer, que ce fût Emma ou une autre fille, comme je n'avais plus aimé depuis douze ans : en prenant le risque de bouleverser ma vie à tout jamais. *Emma ou une autre fille* – encore une fois je nie le simple fait que pour rencontrer quelqu'un il faut que quelqu'un nous rencontre, que pour aimer il faut aussi être aimé. Je le nie – ou bien je ne le nie pas. Puisque je me souviens autant de la magie sensuelle de ce trajet en scooter – que du fait qu'avec Emma, comme avec d'autres filles croisées et désirées cette année-là, rien ne troubla cette distance, sublime, qui, parfois, unit deux êtres.

Arrivés devant la fameuse villa du fameux réalisateur, nous n'eûmes aucune peine à pénétrer dans le jardin : il était absolument vide, obscur, et il nous suffit de pousser la grille du portail. Convaincus que malgré l'obscurité et la désolation il devait bien y avoir, quelque part dans la villa, quelques bouteilles pleines et une fin de soirée encore possible, nous en fîmes le tour. Mais rien. Tout était vide et obscur. Pourtant, comme ceux d'entre nous qui étaient restés sur la Croisette avaient fini par trouver un taxi et qu'ils étaient arrivés à la villa et qu'ils avaient vu le portail que nous avions poussé ouvert et qu'ils avaient distingué nos silhouettes dans la pénombre du jardin que l'aurore commençait de caresser de sa douce lueur éphémère et qu'il faisait déjà étrangement chaud et que nous étions encore un peu ivres et encore très joyeux, Alexis eut l'idée de sauter dans la piscine et cinq minutes plus tard, sans y avoir réfléchi, nous l'avions tous rejoint.

Notre chahut ne tarda pas à réveiller le maître des lieux : furieux, il quitta son lit et sortit en pyjama pour nous expulser du jardin de sa villa.

Alexis, comme toujours depuis le lycée, faisait tout, pour le bien et pour le mal, plus à fond que nous ne le faisions Cédric et moi. Au lycée, il avait fumé plus de pétards que nous, après le lycée il avait goûté à d'autres délices illicites, de même qu'après Normale Sup il avait décidé de déserter le collège où il avait été affecté et de vivre, dans les Alpilles, une vie plus libre que les nôtres. À Cannes, parmi les nombreuses choses qu'il nous contraignait jovialement à faire, il en est une qui devait rester gravée dans ma mémoire et celle de Cédric comme une trace indélébile – et aujourd'hui aussi douloureuse, puisque nous nous sommes éloignés de lui – de notre amitié. Chaque jour à l'aube, après toutes ces fêtes où nous avions tant bu – mais où il avait immanquablement bu davantage –, nous rentrions chez nous sur nos scooters en entourant sa 125 cm^3 pour l'empêcher de rouler à plus de 2 à l'heure. Et même à 2 km/h le périple de Cannes à Antibes, comme il zigzaguait et tanguait et titubait dans le plus précaire des équilibres, devenait souvent bien périlleux. Mais cette habitude prise l'année précédente, cette habitude qui perdura pendant les premières nuits en cette nouvelle année, fut définitivement modifiée par le fait que de plus en plus souvent, en 1997, Cédric et Alexis commencèrent à rentrer à notre minuscule deux-pièces accompagnés.

Comme, pour des raisons inexplicables, notre minuscule deux-pièces n'avait que deux pièces, de même que les trois ou quatre amis parisiens qui constamment surpeuplaient notre humble logis, je dormais dans l'une ou dans l'autre au gré des conquêtes de Cédric et d'Alexis. Car, ne l'ai-je pas déjà dit ? notre festival de Cannes 1997 fut joyeusement partagé avec une infinité d'amis et d'amies, et, de jour comme de nuit, notre petite coterie attirant de plus en plus de monde, nous étions toujours, partout, beaucoup trop nombreux, – toujours, partout, jusqu'à ce que, trois jours avant que le festival ne prît fin, je rencontrai Julie.

À quoi était dédié ce dîner ? après quel film fut-il célébré ? pourquoi eut-il lieu dans cet étrange salon situé au sous-sol du Palais ? je ne saurais le dire. La seule chose dont je me souvienne, c'est que nous étions assis, Cédric, Alexis et moi, à l'une des innombrables tables rondes savamment éparpillées dans cet immense espace et que soudain mon regard et celui de Julie se sont croisés et qu'aussitôt elle s'est levée et qu'aussitôt je me suis levé et qu'elle a fait un premier pas vers moi et que j'ai fait un premier pas vers elle – et que, sans aucune raison supplémentaire que de nous rapprocher, nous avons marché l'un vers l'autre. Depuis quelques jours, pour la première fois depuis des années, comme lorsque j'avais proposé à Emma de monter derrière moi sur le scooter – car c'était bien moi qui le lui avais proposé –, je n'attendais plus que la vie vînt à moi : j'allais vers elle. Avec Emma, comme avec d'autres filles pendant ce festival de Cannes 1997, pour craintif et timoré que je fusse encore, j'avais enfin fait l'opposé de ce que j'avais fait à Patmos avec Marina trois ans plus tôt : j'avais pris le risque d'aborder un autre être humain. J'avais pris ce risque, minuscule et incommensurable à la fois, de non seulement rencontrer quelqu'un, mais de provoquer cette rencontre : d'en être, pour toujours, quelle que fût sa destinée, responsable. J'avais pris ce risque qui est le plus petit et le plus grand que l'on puisse prendre, qui peut ne rien changer à notre existence ou faire s'effondrer la bâtisse de pierre ou le château de cartes que nous avons mis vingt, trente, quarante, cinquante ans à construire – le fragile ou robuste édifice de ce que jusque-là nous avions cru être notre seule vie possible. Bien sûr, la vie, la vie humaine, ne se réduit pas à suivre ses instincts – mais elle se réduit aussi à ça. La vie, toute vie, est régie, modelée, limitée par mille facteurs externes, mais elle doit être aussi dépense, désordre, dérèglement – excès. La vie, toute vie, est blessée par la continence, par la privation, par l'ascèse. Ce n'est pas pour rien que les ermites se retirent, se flagellent, se *mortifient*. Comme ce n'est pas pour rien qu'on écrit.

Je comprends maintenant le sens des années de ma jeunesse, de ma vie voluptueuse. Qu'ils étaient vains mes scrupules, et inutiles…

Ah ! mes amis ! ah, comme je savais à Cannes chaque mois de mai à quels plaisirs on peut goûter loin de la plume et du papier ! Ah ! comme je comprenais alors que la vie peut être autre chose que lire et écrire !

Et pourtant : me voici. Et pourtant : nous voici. Nous voici tous deux – toi qui lis, moi qui écris – à jouer à ce jeu morbide qui consiste à garder le morbide silence dans la morbide solitude. Si je peux me permettre un conseil, ô charmant et solitaire lecteur, lève tes yeux de mes pages ! quitte ta chaise ou ton fauteuil ! sors de ton lit ! va ! vis ! cours ! jette-toi à l'eau ! bois jusqu'à plus soif ! trinque jusqu'à l'ivresse ! remplis-toi la panse ! et aime – aime autant que tu peux.

Et puis, riche de toutes ces expériences, après les multiples délices *de tant de matins d'été*, et las peut-être de toute cette vie d'incontinence, reviens ! reviens vite me tenir ta distante compagnie.

Que dire d'autre de Julie ? Que dire d'autre de cette femme que j'allais aimer plus que je n'avais jamais aimé et qui allait devenir la mère de mes deux premiers enfants ? Que dire sans offenser l'amour immense que j'ai éprouvé ? Comment écrire sur quelqu'un qu'on a tant aimé, alors qu'on ne l'aime plus ? Que raconter d'un amour qui était si grand que rien d'autre ne semblait important, que rien d'autre n'avait de sens, que rien d'autre ne paraissait vivant alors que cet amour a cessé ? alors que cet amour qui était la vie même est mort ? Quelques années plus tard, grâce à Julie, j'allais comprendre comment on peut écrire sur un amour passé – et ça allait précipiter la fin de notre amour si présent. Quelques années plus tard, grâce à l'amour de Julie, grâce à l'amour pour Julie, j'allais écrire quelques centaines de pages sur mon amour pour Φilippine – qui, dans mon cœur, n'était plus rien depuis vingt ans.

Mais je me précipite encore. 1997. Mai 1997. Le festival n'allait pas tarder à prendre fin – et je rencontrai Julie.

Le premier soir, après ces premiers pas que nous fîmes l'un vers l'autre, après quelques mots rares et maladroits, et absolument inutiles aussi puisque nos regards s'étaient déjà tout dit, nous nous étions séparés en nous proposant de nous revoir plus tard dans la nuit. « Au pire à la boîte Canal », avions-nous dit. Elle était retournée à sa table ronde, auprès de ses amis, et j'étais retourné à ma table ronde, auprès de mes amis. J'avais tout de suite su, en marchant vers elle, que Julie était cette fille avec un chapeau que j'avais aperçue rapidement sur une plage au milieu de la nuit l'année précédente ; mais je ne savais rien d'autre. Tout en elle m'avait tout de suite paru familier – et je pourrais aujourd'hui, du physique au narcissisme, faire une longue liste de ce qui nous unissait –, et tout en elle m'avait tout de suite paru étranger – et je pourrais aujourd'hui faire une liste encore plus longue de ce qui nous a toujours séparés. En tout cas, à Cannes, cette année-là, l'énorme ressemblance et la colossale différence n'avaient fait que nous attirer l'un vers l'autre.

Au milieu de cette première nuit, vers trois ou quatre heures du matin peut-être, sortant d'une fête où Julie ne se trouvait pas, comme Alexis et Cédric pour une fois ne souhaitaient pas attendre l'aube pour rentrer se coucher dans notre humble deux-pièces, je décidai d'aller seul à la boîte Canal. Je m'en souviens comme si c'était hier, je m'en souviens comme si j'y étais. Pourquoi mentir ? la mémoire parfois ne diffère guère de la réalité.

J'ai descendu l'escalier et, comme il y avait encore beaucoup de monde, je me préparais à jouer des coudes pour faire le tour de la boîte et fouiller des yeux la piste de danse. Mais dès que je suis arrivé au sous-sol, j'ai trouvé aussitôt Julie. Elle était assise à cette table proche de l'entrée où Pierre,

Alain, Renaud, Michel et tous les gens importants de Canal étaient chaque soir inévitablement installés. En me voyant, elle s'est simplement levée et elle est simplement venue vers moi. On a simplement échangé quelques hurlements au milieu des hurlements de tous les fêtards qui tentaient simplement de se parler malgré les hurlements de la musique et, comme elle faisait quelques pas pour simplement s'éloigner et simplement trouver un endroit où l'on pût plus simplement encore se parler, simplement j'ai posé mon pied sur la traîne de sa robe qui, je m'en souviens, était très longue et très légère et d'une couleur très tendre, et simplement je l'ai déchirée. Julie a à peine réagi, prenant un air aussi désolé qu'amusé, et Danielle, son agent, est apparue à nos côtés comme par magie et, alors qu'elle me connaissait à peine, comme Julie était à peine ivre, de sa voix rauque, rouillée par le tabac, elle m'a à peine demandé : « Santiago, tu pourrais la raccompagner ? »

Nous sommes montés très simplement dans sa chambre – et très directement aussi puisqu'elle se trouvait au Gray où se trouvait également la boîte Canal – et après avoir, ravis, excités, appelé le room service pour qu'on nous montât des préservatifs, nous avons fait l'amour. Comme la plupart des premières nuits auprès des femmes que j'ai connues ce fut un peu – un très peu, c'est-à-dire un beaucoup peu et non un peu beaucoup – catastrophique. Ce fut gauche, malhabile, empoté. Et bref. Cruellement bref. Mais amoureux. N'est-il pas singulier que, pas plus que l'échec amoureux n'empêche le succès sexuel, l'échec sexuel n'empêche pas l'amour ? N'est-ce pas là une preuve, non de leur déconnexion, de leur autonomie, mais bien au contraire du lien étrange qu'entretiennent l'amour et le sexe ? À partir de cette nuit balourde, pataude, godichonne si vous me permettez cet adjectif négligé, pendant quelques années, Julie et moi nous sommes véritablement aimés.

Notre histoire pourtant aurait pu se terminer dès le deuxième soir – et ça n'aurait été qu'une histoire. Julie m'avait dit la veille qu'elle devait rentrer à Paris, et je fus grandement surpris, et grandement réjoui, lorsque nous nous retrouvâmes le lendemain, par hasard (par ce hasard qui a existé pendant les innombrables siècles où les êtres humains n'ont pas été pendus à ces petits objets qui les portent et qu'on appelle, à tort, des « portables »), dans une fête sur une plage. Nous avions bu, parlé, traîné, ensemble ou séparés, comme nous devions tant le faire dans les mois et les années à venir, avec ce plaisir complice qu'apporte, dans la mondanité, le simple fait de pouvoir continuer à séduire tout le monde en sachant qu'on aime la personne avec laquelle on finira par quitter la fête ; et puis, au bout de la nuit, nous nous étions retrouvés seuls, assis face à la mer encore sombre alors qu'un ciel précis et serein *venait d'être jeté sur les épaules du monde*.

J'omets parfois, lorsque je rapporte mes propos passés, comme ces hurlements de la veille dans la boîte Canal, de dire à quel point rares étaient les mots qui sortaient de ma bouche : avec Julie, de même qu'avec toutes les femmes que j'ai aimées et tous les amis que j'ai *amiés*, enfant, adolescent, adulte, j'ai peu parlé. Face à la mer sombre, en cette nuit douce du mois de mai, alors que nous avions fait l'amour la veille comme deux êtres à qui tout était permis, et alors que Julie joyeusement me confiait qu'elle avait prolongé son séjour cannois pour me revoir, je lui avouai douloureusement que je vivais avec Lucie depuis douze ans et que nous songions à avoir un enfant. Quel affront, quelle injure, quelle indignité. Comme toujours dans ma jeunesse, je refusais d'imaginer la blessure que pouvait provoquer ma stupide croyance dans la sincérité. Et la douleur que j'ai vue, dans la lumière timide de l'aube, attrister un instant le regard radieux de Julie, n'a pas suffi à me le faire comprendre – puisque cette erreur assassine de croire que dans l'amour on peut toujours dire la vérité je devais continuer de la commettre pendant toute ma vie.

La vérité, en soi, n'a rien de plus valeureux que le mensonge. *C'est par pur préjugé moral que nous accordons plus de valeur à la vérité qu'à l'apparence.* Et si on ment souvent pour notre compte, c'est toujours dans notre intérêt que nous disons la vérité. Nous mentons pour nous flatter ou pour nous arranger d'une situation qui ne supporterait pas la franchise ; nous disons la vérité pour être, ou paraître – fût-ce seulement à nos propres yeux –, dignes de la réalité.

Julie, qui était si fondamentalement plus pratique que moi, après que nous étions restés un instant, muets et sombres, à contempler le ciel contagier lentement la mer de son indulgente et divine douceur diurne, essuya ses larmes, se leva, me prit par la main et m'entraîna vers la nouvelle chambre d'hôtel où le festival l'avait logée. Elle se trouvait au Carlton, plus ou moins en face de la plage où nous avions fait la fête, et nous y passâmes la première de cette infinité de nuits où je profitai outrageusement de son amour.

rue du Sommeil Rare,
le soir du premier jour

Le chat ronronne tant bien que mal. Il entretient le va-et-vient trouble de la mémoire. Je pense à cet après-midi. Il y a un moment où je voulais dormir, non ? Je t'ai demandé une heure. Ou une demi-heure. Je ne sais plus. Et tu m'as laissé dormir. Peut-être tu m'as regardé. Peut-être tu m'as caressé. Plus tard, je sais, je m'en souviens, tu m'as réveillé. Et tu m'as regardé. Et tu m'as caressé. Et puis tu m'as réveillé. Mais peut-être c'était avant. Multiples images éparpillées. Tu m'as massé les pieds. Je dormais encore. Et je ne dormais pas. Tu m'as massé les mains. Et puis tu m'as réveillé. Et on a fait l'amour. Mais peut-être c'était avant. Tu m'as massé les pieds. Je dormais encore. Et je ne dormais pas. Tu m'as massé les mains. Et peut-être plus. Ça je le sais : je ne l'ai pas oublié. La bougie était allumée, non ? Et puis tu m'as regardé. Et nous avons fait l'amour. Ou peut-être pas. Peut-être c'était avant. Après, après je ne sais pas. Tu m'as caressé, tu m'as regardé, j'ai dormi, tu m'as massé les pieds, et nous avons fait l'amour. Je ne sais plus. J'ai dormi, tu m'as regardé, tu m'as massé les mains, je t'ai embrassée, tu m'as caressé, je t'ai demandé, et nous avons fait l'amour. Et tu m'as regardé, et tu m'as caressé, et je me suis endormi. Ou peut-être pas. Parce qu'après, je t'ai réveillée, et je t'ai caressée, et je t'ai massé les pieds, et je t'ai embrassée. Et nous avons fait l'amour. Ou peut-être plus. Parce qu'après, tu m'as massé les mains. Ça je le sais : je l'ai oublié...

C'est en pensant à cette nuit passée au Carlton avec Julie en 1997, cette nuit où j'abusais de son amour, que j'ai écrit ce petit texte qui décrit la première après-midi passée avec Philippine en 1980 dans ma chambre de bonne de la rue du Sommerard. C'est grâce à Julie que j'ai pu écrire ces mots – comme c'est grâce à toi, Marion, que j'ai compris que je dois, aujourd'hui, l'avouer. Tu m'as ouvert les yeux. Tu m'as ouvert les yeux sur tant de vérités de ma vie. Et tant de mes mensonges aussi. Tu m'as ouvert les yeux parce que parfois (et non seulement quand tu me parles de moi), malgré ce que tu crois, je comprends à quel point ta furie peut être plus lucide que mon insouciance.

> *Lorsque je remarquais comme pâlissaient soudain les anciens vers lorsque le futur en eux caché devenait un aujourd'hui, j'ai compris que la patrie de la création est le futur. C'est de là que souffle le vent envoyé par les dieux du mot.*

Khlebnikov avait raison. Notre patrie à tous est l'enfance, et parfois la langue, mais la patrie de la création est le futur. Aurais-je pu écrire sur l'amour ancien pour Philippine en omettant l'amour, alors naissant, pour Julie ? Non. Pour le monde comme pour chaque être, la seule façon de comprendre quelque chose au passé, *c'est de comprendre qu'il fut lui aussi un maintenant*. Il ne servirait à rien d'aligner des souvenirs anciens de ma vie sans évoquer le monde qui m'entoure et sans écouter l'avenir. Le présent s'écrit depuis le futur, et le passé depuis le présent. Et si je n'ai jamais compris avant de te rencontrer que l'hommage qu'à mes yeux je rendais à Julie en écrivant *Le Premier Amour* pût être aux siens un affront, je ne veux pas risquer maintenant que mes mots soient à ta lecture, que je crains autant que je l'estime, autre chose qu'une douce prière, qu'un doux aveu.

> *Je mourus et éclatai de rire.*
> *Tout simplement ce qui était grand devint petit et ce qui était petit devint grand.*
> *Tout simplement, le signe plus fut remplacé par le signe moins dans tous les nombres des équations de la vie.*

Mais laissons Khlebnikov et son chien manger tranquillement leur caviar *ramassé sur le sable d'une plage de la mer Caspienne* et, chefs en herbe ! rois de la grillade ! princes du rissolement ! oublions le présent et revenons à *mes* oignons. Après que nous fissiâmes l'amour, après que nos corps s'accordisent (permettez-moi d'éviter l'imparfait du subjonctif à ma guise) dans cette magie enflammée et sensuelle qui m'a permis d'écrire tout ce que j'ai écrit dans *Le Premier Amour* et que je ne veux ni ne peux réécrire à présent ici, j'abandonnai Julie au matin (vers quatorze ou quinze heures du matin), convaincu que je ne la verrais plus, décidé à ne plus jamais la voir (et désespéré aussi parce que je n'allais plus contempler l'étincelle humide de ses yeux ni caresser la lente paresse de sa peau) et montai sur mon scooter pour aller retrouver Cédric et Alexis et travailler une demi-heure (ou un quart d'heure ?) avant de me doucher, de renifler les aisselles de ma chemise à col cassé, de renfiler mon smoking que je n'avais pas quitté depuis la veille, de repartir à Cannes pour voir un nouveau film et d'aller à un nouveau dîner et à quelques nouvelles fêtes – et de retrouver Julie, encore une fois, puisque encore une fois elle avait décidé de ne point rentrer à Paris.

Je ne me souviens guère de cette troisième nuit en sa compagnie. Le festival, ou peut-être Canal+, lui avait trouvé une dernière chambre au Martinez et, épuisés par les deux nuits précédentes, nous étions allés nous coucher bien avant l'aube. Sans rien nous dire, nous nous étions clairement dit, puisque le festival finissait et que rentrer à Paris devenait, pour elle comme pour moi, inévitable, que cette nuit-là serait notre dernière nuit. Et comme tant de nuits passées avec elle – et comme tant de nuits passées avec toi, qui dors avec notre fille dans la chambre à côté de moi et pour qui j'écris chaque jour à l'aube à présent – ce fut absolument notre dernière nuit, et ce ne le fut absolument pas.

Je me répète. *Je me répète, on le sait ; il le faut.* Je me répète et j'écris que je me répète. Je me répète intentionnellement et involontairement à la fois. Je me répète car *j'ai barbouillé force papier* et tisser le fil d'un passé probable et d'un présent fortuit pour faire le tissu vraisemblable d'une vie à venir n'est pas chose si facile. J'écris, et j'écris – et parfois je dis vrai pour jouer, et parfois je dis faux pour de vrai. Lorsqu'on écrit, on ment toujours la vérité.

On ment plus qu'il ne faut
par manque de fantaisie :
la vérité s'invente aussi.

Oui, je cite et je recite ces vers de Machado. Et je pourrais aussi bien citer le Genoux-qui-pense – *La vérité grecque a tremblé, jadis, en cette seule affirmation : « je mens ». « Je parle » met à l'épreuve toute la fiction moderne* –, ou bien le fils de Diogène et Hypatia – *Ce n'est pas le faux qui est l'ennemi de l'expression, c'est la gratuité.* Le narrateur de mes livres – ce Santiago H. Amigorena que je surnomme souvent « le crapaud graphomane » – n'est pas plus moi que tous les personnages que j'ai inventés autour. – Mais il ne l'est pas moins. Alors, ô engeance présocratique qui ois mes meuglements confessatoires ! prête, pour quelques pages encore, à mes dires agrestes tes longues esgourdes tombantes de jeune éléphantesse orientale. Je t'accorde, en échange, *le droit de dormir dix pages durant, prises n'importe où dans mon livre.*

De 1998 à 2005, les festivals se sont enchaînés avec une incertaine monotonie – et une toujours très certaine euphorie. Jeune couple cinématographique, nous prenions part aux festivités parisiennes tout au long de l'année et Cannes devenait à mes yeux comme une simple ponctuation mondaine aux longues phrases sinueuses de notre mondaine vie parisienne. Oui, Paris et Cannes se mélangeaient, se brouillaient – à cette seule exception près : à Paris je continuais (je continuais plus que jamais si je puis dire) de me lever à l'aube pour écrire, accomplissant ce qui m'apparaissait de plus en plus comme ma destinée littéraire, alors qu'à Cannes je l'oubliais. À Paris, mon snobisme consistait à être toujours le premier à quitter les fêtes et les dîners qui suivaient les avant-premières et les diverses célébrations de la continuelle sarabande du showbiz ; à Cannes, je me laissais encore aller au plaisir des longues nuits blanches et des aubes sans encre ni papier.

Cannes avec Julie, il est vrai, se réduisait le plus souvent aux trois jours où nous y étions invités. Mais pendant ces trois jours, je profitais à outrance de tout ce que j'avais toujours tant aimé auparavant au festival. Hôtes officiels (je ne saurais dire si à cause ou malgré notre petite notoriété), nous nous rendions à Nice en avion et nous profitions de la voiture officielle qui venait officiellement nous cueillir à l'aéroport. Le plus souvent, pour le bonheur de parcourir lentement la Croisette à l'aube lorsque nous rentrions nous coucher, nous demandions d'être logés au Martinez, où l'on croisait, au petit-déjeuner, Philippe, Paulo, et ces quelques stars américaines, les plus simples, les plus désinvoltes, qui, venues plus d'une fois au festival, savaient que le luxe du Martinez valait bien celui du Majestic ou du Carlton tout en l'emportant sur eux par son calme lointain. Ô que j'aimais ces marches à l'aube, les chaussures à talon de Julie pendant à ma main ! Comme j'aimais retourner avec elle dans tous ces lieux où je m'étais tant rendu seul pendant mes douze premières années au festival ! Les fêtes dans les villas, les fêtes sur les plages, les fêtes au Palm Beach, et les fêtes Canal qui débordaient alors de magnificence et de champagne, et la boîte Canal, et les terrasses des marques et des grands groupes, et le Grand Hôtel et sa terrasse laborieuse, et la pizzeria au bout du port et Chez Laura et le libanais entre le Noga et le Martinez qui parfois, lorsque nous étions fatigués d'être si entourés, remplaçaient les cocktails et les dîners officiels ; et puis comme j'aimais aussi ces nouvelles choses que je découvrais grâce à elle : la foule d'invités officiels avec qui nous prenions l'avion, qui semblait constituée de gens normaux mais que nous retrouvions le soir au pied du tapis rouge masqués et déguisés comme des Martiens, ou des *Marchiens* plutôt ; et toute cette foule aussi des institutions (CNC, SACD, SRF, ARP, ETC) pour qui nous étions assez connus pour être des invités d'honneur à leurs déjeuners ou leurs dîners, et pas assez connus pour les refuser ; et les essaims de journalistes (du *Film français*, de *Studio*, de *Première*, des quotidiens nationaux et provinciaux, des magazines étrangers) qui parfois nous reconnaissaient, et les nuées de fans qui ne nous reconnaissaient presque jamais ; et la ribambelle d'amis – comédiens, réalisateurs, producteurs, techniciens, distributeurs, attachés de presse, directeurs de salles et de festivals – et ces dizaines ou centaines de personnes que Julie me présentait et dont je ne retenais jamais le nom et qui, pourtant, pendant trois jours, devenaient des membres de notre immense famille. Ah ! que la vie semblait alors vivante ! qu'elle semblait riche et variée ! qu'elle semblait pleine ! – fût-ce de ce vide qui est le seul secret que cache la notoriété.

Des huit années passées avec Julie, je me souviens d'une infinité de souvenirs inoffensifs. Je me souviens qu'elle m'emmenait chez Lanvin, pas loin de là où nous habitions, pour qu'une femme que j'ai vue tant d'années de suite et dont je ne retrouve pas le nom me prêtât un smoking qui, puisqu'il l'était réellement, avait enfin l'air d'un vrai smoking. Je me souviens du regard amusé et surpris de nos enfants lorsque à la maison, la veille de notre départ, elle essayait des vêtements pour le festival. Je me souviens d'elle au pied des marches, vêtue d'une robe à rayures blanches et noires qu'elle portait, enceinte de sept mois, avec cette fierté frêle et extrême que montrent parfois les femmes très belles, mais qui, ô pensée indécente ! seule semble naturelle chez les futures mères. Je me souviens, lors d'un aller incertain de ces années passées, comme nous avions pris l'avion le jour de l'ouverture du festival et qu'une partie du personnel de l'aéroport d'Orly était en grève, que notre vol avait un retard tel que certains passagers avaient commencé de se changer, de se maquiller et de se coiffer en plein ciel, alors que ceux qui avaient leurs tenues de soirée dans leurs bagages en soute l'avaient fait dans le hall de l'aéroport de Nice. Je me souviens d'une autre année, était-ce pour la clôture ? où Julie avait été réquisitionnée pour monter les marches au bras d'un ministre de la Culture que nous avions attendu longtemps enfermés dans une voiture vaguement dissimulée vers le rond-point Duboys-d'Angers où, prise d'une pressante envie, Julie descendit de notre luxueux véhicule pour, embourbée dans le fatras complexe de sa robe en tulle rose poussière, faire pipi entre deux autres luxueux véhicules garés dans la pénombre. Je me souviens que dans les avions, à l'opposé du train où la réalité sociale existait encore, dès qu'on quittait Paris, on avait un vrai sentiment de monde clos, de chapelle, de camarilla, d'industrie avec ces industrieux employés qui, se connaissant, travaillant de concert toute l'année, se déplaçaient comme se déplacent en bande, majestueux, les oiseaux migrateurs, ou, grouillantes et pouacres, les colonies d'insectes ou de bactéries. Je me souviens des petits-déjeuners rituels où les présidents du CNC faisaient des discours pompeux, citant toujours Tolstoï et Georges Sadoul pour vanter le « septième art » qui « allait changer nos vies », sans jamais dire que si on avait déclaré ces inepties dans la première moitié du XXe siècle il aurait fallu, au début du XXIe, au lieu de dire « qui allait », dire « qui aurait dû » – et tirer quelque enseignement de cet échec. Je me souviens que l'autre mémorable lieu commun de tous ces discours consistait à vanter le fait que le cinéma nous permettait de « rêver les yeux ouverts », comme si les rêves fabriqués par une mécanique industrielle pouvaient arriver aux chevilles des rêves que modèle notre esprit grâce au plus incompréhensible et extraordinaire des procédés lorsque le corps se repose et qu'il est, lui, irrationnel et tout-puissant, *éveillé*. Enfin, presque toujours, lors de ces petites messes matutinales, je me souviens comme tout le monde se réjouissait du fait que le cinéma « se portât bien », puisqu'il y avait eu tant de billets vendus pendant l'année, sans jamais songer que se réjouir de ce succès dû à quelques très mauvais films ne faisait que creuser cette tombe vers laquelle, à présent, dans les années 20 du XXIe siècle, le cinéma semble bel et bien courir ventre à terre. Je me souviens que ces années où j'allais au festival avec Julie ont été les années les plus fastes de Canal+ et qu'encore jeunes, modiquement célèbres si j'ose dire, nous profitions à outrance des faveurs que la chaîne accordait à notre jeunesse et à notre modique célébrité. Je me souviens que nous enfilions les fêtes de plus en plus, et de plus en plus vite, en en fréquentant cinq ou six chaque soir. Je me souviens qu'il nous arrivait de nous rendre dans les plus courues de Cannes avec deux invitations et dix-sept amis – et je me souviens qu'on nous ouvrait grandes les portes pour nous laisser entrer. Je me souviens que Julie était déjà amie avec tant de gens, comme Delphine et Marco, sésames de toutes les festivités liées à Canal. Je me souviens des débuts de la terrasse d'Albane – que nous connaissions de Paris, puisque sa fille allait à l'école avec nos fils. Je me souviens du concierge du Martinez qui, je ne saurais dire si avec humour ou par maladresse, m'appelait toujours « monsieur Gayet ». Je me souviens de Gilles Jacob nous accueillant en haut des marches et me confiant, avec cette indélicatesse exquise que sa délicatesse infinie se permettait parfois, que mon beau-père était la personne qui connaissait le mieux « si ce n'est mon for intérieur, mon intérieur tout court », puisqu'il était chirurgien digestif et qu'il avait longuement, disait-il, « farfouillé dans mes entrailles ». Je me souviens de la quantité de cartons qu'on déposait dans notre chambre et que nous n'emportions presque jamais avec nous, préférant entrer aux fêtes comme si nous n'y eussions pas été invités, comme je me souviens que je refusais souvent qu'on nous portât les billets pour les projections à l'hôtel parce que j'aimais passer les chercher dans les bureaux du protocole, sorte de centre névralgique de toute l'organisation – ou, pour parler encore une fois le contemporain, de toute la « logistique » – de la distribution des places pour les séances du soir. Je me souviens que parfois je croisais la femme qui s'occupait de la répartition à la SACD et qu'elle me proposait ses places à elle, comme si le fait que je m'assisse dans les rangs de la Société pût agrémenter, d'une quelconque façon, leur attrait. Je me souviens que même dans le petit carré situé juste devant le rang où s'asseyait l'équipe – ce petit carré réservé aux vraies stars du festival et où nous avions nos places – les invités se jalousaient, se battant, avec plus ou moins de discrétion, avec plus ou moins de courtoisie, pour remonter de quelques rangs ou se déplacer vers le centre de quelques sièges. Je me souviens de la dégustation de vins de *Mondovino*, un documentaire réalisé par mon ami Jonathan, et de la manière dont, lors de la projection du film, ivre comme tant de convives, je m'endormis au bout du rang réservé à l'équipe. Et je me souviens de mon ami Juan, qui avait tant aidé Jonathan à faire ce film, comme je me souviens de Nicolás et de Julien, deux autres vrais amis qui faisaient aussi du cinéma et que je voyais souvent à Paris et que je retrouvais à Cannes avec un plaisir qui excédait la mondanité mais qui ne nous empêchait pas d'en profiter ensemble. Ah! je me souviens de tant de choses vaines, frivoles, futiles, fates, creuses, puériles – et je me souviens de les avoir tant aimées.

Hier au soir je me promenais seul; le ciel ressemblait à un ciel d'automne; un vent froid soufflait par intervalles. À la percée d'un fourré, je m'arrêtai pour regarder le soleil : il s'enfonçait dans des nuages au-dessus de la tour d'Alluye, d'où Gabrielle avait vu comme moi le soleil se coucher il y a deux cents ans. Que sont devenus Henri et Gabrielle ?

Je fus tiré de mes réflexions par le gazouillement d'une grive perchée sur la plus haute branche d'un bouleau. À l'instant, ce son magique fit réapparaître à mes yeux le domaine paternel…

Je n'ai plus rien à apprendre ; j'ai marché plus vite qu'un autre, et j'ai fait le tour de la vie.

C'est pendant ces années aussi, comme la blessure que m'avait infligée Philippine non seulement cicatrisait mais s'effaçait, et comme ma mondaine férocité s'en allait, que j'appris à profiter plus calmement de la féroce mondanité du festival de Cannes. C'est sans doute un trait caractéristique de ce que vivent beaucoup d'êtres humains : lorsqu'on atteint son but, la triste réalité de ce qu'on convoitait s'offre à nous dans tout son terne éclat. Le désir de faire partie de ce monde festif du cinéma avait été à la hauteur, si je puis dire, de la désillusion d'en faire finalement partie. Les fêtes où j'avais tant désiré être reçu perdaient graduellement, comme j'y étais si facilement admis, de leur charme. J'avais déjà éprouvé pareille déception pendant les années où j'avais vécu avec Lucie : mon désir vorace de revenir, chaque fois que l'hiver commençait de frapper Paris, à la tendre chaleur d'Uruguay, peu à peu s'était émoussé. Après la fin de mon enfance, où la dictature nous interdisait le retour, après avoir vécu toute ma longue adolescence sans avoir les moyens de me payer un billet d'avion, après tant d'années où, ayant commencé à travailler, j'avais enfin les moyens mais je n'avais plus, ou plutôt croyais ne plus avoir, que dis-je ! me vantais de ne plus avoir le temps de le faire, adulte, ayant le temps et l'argent, je ne désirais presque plus m'y rendre.

Je ne crois pourtant pas que je voyais alors à quel point ma vie entière devenait semblable à ces vies dépeintes par Fellini dans *La dolce vita* : celle de Marcello, bien sûr, tiraillée entre la littérature et la mondanité, mais celle aussi de ce scénariste alcoolique qui est en couple avec Anita Ekberg. Quelques archétypes culturels façonnent sans doute toujours, à côté des quelques décisions qu'il nous est donné de prendre à certains moments cruciaux, ce que nous faisons de nos vies. Le couple scénariste-comédienne fait partie de ces archétypes. Il est, dans l'histoire du cinéma, peut-être encore plus commun, encore plus caricatural que celui comédienne-réalisateur. Avec Julie, nous formions, pour notre milieu, et pour notre bonheur et pour notre malheur, un couple parfait. Accueillis partout, nous avions assez de réussite (ou de promesses de réussite) pour être admirés, et assez peu pour ne pas être jalousés. Et nous jouions sans façon au jeu d'être nous-mêmes. Elle jouait avec une grâce indéniable à être une jeune et belle comédienne ; et moi, parvenant de plus en plus facilement à quitter mondainement mon silence, moi, *plus désireux de plaire en bavardant que de m'instruire en écoutant*, lançant lors des déjeuners et des dîners des idées politiques un rien extrêmes devant lesquelles nos amis producteurs, réalisateurs ou comédiens, choqués *par la forme ou pour la forme*, prenaient un petit air gêné qui durait deux ou trois secondes, je jouais, dans ce désert de pensée, à être intelligent. Mais, devions-nous comprendre tous deux de la plus tragique des manières, notre vie, notre vie à deux, notre vie à vivre comme si deux nous n'étions qu'un, n'était parfois que cela : *un jeu*. Un jeu auquel, malgré son talent, nous allions finir par être, chacun dans notre rôle, les plus mauvais des joueurs, les plus mauvais des comédiens.

Il est difficile de comprendre ce qui unit deux êtres. Parfois l'amour, parfois l'amitié ; parfois l'admiration, parfois le mépris ; parfois le désir, parfois son absence ; parfois la tendresse, parfois la violence ; parfois peut-être même l'indifférence. Souvent, je dirais, un sentiment étrange, mélange de toutes ces humeurs. Julie et moi, en tout cas, avons connu ces diverses dispositions, tantôt à des moments différents, tantôt au même moment, souvent, comme tout le monde, chacun concomitamment. Pourtant, un sentiment, je crois, l'emportait sur tous les autres – ou plutôt, un sentiment était toujours, entre nous, le ciment de la continuité de notre couple : nous croyions, ensemble, être, non seulement ce petit couple cinématographiquement idéal qu'on voyait en nous, mais surtout être chacun, dans ce qui nous tenait le plus à cœur, meilleurs. Julie, à mes côtés, pensait qu'elle était, ou croyait qu'elle deviendrait, une meilleure comédienne ; j'étais persuadé que grâce à elle je serais un meilleur écrivain. Et, bien sûr, comme dans tant de croyances, nous avions tort et raison à la fois.

Je te fais grâce, ô ami lecteur, ô lecteur ennemi, de mes espoirs et mes désillusions d'écrivaillon. Sache, pour tout potage, que ce fut à ses côtés que je publiai pour la première fois et que je connus, trois livres plus tard, pour la première fois, la honte d'un minuscule succès. Julie, en revanche, connut à mes côtés le plus douloureux désenchantement. Un désenchantement qui, pour mes yeux stupidement myopes, demeura à l'époque cruellement incompréhensible. J'avoue sans peine aujourd'hui que j'ai été le plus crétin des hommes. Mais comment ai-je pu ne pas voir alors la douleur dont elle souffrait ?

Que les choses soient claires : Julie était plus connue que moi. Dans le monde du cinéma, c'était moi qu'on appelait « monsieur Gayet ». Et elle gagnait mieux sa vie. Mais sa vie, comme la vie de presque toutes les comédiennes, comme la vie de presque tous les comédiens, était suspendue à des fils que seules d'autres mains que les siennes pouvaient manœuvrer. Moi-même, persuadé qu'elle excellait dans son travail, lorsque j'écrivais des scénarios, s'il y avait dans l'histoire un personnage de jeune femme, je songeais naturellement à elle – et naturellement j'imaginais que les réalisateurs avec qui je travaillais, souvent des amis proches, désireraient tout aussi naturellement lui confier le rôle. Erreur. Erreur, erreur, erreur ! Avec quatre de mes amis les plus proches, cela tourna, si ce n'est réellement au drame, à de dramatiques accrocs amicaux. Avec mon ami Hugo, je n'eus pas de regrets : le film qu'il fit à partir du scénario que nous écrivîmes ne me plut guère, et cela m'évita toute déception, et l'accroc fut assez léger pour ne point nous empêcher de demeurer très proches jusqu'à sa mort. Avec mon ami Juan, je comprendris finalement, si je peux me permettre ce futur du passé simple, et même si cette compréhension tardive de ma part n'épargnarit pas tout à fait la blessure amicale dont je me sens responsable, qu'il était important pour lui d'offrir le rôle féminin principal du premier film qu'il allait réaliser (et que je n'avais pas écrit mais que je devais produire) à une comédienne qui ne fût pas la mère de mes enfants. Avec Jonathan, tout s'embrouilla dès le début, puisque Julie l'avait connu avant moi, et qu'elle l'admirait en tant que réalisateur – et que nous ne finîmes finalement jamais le scénario que nous commençâmes d'écrire ensemble. Ce fut avec mon vieil ami Cédric que l'accroc fut, pour moi, le plus douloureux. Après l'interminable écriture de ce scénario qui nous permit, par deux fois, d'aller passer douze jours à Cannes, après qu'il eut eu tourné le film, nous nous lançâmes dans l'écriture d'un autre scénario dont le rôle principal me semblait fatalement destiné à Julie. Sincèrement, le plus sincèrement qu'on pût être sincère, et sans doute aveuglé par ma sincérité, je ne voyais aucune autre comédienne de sa génération qui pût incarner le personnage dont nous avions ébauché les traits et le caractère. Comme avec Juan, comme avec Hugo, comme avec Jonathan, une amoureuse insistance fut contre-productive à l'extrême ; et, lors d'une des nombreuses discussions que nous eûmes alors, Cédric finit par me dire une phrase qui me parut infiniment désobligeante, mais dont la désobligeance tenait surtout au fait qu'elle m'était à cet instant-là infiniment indéchiffrable : « Je ne veux pas filmer ta femme. »

Je n'avais encore réalisé aucun film, et je ne connaissais rien de cette relation complexe qu'entretiennent tout autant les réalisateurs avec les comédiennes que les réalisatrices avec les comédiens – et vice-versa, et versa-vice, et versa-versa, et vice-vice, si, graveleux, vous voyez ce que je veux dire. Je ne connaissais rien mais, comme il arrive si souvent, ignorant – ignorant et lent, pourrais-je observer, puisque cela faisait vingt ans déjà que je « faisais » du cinéma –, je commençais à rêver de comprendre.

Les raisons de mon aveuglement amoureux, comme celles de mon désir d'enfin ouvrir les yeux, tenaient aussi à une autre aventure amicalo-professionnelle – une aventure, au contraire, profondément heureuse. Avec mon ami et associé Christophe, nous avions écrit un film dans lequel Julie avait tenu un rôle secondaire qu'elle avait interprété à merveille : celui d'une jeune kinésithérapeute aveugle. Et l'amicale douceur, et l'amicale sagesse de Christophe firent que ce film demeure aujourd'hui encore dans ma mémoire comme une magnifique preuve du fait que l'amour peut parfois, même dans le travail, même dans ce travail spécifique où, intense, il circule à une telle vitesse qu'il dure souvent très peu de temps, être partagé. Ce film de Christophe, *Ma caméra et moi*, l'expérience de son financement, de sa préparation, de son tournage, de son montage, n'est certainement pas étrangère au désir que j'eus, vivant avec Julie, de réaliser moi-même un film dans lequel elle jouerait.

Mais je me précipite. Encore une fois, je me précipite. Je me précipite comme si le précipice que promet ma précipitation était précis et propice – alors que j'ignore absolument quel abyssal abysse je vais découvrir lorsque j'aurai fait le Grand Saut : lorsque ayant tout écrit, j'arrêterai enfin d'écrire.

Quelque temps plus tôt, Julie – Julie qui m'avait elle-même encouragé à cesser d'écrire des scénarios afin que, encoquillé, je n'*écrevisse* plus que de la littérature – me demanda d'en écrire de nouveau pour que je subvinsse, de nouveau, en partie, à nos besoins. Par un heureux hasard, le premier scénario sur lequel je travaillai à ce moment-là fut l'un de ceux pour lesquels je fus le mieux payé de toute ma longue carrière de scénariste ; et, de plus, produit par mon ami Paulo, il était destiné à un réalisateur que j'estimais grandement et avec lequel l'amicale relation laborieuse fut des plus tendres. Il s'agissait de l'adaptation d'un livre assez mauvais écrit par un auteur médiocre qui crut inventer le réalisme magique quelques décennies après son invention. Je fis une première version qu'il trouva admirable, sans doute parce qu'elle était relativement fidèle à son œuvre (fidélité qui le réjouit puisqu'il ne comprit pas qu'elle était due à ce que son livre, ne brillant guère par son style ou son originalité, brillait pourtant assez par les péripéties du récit pour que, ne pouvant prétendre au moindre intérêt littéraire, il promît toutefois, grâce au style à venir de la réalisation, de devenir peut-être un excellent film). Puis, bêtement – et ô combien, vous le savez maintenant, je suis bien placé pour employer cet adverbe ! –, cet auteur exigea que sa fiancée, qui était mannequin, interprétât le rôle principal. Face au refus du producteur et du réalisateur, il fit capoter le projet.

Ah ! que les fils des histoires sont retors. En commençant d'écrire cette anecdote, je n'avais pas songé, ô tendre bipède qui gambade sur mes pages, que l'écrivain médiocre dont je parle avait fait avec Raúl Ruiz, le grand réalisateur pour qui j'écrivais, la même chose que moi avec mes amis. Il est vrai que le pouvoir et la malveillance de cet auteur étaient bien plus grands que les miens – et qu'il parvint à ce que l'adaptation de son livre ne devînt jamais un film en intriguant dans des sphères financières que je ne fréquentais guère. C'est néanmoins sans nul grief que je songe à lui à présent, car son stupide aveuglement, je le comprends enfin, était aussi amoureux que le mien.

Malgré l'échec du projet, la collaboration avec Raúl, comme celle avec Christophe, m'encouragea à penser qu'à côté de l'écriture de mon Grand Œuvre – qui ne devait jamais cesser de me paraître, comme à la vache de brouter alors qu'elle est repue, comme à l'huître de sécréter inépuisablement ses couches concentriques de nacre autour de son grain de sable, ma seule activité naturelle – je pourrais, pour gagner ma vie, non plus seulement écrire des scénarios mais également réaliser des films. Oui… Oui et non, comme je dis souvent. Réaliser *un* film, et non *des* films, répondait aussi à une autre nécessité : après avoir écrit des dizaines de scénarios, je n'avais sincèrement plus envie d'en écrire, j'avais envie d'arrêter de « faire du cinéma » – et il me semblait qu'avant d'arrêter de faire du cinéma, il fallait me confronter au fait d'en faire réellement.

Un beau soir, par un autre heureux hasard, une amie de Julie, ou plutôt une amie des parents de Julie, comme nous dînions ensemble chez eux, me demanda d'imaginer un film pour elle. N'ayant plus écrit de scénario seul depuis des lustres, je me lançai dans ce travail grisé par une incertaine exaltation. Cette amie de la famille, comédienne célèbre, ne me donna aucune indication sur le film qu'elle souhaitait que j'imaginasse ; et elle fut ravie lorsqu'elle lut le scénario et que je lui dis que je voulais moi-même le réaliser. Mais pendant l'écriture, une anicroche amoureuse, si j'ose dire, provoqua un contretemps, une contrariété, un cahot dans le lisse chemin entrepris par notre cinématographique attelage.

Les obus miaulaient un amour à mourir
Les amours qui s'en vont sont plus doux que les
autres

Si par malheur vous êtes un lecteur assidu des éternelles lamentations qu'étirent sombrement les gribouillages de ma plume depuis quelques dizaines d'années, vous n'ignorez peut-être pas qu'entre l'écriture du scénario pour Raúl Ruiz et celui qui me fut commandé par Isabelle Adjani, Julie tomba amoureuse d'un acteur avec lequel elle tournait et que cet amour provoqua en moi une jalousie telle que la mort, pendant quelques semaines, me parut une douce issue à la douleur. Fatigué d'attendre chaque soir, comme Gilberte de Saint-Loup, l'un de ces messages dont M. de Guermantes avait spirituellement fixé le modèle : « Impossible venir, mensonge suit », les *Lettres à Lou* dans ma poche, je partis seul en Italie. J'étais si malheureux, et si égoïste, que même mes enfants (ils avaient alors trois et quatre ans) ne me semblaient plus une raison suffisante pour demeurer vivant.

Voilà, Amour, tout ce que mon cœur d'amant te peut dire et là-dessus il se referme dans le silence.

Quelques années plus tard, mêlant mes mots obscurs aux mots radieux d'Apollinaire, je devais *déjà*, si je puis dire, longuement écrire sur ces *jours que je n'ai pas oubliés* dans un appendice à mon Grand Tout.

Mais revenons au passé. Après cette première anicroche – et je ne peux cacher le plaisir que j'éprouve à abuser de la double signification de ce petit mot sorti de je-ne-sais-où puisque, dans le passé, il constitue la plus éminente des litotes, et, dans le présent, comme l'amour pour Julie est depuis longtemps fini et que la jalousie que j'ai alors ressentie m'apparaît enfin dans toute sa grotesque splendeur, la plus juste et rationnelle des descriptions –, après cette première anicroche, disais-je, il y en eut une seconde. Pour être bref, et vite revenir à la tendre clémence de Cannes, comme la préparation du premier film que je devais réaliser avançait avec ses propres et *cahotiques* anicroches, Julie tomba amoureuse d'un autre comédien avec lequel elle tournait un autre film. – Ce fut pour moi l'anicroche de trop.

Ah ! mon ami lecteur, si le détachement que je feins d'éprouver aujourd'hui, si la respectueuse distance à laquelle le temps écoulé me permet d'écrire sur ces autres jours que je n'ai pas davantage oubliés pouvaient tout à fait effacer la souffrance passée ! Mais ils ne le peuvent malheureusement pas. Et, sans qu'elle renaisse dans ma chair avec toute son acide virulence, comme j'y repense, je la ressens encore assez pour qu'il me faille, avant de revenir batifoler parmi mes souvenirs heureux de la Côte d'Azur, l'apaiser par quelques mots supplémentaires.

La préproduction de mon projet, intitulé *Quelques jours en septembre*, avançait calmement lorsque, soudain, un événement extrinsèque au cinéma éloigna Isabelle Adjani du projet. Julie me souffla aussitôt l'idée de proposer le rôle à la comédienne qu'elle admirait le plus au monde : Juliette Binoche. Juliette lut le scénario et accepta immédiatement. Ce fut alors que Julie, plus avisée que moi qui ignorais encore tant de choses sur la fabrication d'un film, me dit qu'elle pensait que ce serait préférable qu'elle ne jouât pas le rôle que j'avais écrit pour elle. Elle me dit qu'elle serait à mes côtés pendant le tournage et le montage mais « sans jouer » – et qu'elle m'épaulerait ainsi d'autant mieux. Je ne savais si elle avait tort ou raison, et je trouvais si contradictoire qu'elle décidât cela bien que Juliette qu'elle admirait tant eût accepté de jouer l'autre rôle, mais tout alors était pour moi si nouveau et si trouble que je me pliai à sa décision.

Plus ou moins en même temps, parmi les innombrables lectures que subit le scénario, mon ami Jacques en fit une furieusement critique et, sans rien savoir de mes démêlés de casting conjugal, me conseilla de rajeunir les personnages principaux. Cela finit de me conforter ou, me semble-t-il plus juste d'écrire, de me *confondre* dans l'idée que ce scénario, écrit pour Isabelle et Julie, devait devenir un film sans elles – un film avec deux actrices plus jeunes. En raison des disponibilités de Juliette, le tournage fut légèrement retardé, passant du début du printemps à la fin de l'été. La préparation se poursuivait, lentement, longuement, de la plus douce et joyeuse des manières. Entouré de Brieuc, « mon » premier assistant, et de Christophe, « mon » chef opérateur, je découvrais que le travail d'équipe, que mon mutisme m'avait fait craindre, me plaisait bien davantage que tout ce que j'avais fait auparavant. Alors que j'avais toujours trouvé plus élégant – voire plus humain – d'écrire des personnages pour des acteurs, je commençai, comme fait tout un chacun lorsqu'il veut « faire du cinéma », de rencontrer de jeunes comédiennes et de jeunes comédiens et de leur faire passer des essais.

Tout avançait de la plus paisible des façons jusqu'à ce que, peu après que j'eus trouvé la jeune comédienne qui devait incarner le personnage que j'avais imaginé pour elle, Julie revînt sur sa décision.

Come
As you are, as you were,
As I want you to be.
As a friend, as a friend,
As an old enemy…

Nous étions allés à un concert de Caetano Veloso au théâtre du Châtelet. Entre deux chansons, timidement, elle me prit la main et me dit que finalement elle voulait jouer dans le film.

– Mais…!… Mais comment, mais pourquoi ?… Mais pourquoi maintenant ?… Mais comment maintenant ?… Mais pourquoi comment ?…

Julie, je m'en souviens avec une terrifiante précision, dès que j'eus bafouillé ces lacuneuses questions, me regarda fixement, sans un mot, puis se tourna vers la scène. Tandis que son regard restait douloureux *comme celui d'un beau martyr dont le corps est hérissé de flèches*, sa bouche marquée d'un pli amer se ressaisissant plus vite sourit. *Comme dans la musique ou la poésie, comme au chevet d'un malade ou dans une église, le cercle de ce qui pouvait être dit était limité.* Mes yeux se posèrent un instant sur Caetano puis revinrent vite vers elle pour contempler son profil où se dessinait toujours, triste et déférent, et défiant aussi, cet infime sourire. Je savais qu'à toutes ces questions que je n'avais pas vraiment réussi à formuler, il n'y avait rien à répondre. Je savais qu'au-delà de toutes les questions possibles, il n'y avait rien à comprendre. Mais je voulais quand même comprendre.

Someday he'll come along,
The man I love,
And he'll be big and strong,
The man I love,
And when he comes my way,
I'll do my best,
To make him stay…

Je voulais absolument qu'elle me dît encore quelque chose, n'importe quoi, mais elle demeurait tournée vers la scène, et une nouvelle chanson commençait déjà, et c'était déjà trop tard.

« Depuis longtemps. » *Depuis longtemps*, pensais-je, *c'est déjà bien trop tard.* Trop tard pour faire un film ensemble. Trop tard pour continuer de vivre ensemble. Trop tard pour continuer d'être, ensemble, les parents de nos enfants. Nous n'étions pas encore séparés, mais notre amour avait été terriblement blessé par sa deuxième aventure amoureuse. Terriblement et, je l'ignorais encore, *mortellement* – car ce n'était pas tant l'amour qui nous unissait qui avait été blessé : c'était ce que nous avions cru tous deux qu'était l'amour, ce que nous avions cru qu'il était pour nous et pour tous, toujours, quelle que fût l'époque, quel que fût le lieu, quelles que fussent les caractéristiques physiques et métaphysiques des amants.

> *« Peut-être je ne rentrerai pas dormir. » Longtemps après nous devions discuter encore de ces mots implacables que je prononçai avec une simplicité inimaginable. La simplicité n'était pas le fruit d'une froide préméditation : je pensais profondément que je ne pouvais pas lui faire du mal. Tendrement – que tous ces mots me semblent aujourd'hui méprisables –, je lui dis qu'il fallait qu'elle accepte cette incertitude nocturne, qu'il fallait qu'elle me laisse goûter ce fruit défendu, que c'était le prix à payer pour nous aimer encore d'un amour sûr, d'un amour sans regrets.*

Adolescent, je ne l'ai que trop écrit, j'ai toujours cru que la sincérité l'emportait sur la fidélité – et, vous vous en souvenez peut-être, j'ai avoué à d'anciens amours des trahisons comme si l'aveu lui-même, lui seul, suffisait à éteindre l'incendie allumé par la déloyauté. Adolescent, j'ai détesté l'idée de la cristallisation de l'être aimé, chère à Stendhal et, comme Ortega, ou grâce à lui, je l'ai combattue en lui opposant la réalité de la perception du monde provoquée par l'amour. Mais là, avec Julie, commençais-je de comprendre, ce n'était pas l'un et l'autre que notre regard avait érigés en une magnifique statue de sel : c'était la relation qui nous unissait. Et c'était cela qui brutalement s'effondrait. Deux coups légers mais ponctuels, précis, avaient suffi à tout briser. Notre amour, que nous avions phantasmé de marbre, n'était qu'un aggloméral de cristaux que deux coups de marteau, deux petits coups d'un de ces marteaux minuscules qu'utilisent les horlogers, avaient suffi à ruiner.

You drove me, nearly drove me out of my head
While you never shed a tear
Remember, I remember all that you said
You told me love was too plebeian
Told me you were through with me and
Now you say, you say you love me…

Julie était là, à mes côtés, au théâtre du Châtelet, et Caetano chantait, et je la contemplais, et elle feignait de profiter de la musique, et j'étais si perdu, si bêtement, si cruellement, et si méchamment aussi perdu, que je ne voyais pas que sa douleur, à cet instant précis, était bien supérieure à la mienne. À ses yeux, et elle avait raison – elle avait raison pour la simple raison qu'à nos yeux, en ce qui concerne les sentiments, nous avons tous toujours absolument raison –, à ses yeux, la blessure que j'infligeais à notre amour en lui disant, fût-ce par des questions que je ne parvenais pas à formuler, qu'il m'était impossible de revenir en arrière et de faire le film avec elle ; – à ses yeux, cette blessure mortelle était bien plus mortelle que celles infligées par ses deux aventures amoureuses.

Je ne comprenais rien à sa douleur. Peut-être craignait-elle que je tombasse amoureux de la jeune comédienne qui allait la remplacer. Peut-être se disait-elle que ma vie allait changer, que j'allais profiter de ce succès que caressent les réalisateurs, même lorsqu'ils sont mauvais. Non, je ne comprenais rien à sa douleur. Je ne comprenais sincèrement rien à sa douleur. Elle avait tant rêvé de faire un film avec Juliette ! Et j'avais écrit ce film pour elle... Mais quelle importance tout cela pouvait-il revêtir ? Faire ou ne pas faire un film – fût-il un film avec Juliette Binoche, fût-il un film avec moi – pouvait-ce, pour elle, être aussi important que me blesser, que blesser nos enfants ?

Je ne comprenais rien, je le sais du plus savant des savoirs, parce qu'une autre incompréhension aussi profonde recouvre une autre anicroche amoureuse de cette triste période de mon existence. Au mois de septembre 2004, je publiai un livre intitulé *Le Premier Amour.* Ce livre, comme vous le savez déjà, ou comme vous l'ignorez encore, comme je l'ai déjà précisé en tout cas, raconte une histoire d'amour en se servant d'une autre histoire d'amour. Presque rien de ce que vit et pense le protagoniste de l'histoire, le têtard graphophile Santiago H. Amigorena au début des années 1980, n'aurait pu être écrit par l'auteur, le crapaud graphomane Santiago H. Amigorena, s'il n'avait vécu ce qu'il vivait au début des années 2000. Bref, dans *Le Premier Amour*, comme dans tout ce que j'écris, tout est vrai et faux à la fois.

Auparavant, j'avais publié trois livres sans savoir qu'il existait en France cette petite foire d'empoigne automnale surpeuplée de *chèvres et oies et autres têtes d'avant-garde* où les polichinelles se prennent pour des princes et les chatons pour des fauves qu'on appelle la « rentrée littéraire ». Je savais que Proust avait obtenu, pour le deuxième volume de la *Recherche*, l'un des prix qu'on y distribue, mais ce prix ne m'avait jamais semblé plus important – ni plus réel – que le Second Prix National de Littérature obtenu par Carlos Argentino Daneri. Je pensais – avais-je tort ? – que depuis *À l'ombre des jeunes filles en fleurs*, tous les prix de la rentrée étaient attribués à une littérature populaire qui m'était férocement étrangère. Bref, protégé par Paul, mon éditeur, préservé par sa douceur, sa bienveillance et son intelligence des embûches de cette saison grandiloquente et grand-guignolesque de l'année littéraire, mes trois premiers livres avaient paru dans les mois calmes et candides d'avril, mai et février. Ce fut donc avec une réelle surprise que j'entendis un jour Julie me dire, fin 2003 ou début 2004, alors qu'elle avait vécu à mes côtés la publication d'*Une enfance laconique*, *Une jeunesse aphone* et *Une adolescence taciturne* en accordant à la date de leur publication et à leur insuccès la même indifférence que moi, que « ce serait bien que mon prochain livre parût au mois de septembre ».

– Au mois de septembre ?

– Oui, au mois de septembre.

Au mois de septembre. Que diantre, me dis-je, voulait-elle dire au juste ? Et qui diantre lui avait suggéré cette idée saugrenue ? Je ne rapportai, bien évidemment, pas un mot de ce que songeait Julie à Paul. Comme à chaque fois, je lui confiai mon manuscrit et, lorsqu'il l'eut lu, je déjeunai avec lui et il me déclara, comme à chaque fois que je lui confiais un manuscrit, qu'il était magnifique – et puis nous avions changé de sujet pour parler de choses vraiment importantes, ou vraiment réjouissantes. Ah ! que ces déjeuners eux-mêmes étaient magnifiques ! Avec personne, tout au long de ma vie, je n'ai ressenti comme avec Paul que mon affection n'avait pas été rassasiée, que les moments limités pendant lesquels nous nous sommes vus n'ont été, malgré lui, malgré moi, que des rencontres inachevées où aurait dû naître *une affection plus grande dont les circonstances seules nous ont frustrés*. Paul avait une façon de lire et de résumer en quelques mots le plaisir de sa lecture qui, en ce qui me concerne, ne provoquait qu'un seul effet : convaincu que le livre fini était réellement extraordinaire, je rentrais vite chez moi galvanisé par la furieuse envie d'écrire le livre suivant.

Le Premier Amour, parce que Paul l'avait décidé, parut au mois de septembre 2004 et, sans que je ne visse aucune réelle différence avec la parution de mes livres précédents, Jean-Paul – tout à la fois le bras droit, la jambe droite, et l'hémisphère gauche du cerveau de Paul – me prévint qu'il connaissait un incertain succès. Un incertain « petit » succès me dit-il, pour être tout à fait précis dans cette incertitude dans laquelle s'enveloppe inévitablement tout ce qui a trait au succès.

> *Alors que les autres prétendent dire la vérité de leur vie, Amigorena nous dévoile l'impossibilité qu'il y a à la dire. Alors que les autres nous livrent en pâture la chair des faits, Amigorena nous dévoile le squelette de leur perception, de leur narration, comme seule vérité crédible. Quand les autres nous mentent en croyant dire le vrai, Amigorena dit vrai en disant qu'il nous ment.*

Le Premier Amour *est un livre aussi profond que léger, aussi triste que drôle, aussi physique que métaphysique. Une épopée à travers le monde, Paris, une chambre, un corps, où chaque détail contient l'humanité.*

Bien sûr, comme tout ce qui triomphe, le succès fut aussi fracassant qu'est fracassant le bruit d'un objet qui tombe : le livre parut, chuta, pif-paf! merveille! unique! inoubliable! – et aussitôt oublié. Mais qu'il est bon de se lancer soi-même des fleurs! – fussent-elles, écrites par une main étrangère, anciennes et flétries.

Pourtant, bien que cela me réjouisse de me souvenir des mots de cette ancienne critique écrite par une jeune critique qui bien des années plus tard devait devenir mon amie, je ne sais au juste pourquoi, oisillon tombé du nid, je m'égare dans ces oiseuses considérations commerciales de basse-cour. Rien de ce que dit ou fit Julie – à part le fait que de l'aimer m'avait permis d'écrire *Le Premier Amour* – ne fut responsable de la parution en septembre ou de l'incertain petit succès du premier chapitre de la quatrième partie de mon *Dernier Livre.* Mais quelque chose d'encore plus incertain que toutes mes incertitudes me fait être aujourd'hui certain de la plus certaine des certitudes que Julie, de même qu'elle avait été responsable de mon retour à l'écriture de scénarios, fut responsable, absolument responsable – comme tu fus responsable, toi, Marion, d'un autre incertain succès littéraire plus récent et plus fracassant – de ce joyeux tournant de ce qu'on pourrait appeler, taquin bien évidemment, « ma carrière littéraire ».

Nez en moins, si je comprends, ou feins de comprendre certains événements de cette triste période de mon existence – et si j'en profite pour me souvenir des délicieux déjeuners avec Paul –, la véritable incompréhension qui demeure de ce moment où parut *Le Premier Amour* tient à tout autre chose : au sentiment que provoqua chez Julie la lecture de ce livre. Alors que je l'aimais, alors que je l'aimais encore terriblement, elle se sentit terriblement trahie par ces pages qui parlaient, aussi, d'un amour ancien. Alors qu'à chaque page quelque chose trahissait que c'était elle l'objet et le sujet de ce premier amour, elle ne semblait avoir lu, page après page, que le prénom de ce personnage qu'à partir d'un personnage de mon passé j'avais inventé – ce prénom qui n'était pas le sien.

Aurais-je dû lui expliquer qu'à la façon dont est fait le bœuf à la mode dont tant de morceaux de viande choisis enrichissent la gelée *les individualités (humaines ou non) sont dans un livre faites d'impressions nombreuses qui, prises de bien des jeunes filles, de bien des églises, de bien des sonates, servent à faire une seule sonate, une seule église, une seule jeune fille*? Je l'aimais terriblement et elle se sentit terriblement trahie, comme si les quatre cent et quelques pages qu'elle m'avait inspirées n'étaient qu'un mensonge ; et ces mots que j'avais couchés chaque jour à l'aube pendant deux ans en pensant à elle, ces mots qui pour moi étaient le plus sincère des hommages, la plus explicite des déclarations d'amour, et aussi un secret complice qui devait d'autant plus nous unir, devinrent pour elle une raison de se séparer de moi.

Pendant des années – jusqu'à ce que tu m'ouvres les yeux, toi, Marion, qui vis aujourd'hui à mes côtés et que j'aime tout aussi terriblement –, j'ai songé que Julie avait tort : que sa lecture était stupide, que détachée de toute considération littéraire, elle n'avait voulu lire dans *Le Premier Amour* que ce qui pouvait la blesser. Pendant des années, bien que je susse que chaque lecteur *a besoin de lire d'une certaine façon pour bien lire et que l'auteur n'a pas à s'en offenser*, j'ai cru que Julie avait été incapable de voir comment j'usais du mensonge de la fiction dans le seul but d'essayer de dire quelque chose de vrai de l'ineffable amour que je ressentais pour elle. J'ai cru, psychologue de pacotille, narcisse en plastoc, et égocentrique en roc, qu'elle cachait derrière sa « mauvaise » lecture le fait qu'elle s'en voulait du mal qu'elle m'avait fait avec sa première aventure amoureuse. Pendant des années, j'ai refusé de voir que sa lecture cachait simplement cette différence atroce entre elle et moi : j'ai toujours cru que la littérature était plus importante que la vie ; elle savait – comme toi, Marion – que la vie est toujours, quoi qu'il arrive, plus importante que la littérature.

Mais pourrais-je feindre aujourd'hui ici, couchant encore à l'aube avec l'illusion d'aider le soleil à se lever des mots qui, t'étant destinés, ne sont aussi destinés à personne d'autre qu'à moi-même, que j'ai *enfin compris* ? Ou peux-je dire au moins que *je veux comprendre* ? que j'espère encore un jour comprendre ?

Je me connais mal dans le passé, et plus mal encore dans le présent. Et, bien que j'aie décidé de ne plus mélanger les noms, d'appeler un chat un chat, une Julie Julie, une Marion Marion, je ne suis pas sûr qu'il me faille chercher à séparer le faux du vrai, puisque la beauté naît seulement de cette possible confusion d'où surgit parfois, innocente, une vérité simplement plus vraie que ce qui est ou que ce qui a été – une vérité qui, seule, ouvre à un avenir heureux.

> *Dans un roman, on doit écrire la vie des autres comme si c'était la nôtre – et la nôtre comme si c'était celle d'un autre.*

L'hiver, l'hiver parisien qui gèle tout dans sa rigoureuse désolation givrée, s'en était allé, et *Le*

Premier Amour avait paru, et il était déjà loin derrière nous lorsque le mois de mai revint égayer le monde. Ah ! trois fois ah ! Si le festival de Cannes 1996 pouvait, comme j'écrivais, résumer la joie de tous mes festivals de Cannes, – que dire du festival de Cannes 2005 ? Je voulais, disais-je, écrivant sur toutes ces mini-péripéties extra-cannoises, revenir à la tendre clémence de la Méditerranée. Tendre et déchirante, si vous me permettez cette précision tardive. Pour la première fois depuis que nous étions en couple, n'étant pas encore officiellement séparés mais n'étant déjà officieusement plus ensemble, Julie et moi étions partis au festival chacun de notre côté. Je ne me souviens pas d'avoir discuté des circonstances matérielles de notre séjour mais je me souviens qu'elle était partie quelques jours plus tôt et qu'avant que je n'arrivasse à Cannes elle m'avertit qu'elle allait partager sa chambre d'hôtel avec deux ou trois amies – c'est-à-dire qu'il n'y aurait pas de place pour moi.

Julie, *par nature, aimait à faire plaisir.* Elle avait tant besoin d'être gentille avec tout le monde qu'elle pouvait accepter, comme Albertine, d'aller voir quelqu'un pour lui demander un service pour quelqu'un d'autre et ne pas le faire pour que la personne à qui elle était venue demander ce service ne pensât pas qu'elle n'était venue que pour ça. Et elle acceptait de rendre tant de services à tellement de personnes que, chaque fois que ces services se télescopaient, chaque fois que l'un empêchait l'autre, elle se retrouvait à ne faire plaisir à personne et à devoir cesser brutalement toute relation avec des gens qu'elle appréciait vraiment et qu'elle avait sincèrement voulu aider. Je l'avais vue agir ainsi des dizaines de fois. Mais, en ce mois de mai 2005, pour la première fois, c'était moi qui me retrouvais abandonné.

Qu'à cela ne tienne ! me dis-je. Comme au bon vieux temps, lorsque je venais au festival avec une joie intense et un intense sentiment d'imposture, je demandai à Marco, un ami « cannois », de demander à une amie de sa mère, cannoise sans guillemets, de m'héberger. L'appartement se trouvait dans un immeuble aujourd'hui disparu situé à l'angle de la Croisette et de la rue des Belges, c'est-à-dire pratiquement en face du Palais. Je me souviens à peine de mon hôtesse, italienne, disparue comme son immeuble dans ces failles ou ces sommets de la mémoire qu'on appelle aussi l'oubli. Évanescente, elle m'accueillit dans une chambre qui avait été celle de son fils dont je fis mon antre et dans laquelle je me sentais protégé comme un passager clandestin qui, dans la cale d'un navire étranger, a trouvé la plus désolante, mais la meilleure des cachettes. Les excuses que je m'étais trouvées pour me convaincre qu'il me fallait venir à Cannes alors que Julie m'avait fait comprendre de la plus implicite et limpide des manières qu'elle préférait que je ne vinsse pas étaient que je devais voir Paulo et Juliette, et aussi Mélanie, la très jeune comédienne que j'avais choisie pour tenir le rôle écrit pour Julie. Mais Paulo, comme toujours à Cannes, était débordé, et Juliette présentait un film dont le réalisateur, possessif à l'extrême, lui interdit de m'accorder le moindre instant pendant son court séjour cannois, et Mélanie m'informa le lendemain de mon arrivée qu'on lui avait proposé un autre film très appétissant (bien qu'elle dût y jouer le rôle d'une anorexique) qui se tournait exactement au même moment et qu'elle ne ferait donc pas *Quelques jours en septembre* avec moi. Bref, mon festival de Cannes 2005 se transforma rapidement en une errance sans but, désespérée, et terriblement solitaire.

Y aquel perrito compañero
Que por tu ausencia no comía
Al verme solo el otro día
También me dejó…

Et ce petit chien, mon compagnon, qui à cause de ton absence avait cessé de manger, l'autre jour en me voyant tout seul, s'est lui aussi barré. Comme dans le tango, comme lors de ma première défaite vingt-cinq ans plus tôt, ma tristesse, si visible, si flagrante, faisait fuir tout le monde. Et je traînais, ou plutôt je *me* traînais, du Majestic au Gray, du Gray au Carlton, du Carlton au Martinez, et parfois, plus seul que jamais, jusqu'au Palm Beach, déserté comme moi de jour et de nuit. Je me traînais rue d'Antibes, et sur le port, et j'allais me perdre au-delà du quai Saint-Pierre, sur la plage du Midi où je savais que personne de cette immense et odieuse et féroce famille qu'est le cinéma ne verrait couler mes larmes. Parfois, je descendais dans les sous-sols du Palais pour contempler la grande affiche affreuse que Paulo avait fait faire à partir de photos volées sur Internet de Juliette et John, les deux comédiens célèbres qui avaient déjà accepté les rôles que je leur avais proposés, et aussi pour profiter de la tendresse du sourire d'Élisabeth (dont mon ami Julien tombait peu à peu amoureux) qui, grâce à cette affreuse mais alléchante affiche, vendait comme des petits pains mon futur film à des distributeurs étrangers. Comme les années précédentes avec Julie, j'allais chercher mes places au protocole, je me douchais, j'enfilais mon smoking. Comme les années précédentes avec Julie, je montais les marches, j'allais m'asseoir dans le petit carré de l'orchestre réservé aux célébrités, j'assistais silencieusement aux projections. Et la nuit, plus inutile que jamais, j'allais aux dîners et aux fêtes où je contemplais Julie de loin, toujours aussi entourée, toujours aussi courtisée.

Un soir, après une projection à laquelle nous avions assisté assis sur le même rang, à quelques sièges à peine l'un de l'autre, je m'approchai de Julie dès que le film fut fini et l'équipe applaudie pour lui parler. De quoi au juste voulais-je lui parler? je ne sais pas. Mais je voulais lui parler. Encerclé par les centaines de personnes qui, comme nous, quittaient la salle, je lui parlai de nos enfants, ou alors je lui fis des reproches, ou bien je lui avouai ma peine. Quel que fût le sujet de mes propos, elle me répondit et nous discutâmes un moment, nous tenant vaguement à l'écart de la foule, et ce que nous disions me semblait assez important pour que je fusse sûr et certain que là, à cet instant précis, dans cette allée de l'orchestre puis dans le hall du grand auditorium Lumière, se jouait mon destin. Mais comme nous parlions, comme nous discutions de choses qui, anodines ou essentielles, allaient déterminer ce que serait notre vie future, une amie de Julie, une de ces amies qui occupaient ma place dans sa chambre d'hôtel, une amie qu'aujourd'hui, comme je me souviens, je déteste encore – et il s'agit peut-être bien de la seule personne que j'ai connue et que je déteste –, ne cessait de venir interrompre notre discussion, ou notre dispute, parce qu'un dîner, ou une fête, ou simplement une voiture, les attendaient. Elle trépignait, agacée, impatiente, et j'avais envie de lui crier que je n'en avais rien à foutre de son putain de dîner ou de sa putain de voiture ou de sa putain de fête. J'avais envie de lui hurler que ma vie et celle de mes enfants dépendaient de l'issue de cette discussion et qu'elle le savait, ou qu'au moins, me connaissant, connaissant nos enfants, elle pouvait comprendre que quel que fût l'état de notre amour, de notre couple, l'avenir de notre famille était plus important que n'importe quelle mondanité cannoise. Mais je ne hurlai pas – et, la troisième ou quatrième fois où elle vint nous interrompre, Julie me fit un sourire désolé et partit avec elle.

> *Depuis qu'elle m'avait abandonné, depuis qu'elle ne m'aimait plus, je la possédais entièrement. Je la possédais comme on possède seulement ce qu'on a perdu. Je pouvais la regarder aller et venir dans ce monde qui m'était de nouveau étranger, je pouvais la voir rire dans les bras d'un garçon que je ne connaissais pas, je pouvais surprendre leurs baisers, sans sentir que je la perdais encore : je l'avais déjà perdue.*

Que dire de plus ? Je regardai Julie s'en aller, plus désespéré que jamais je ne l'avais été. Maudit, infréquentable, je descendis les marches du Palais et allai m'enfermer dans mon antre silencieux. Je me couchai et, comme il m'arrive souvent lorsque le désespoir me submerge, pour ne plus vivre, je ne tardai pas à m'endormir profondément. Du sommeil, je n'attendais pas le repos : j'attendais l'absence. Mais les juments de la nuit ne voulurent pas me l'accorder. Je rêvai de sang et de coups et de blessures. Incapable de crier ou de frapper éveillé, comme si souvent, je criais et frappais en rêve ; je criais et frappais, Julie ou son amie ou moi-même, jusqu'à ce moment qui dans le rêve semblait toujours possible, jusqu'à cette issue qui semblait toujours certaine et qui n'arrivait pourtant jamais : l'instant fatal où la mort viendrait couronner la violence. Je me réveillais plusieurs fois de mes cauchemars. Ou bien, *car le rêve est sans fin, la veille sans commencement*, je me réveillais plusieurs fois *dans* mes cauchemars – puisque le seul réveil véritable lors de cette nuit sauvage et sanglante fut celui provoqué par mon téléphone vers quatre ou cinq heures du matin.

C'était Julie.

Inquiète de ne m'avoir vu nulle part après la projection, de ne m'avoir croisé à aucun dîner, à aucune fête, même pas chez Albane, elle voulait savoir comment j'allais. – Comment j'allais ? J'allais mal. Simplement mal. Absolument mal. Mais je ne le lui dis pas. Je lui dis seulement, bêtement, que j'étais fatigué et que je m'étais couché tôt.

J'étais, en m'endormant, résolu à ne plus jamais la voir. Je m'étais juré que cette humiliation à la sortie de la projection serait la dernière qu'elle me ferait endurer. Dès qu'elle me proposa de passer, je lui donnai l'adresse de l'appartement. Elle ne mit que quelques minutes à m'y rejoindre. Sans un mot, elle me prit dans ses bras. Sans un mot, je l'entraînai dans ma chambre. De ma vie entière, je n'avais fait l'amour comme cela : avec autant de douceur – et autant de douleur.

Puis Julie s'est levée. Puis Julie m'a embrassé. Puis Julie m'a souri. Puis Julie est partie. J'étais si perdu, si dérouté, que je la laissai s'en aller sans un mot.

> *Elle ouvrit la porte calmement, et sortit de l'appartement lentement, refermant doucement la porte derrière elle. Elle fit tous ces gestes avec précaution, avec la précaution d'un adverbe si l'on peut dire, avec cette prévention, cette timidité qui résonne même dans des mots tels que « brusquement » ou « brutalement ».*

Je m'assis sur le bout du lit pour réfléchir – mais j'étais incapable de réfléchir. Quelques minutes à peine après elle, je m'habillai et quittai à mon tour l'appartement. Le soleil n'était pas encore levé mais la fille d'Hypérion touchait déjà de ses doigts pétale-de-rose les rues de la ville. Sur la Croisette, je contemplai les derniers survivants de la nuit qui, ivres ou humbles, rentraient se coucher. Ne sachant où aller, ne sachant quoi faire de moi-même, je m'éloignai vers ce petit bout de grève misérable qui demeure, pendant le festival, entre le Palais et le Martinez, la seule plage qui n'est pas privatisée. Je marchai sur le sable jusqu'au bord de l'eau et tournai mon regard vers l'horizon. Dans le ciel bleuâtre il faisait déjà jour, alors que la nuit régnait encore sur la mer. *Je n'avais jamais vu commencer une matinée si belle ni si douloureuse.* L'univers tout entier semblait partagé entre lumière et ombre, comme si aucun clair-obscur n'eût jamais plus pu témoigner de l'inconstance du monde.

Le lendemain, si tant est qu'on puisse nommer « lendemain » le jour qui suivit une nuit aussi étrange, j'errais encore, mais un rien plus apaisé. J'errais d'une errance, si l'on peut dire, moins ondulante, moins oscillante, plus orientée. Convaincu que si la douleur et la douceur n'étaient pas finies l'amour ne l'était pas non plus, je cherchais Julie. Je cherchais Julie avec un certain calme, une certaine tranquillité. Pourquoi ? Simplement parce que dans le passé, lorsque nous avions vécu des moments semblables, presque aussi déchirants, nous avions souvent confié notre sort au hasard, et le hasard avait fait que nous nous étions, sans rendez-vous, sans la moindre idée de là où l'autre pouvait être, retrouvés.

Ce jour-là à Cannes, je ne la croisai nulle part. J'errais seul, ou avec Juan, ou avec Nicolás, ou avec Julien, dont j'ai si peu parlé mais qui était déjà devenu l'un de mes meilleurs amis, jusqu'à ce que la nuit tombât sur la Terre. La douche du soir, le smoking, les marches. Chaque soir au festival deux films ont droit aux projections habillées dans la plus grande salle. Assis à ma place, « Julie, me dis-je comme elle n'était nulle part et que l'équipe était déjà entrée et que les lumières s'éteignaient et que Saint-Saëns venait égayer les milliers d'oreilles qui surpeuplaient la salle, Julie a dû choisir l'autre film. » En proie toujours à une incertaine tranquillité, je me laissai aller à regarder l'écran immense. *Three Times*, *Last Days*, *A History of Violence*? je ne sais pas lequel je vis ce soir-là, mais j'aime songer que ce fut l'un de ces trois films qui, chacun à sa façon, racontent exactement ce que j'étais en train de vivre. Ou racontaient, à ce moment précis, exactement ce que j'étais en train de vivre. Dans certains états de sensibilité extrême, lorsque *juchés sur nos épaules le mot* Il *et le mot* Je *commencent leur carnage*, nous sommes tous victimes de cette illusion : les plus belles œuvres nous semblent avoir été conçues pour nous seuls. Mais l'amour éternel – merveilleux, muet et magnifique – de H.H.H. n'était-il pas *mon* amour ? Et l'errance sans fin du Kurt Cobain de Gus Van Sant n'était-elle pas *mon* errance ? Et que dire de cette manière dont Viggo Mortensen et Maria Bello font l'amour sur les marches de l'escalier de leur petite maison ? Leur douceur et leur douleur n'étaient-elles pas identiques à celles que je venais d'éprouver en faisant l'amour avec Julie à l'aube de ce même jour ?

Après la projection, toujours indécis, toujours instable, je me laissai entraîner par des amis à la soirée qui suivait le dîner de gala de l'AmfAR au château de Mougins. J'errais dans le jardin, errant toujours de cette même errance suspendue et craintive, lorsque je la vis enfin. Elle me regarda – et me sourit. Et me sourit ? Je crois – je crois ? – qu'elle me sourit. Que voulait dire ce sourire ? Comme la femme au miroir, *qui dans l'iconographie médiévale symbolise tantôt la luxure, tantôt la prudence*, il pouvait dire tout, mais aussi son contraire. Effrayé, terrifié – et à la fois confiant puisque le souvenir de son appel et de son arrivée nocturnes n'avait pas quitté mon esprit de toute la journée – j'allai vers elle comme si un futur commun nous était encore absolument permis. Entourée de ses amies, elle m'accueillit comme si toute illusion d'avenir nous eût été depuis longtemps déjà absolument défendue.

Je n'ai pas un souvenir précis de la fin de cette soirée, de la fin de cette nuit. Sur une allée perdue dans le jardin, debout devant ses amies, au milieu de la foule qui allait et venait, je pleurais, essayant de lui parler de choses qu'elle ne voulait pas entendre. Je pleurais, et pleurais, et pleurais, inondé de chagrin ; et Julie souriait, mal à l'aise, gênée par la conscience du spectacle auquel je me livrais, ce spectacle que moi-même j'étais tout à fait incapable de voir.

L'image qui me reste de cette fête, la seule, est celle-là : moi, debout au milieu des passants, exhibant mes sanglots aux yeux de tous. Je souffrais d'une douleur pure. L'espoir né de sa visite à l'aube, de l'amour à l'aube, se dissipait d'une manière qui, incompréhensible, me replongeait dans cet état de folie, ou de peur de la folie – ce qui revient au même – dans lequel elle m'avait déjà fait sombrer un an et demi plus tôt lorsqu'elle était tombée amoureuse de ce premier acteur qu'elle avait réellement aimé et qu'elle avait depuis des mois réellement oublié. Je ne pouvais tout simplement pas croire que ce qui était, était. Je ne pouvais pas croire qu'après m'avoir appelé, qu'après être venue me voir, qu'après m'avoir pris dans ses bras, qu'après que nous eûmes fait l'amour débordants de douceur et de douleur, elle pût me traiter exactement comme si tout cela n'avait jamais eu lieu, comme si tout cela n'avait jamais été.

Nous avons perdu le monde, et le monde nous.

C'est de cette nuit-là à Cannes que date pour moi la véritable fin de notre amour. Il faut souvent deux coups de couteau pour tuer un homme. Il faut souvent deux trahisons pour trahir vraiment. Julie, pendant notre amour, avait eu deux histoires, deux autres amours ; et là, en moins de vingt-quatre heures, elle venait, de nouveau, de me doublement trahir.

Je ne veux pourtant pas ici, comme on dit, lui jeter la pierre. Je sais aujourd'hui combien moi aussi je l'ai doublement trahie. Même si je suis encore incapable de bien déchiffrer la nature de mes trahisons, même si je ne peux encore tout à fait comprendre ce qui l'a tant blessée lorsqu'elle a lu *Le Premier Amour* ou lorsque je lui ai dit, à ma silencieuse façon, que je ne pourrais pas faire *Quelques jours en septembre* avec elle, aujourd'hui, je fais confiance à sa lecture, et à sa blessure. Voilà encore, Marion, une autre leçon que tu m'as apprise : l'amour, très souvent, finit par blesser à égalité les deux amants.

Il était retourné à Rome pour se retrouver, pour retrouver n'importe quel être qu'il avait été et auquel il aurait pu confier le devoir de continuer à exister. Mais ce qu'il avait trouvé était bien différent de ce qu'il cherchait : il avait cherché, à travers les longues générations de lui-même, un être fixe auquel se raccrocher, mais il n'avait trouvé que des êtres mouvants, instables, insaisissables, composés de mille éléments hétérogènes, laids, beaux, utiles, inutiles, vrais – et faux. Il avait trouvé ce qu'est peut-être tout homme qui se cherche : un va-et-vient perpétuel entre un présent incertain et les illusoires certitudes perdues du passé. Il avait trouvé ce que nous sommes peut-être tous : le lieu où échoue sans cesse le désir de séparer définitivement le bien du mal, le bonheur du malheur, le faux du vrai.

Cette découverte ne l'avait nullement apaisé, mais elle lui avait au moins permis de comprendre qu'il pouvait rentrer. Il n'accordait plus beaucoup d'importance au dénouement de son histoire : qu'elle l'aime ou ne l'aime plus, il savait combien lui il l'aimait encore – et ce qu'elle lui avait offert, en le faisant tant souffrir, lui semblait aussi important que ce qu'elle lui avait donné, depuis des années, en le comblant de joie.

Le lendemain, sans plus penser à mon futur film, à mon producteur, à mes actrices, à mon métier, je rentrai seul à Paris. L'affection de mes enfants, sautillante, effroyablement vivante, comme elle l'avait fait un an et demi plus tôt lorsque j'étais rentré à la maison après les avoir abandonnés, fatalement défait, pour partir souffrir seul en Italie, me sauva encore une fois la vie. Il me suffit d'entendre le bonheur de Tadeo lorsqu'il me vit et s'écria : « Papa ! », il me suffit de sentir la tendresse d'Ézéchiel lorsqu'il se jeta dans mes bras, pour que tout, encore une fois, méritât, à mon regard désespéré, encore un peu d'espoir. Je jouai avec eux, je dînai avec eux, je me couchai avec eux. La vie, même pour les monstres truffés d'égoïsme et d'ambition de mon espèce, n'a parfois pas besoin de plus que ça pour avoir un sens.

Avant de partir en Italie, il avait tenté de peser le pour et le contre. Il avait tenté de placer sa peine et sa joie sur une balance. Il avait cru qu'en penchant d'un côté ou de l'autre, la balance lui indiquerait la conduite à suivre : la quitter, quitter ses enfants, se quitter lui-même si la peine était la plus forte ; rester, l'aimer, aimer ses enfants, essayer de s'aimer lui-même de nouveau si c'était la joie qui malgré tout l'emportait.

Depuis cette dernière nuit à Rome, il savait que dans sa vie future il ne tenterait plus jamais de séparer le bonheur et le malheur. Depuis cette dernière nuit à Rome, il se considérait le plus fortuné et le plus désespéré des hommes. Dans son cœur, pendant ces quelques jours en Italie, avaient alterné les plus doux et les plus terrifiants sentiments. Il avait vécu dans une intensité telle que presque chaque jour sa tête explosait, se désagrégeait, et se recomposait de nouveau plusieurs fois par jour.

Peut-on se tromper en amour ? Je ne sais si le mot « nuit », comme l'a écrit Isidore, dérive de « nocif » *parce que la nuit fait mal aux yeux* ; je ne sais si la nuit, comme le pensait le saint, existe seulement pour que l'on se repose de la fatigue diurne. Je sais seulement que ce jour-là *la nuit est venue, pas le sommeil.* Couché dans la chambre de Tadeo et Ézéchiel, je pensais à elle. Bien sûr, ayant tant pensé à ces instants depuis, il m'est difficile aujourd'hui de savoir ce que je savais ou ce que je sentais au juste alors. Mais je crois qu'une partie de ce que je pense à présent de mon amour pour Julie a commencé d'obscurément se formuler dans un coin de mon esprit ce soir-là. J'ai aimé Julie pour les plus mauvaises des raisons. Et je pouvais soudain, sans peine, m'expliquer toutes mes erreurs, tous mes égarements. Ayant un peu lu Proust, je pouvais comprendre ce que l'on éprouve lorsqu'on réalise que l'être qu'on a cru le plus parfait, l'être dont on a voulu pendant longtemps, de tous les êtres, comme disait Ortega, *affirmer* le plus l'existence, n'est finalement pas *notre genre*. Et que n'étant pas notre genre, c'est de nous-même qu'il a fait pendant un temps quelqu'un dont plus tard nous nous sentirons si distants, quelqu'un que, nous tournant vers notre passé, nous finirons par voir comme un étranger.

Brice et Anne, les parents de Julie, qui m'ont tant aidé dans ma douleur, me disaient souvent, dans ces derniers mois sombres de notre amour, que Julie, *avec moi*, avait été à leurs yeux quelqu'un d'autre, quelqu'un qu'ils n'avaient ni plus ni moins aimé, mais que parfois ils ne reconnaissaient pratiquement pas. De retour à Paris, je comprenais que moi aussi, *avec elle*, j'étais devenu peu à peu quelqu'un d'autre.

Tu te souviens peut-être, ô mon ami lecteur, de l'École Active Bilingue, cette désolante institution où je fus affecté à mon arrivée en France pendant deux miséreuses années avant de rejoindre le lycée Rodin. L'ayant fermement détestée, m'y étant senti méprisé, maltraité, me souvenant encore de son

Meuhhhdon, cet endroit hideux au nom imprononçable pour le jeune veau hispanophone que j'étais où l'on nous menait toutes les semaines et où l'on nous parquait comme des bestiaux, je m'étais pourtant résolu, deux ans plus tôt, puisque nous habitions à côté, à y affecter mes propres enfants. Comme mon travail se résumait à quelques heures d'écriture littéraire à l'aube puis à quelques heures d'écriture cinématographique le matin et à un peu de lecture avant et après la sieste, j'allais les chercher tous les jours à la sortie de l'école. Le froid et la pluie nous contraignaient souvent à rentrer vite à la maison ; mais souvent aussi, nous restions au parc Monceau qui était devenu, comme pour tous les enfants de l'École Active Bilingue, leur naturel terrain de jeu. Assis sur un banc ou sur la pelouse, je regardais Tadeo et Ézéchiel et je me souvenais de la manière dont, dans ce même lieu, parce que je ne parlais pas français, ou parce que mes vêtements étaient troués, ou parce que je ne comprenais pas les règles des jeux auxquels jouaient mes nouveaux compatriotes, j'avais été exclu de tout. Je me souvenais de toutes ces offenses que j'avais essuyées à mon arrivée en France et je contemplais, avec une silencieuse satisfaction d'où n'était pas absent un ridicule sentiment de revanche, comment ce même jardin était devenu un royaume dont mes enfants étaient les souverains. Installé parmi les innombrables nounous africaines ou asiatiques et les nombreuses jeunes filles au pair australiennes ou néo-zélandaises (et quelques rares mères au foyer), j'étais souvent, dans cette école où le chômage n'existait pas plus que l'égalité entre les hommes et les femmes, le seul père qui venait chercher ses enfants et qui restait longuement au parc avec eux. Ma vie, constituée autour d'un nombre certain d'habitudes, avait juste intégré cet instant précis dans son lent et répétitif quotidien. Trente années étaient passées depuis mon second exil et mes souffreteuses années à l'École Active Bilingue, et j'avais lu et relu *À la recherche du temps perdu*, et que mes enfants jouassent au parc Monceau ou, le week-end, dans ces fourrés des jardins des Champs-Élysées où le petit Marcel avait découvert la puberté, m'emplissait d'une vaine fierté. Mais cette fierté vaine, comme la satisfaction de la vengeance, tout aussi vaine, me couvraient maintenant également de honte. Comment pouvais-je me sentir fier de cette stupide réussite sociale ? Comment pouvais-je perdre mon temps à me venger ? – Et comment, mais comment avais-je pu aimer Julie pour soigner la blessure que m'avait infligée Philippine vingt ans plus tôt ?

Souvent, depuis qu'il s'était installé
dans le petit deux-pièces au-dessus du kebab,

Aurélien avait joui d'un isolement si grand qu'il contemplait les mots, les mots qu'il lisait, les mots qu'il pensait, comme des dessins, comme des tableaux abstraits, comme des images figées qu'il observait longuement sans leur trouver d'autre sens qu'une incertaine beauté. Une incertaine beauté... comment dire ?... anecdotique. Une beauté minuscule et indicible : superflue.

J'écrivais toujours à l'aube, et je lisais toujours avant et après la sieste, et les après-midi je profitais avec le plus intense des bonheurs de mes enfants, mais les soirs, qui au début de ma vie en couple avec Julie avaient été consacrés à voir mes amis et à nous acquitter, ensemble, de studieuses occupations, avaient commencé d'être de plus en plus voués à ces passe-temps futiles que j'aimais tant à Cannes mais que j'avais toujours fuis à Paris. De plus en plus, au cours des dernières années que je vécus avec Julie, au lieu de suivre des séminaires au Collège international de philosophie ou d'organiser nos dîners du vendredi qui, imitant les mardis de Mallarmé, et se rêvant similaires à ces rencontres de pensée à pensée où, comme disait Mascolo, *s'avoue comme une féminité de l'esprit*, étaient consacrés à tenter de comprendre le lien mystérieux et si beau qui unit politique et amitié, nous allions à des avant-premières et même, parfois, à des défilés de mode. Oui, ma vie parisienne, cette vie studieuse, triste, mortifère, et profonde aussi, cette vie silencieuse tournée vers l'écriture et la pensée, était devenue le miroir de ma vie pendant le festival. En étais-je amer, désolé ? je dirais que oui. En étais-je satisfait, réjoui ? je dirais qu'aussi. Écrire, écrire quelques lignes chaque jour à l'aube – je devais m'en rendre compte après avoir cessé de le faire pendant deux ans pour réaliser puis promouvoir mon premier film –, m'est aussi nécessaire que douloureux. Lorsque j'arrête de le faire, je vis ; lorsque j'arrête de le faire, je meurs.

Avant de remonter dans le petit deux-pièces, attiré par le silence et l'obscurité, Aurélien ne put s'empêcher de regarder la cour vide et le grand terrain vague qui s'étendait derrière. La nuit, brusquement si l'on peut dire, avait retrouvé son calme.

Aurélien marcha d'un pas lent jusqu'au cerisier. L'arbre était encore submergé par la tristesse de l'hiver. La balançoire qu'il avait remarquée le premier jour pendait, toujours aussi désolée, à cette branche curieuse, irrégulière, qui, aurait-on dit, cherchait à fuir la ramure. Mû par un élan qu'il ne chercha pas à comprendre, Aurélien tira sur la vieille corde et elle céda : glissant autour de la branche, elle tomba à ses pieds.

Aurélien contempla, tout en haut de l'arbre, la blessure qu'au long des années la corde avait creusée sur la grande branche indomptée : une blessure qui jamais n'allait s'effacer, mais qui jamais ne serait parvenue à la briser.

Du même regard minutieux, il examina ensuite la planche en bois qu'il tenait entre ses mains. C'était une vieille planche en chêne, ou en hêtre, avec deux trous à chaque extrémité. Aurélien la tourna, l'examina encore, puis la posa au pied de l'arbre. Il la posa lentement, respectueusement, comme on offre un ex-voto d'un vœu qu'on ignore, comme on allume un cierge à un saint inconnu.

Mon histoire d'amour avec Julie finit de s'éteindre dans de bien tristes cendres pendant le triste été de l'an de glace 2005. Plus accablé que jamais je ne l'avais été, j'errais dans Paris, *morne comme un déménagement, amer comme une jalousie*, changeant d'hôtel tous les trois jours pendant que je préparais le tournage de mon futur premier film. J'errais dans une désolation absolue, submergé par un sentiment de perte qui allait bien au-delà de la perte de Julie, de la perte de ma famille, de mon foyer : *au fond d'une dépression sans fond*, j'errais convaincu que *je n'avais jamais eu d'avenir* – que tout, depuis toujours, avait été pour moi définitivement perdu.

À un incertain moment du mois de juin ou de juillet, une amie me prêta son studio pendant une quinzaine de jours et j'invitai mon fils aîné à y passer une nuit avec moi. Nous avions dormi collés l'un à l'autre, aussi désespérés l'un que l'autre. (Je sais, hijo, que tu ne te souviens sans doute pas de cette nuit ; et que si tu t'en souvenais, tu dirais que tu n'étais pas du tout désespéré. Permets-moi, juste une fois, parce que je t'aime tant, de parler à ta place.) Grâce à la tendresse de Tadeo, grâce à la douceur d'Ézéchiel, et distrait parfois par Brieuc et Christophe avec qui je préparais *Quelques jours en septembre*, je survécus à l'été. Le tournage du film commença au tout début de l'automne. Parce que les acteurs étaient formidables, parce que les décors étaient fabuleux, parce que la lumière était prodigieuse, parce que presque chaque jour nous tournions au moins un plan complexe et magnifique, tout le monde était persuadé que le film serait un chef-d'œuvre. Ce ne fut pas le cas. J'avais beaucoup travaillé, et j'avais vu beaucoup de films, et j'avais, je crois, puisque pendant vingt ans j'avais suivi tant de tournages, appris un certain nombre de choses qui permettent de faire de bons films, mais il en était d'autres que j'ignorais totalement. Je me souviens, par exemple, de Bénédicte, la scripte, qui me disait souvent que nous étions en train de tourner un film qui ferait trois heures et demie ; et à qui je répondais que si le film devait être aussi long parce qu'il était aussi beau que chaque plan que nous tournions ce ne serait pas un problème. J'avais tort. La beauté, c'est bien ; son excès, partout, la rend écœurante. Il suffit, après avoir contemplé un tableau de Bellini ou de Piero, de poser les yeux sur un Veronese ou un Tintoretto pour le comprendre. Mais, jeune, aveuglé par mes certitudes, je ne comprenais rien. Je voulais faire un film qui plus tard deviendrait un classique ; je faisais un film rococo. Je voulais faire un film original et savant ; je faisais un film ampoulé et grimaçant. Je croyais faire un film ambitieux ; au montage, je comprenais chaque jour davantage qu'il était seulement prétentieux.

Mon ami Paulo, mon producteur, avait engagé un distributeur qui, lorsqu'on lui montra quelques extraits somptueux (qui, ignorait-il, construisaient la pompeuse continuité du film) fut si certain qu'on serait sélectionnés à Cannes qu'il s'imaginait déjà négociant en position de force le jour de la future projection. J'étais moi-même persuadé que, bien que le film ne fût pas le chef-d'œuvre que j'avais cru que nous étions en train de faire pendant le tournage, il avait des qualités, et un casting surtout suffisamment alléchant, pour trouver sa place parmi la vingtaine de films sélectionnés en compétition officielle. Encore une fois, ce ne fut pas le cas. Malgré quelques SMS encourageants, Thierry Frémaux, le délégué général du festival, m'avertit par un dernier message à minuit la veille de l'annonce de la sélection à la presse, que mon film, finalement, ne serait pas retenu.

Loin de moi l'idée de me plaindre de ce refus. Comme j'écrivais, je n'ai aucune difficulté à songer que ce que moi-même je considère comme un chef-d'œuvre ne soit guère du goût des sélectionneurs des prix ou des festivals, ni à admettre, surtout, que mon film fini n'était pas du tout le chef-d'œuvre qu'un temps j'avais espéré réaliser. Et puis, soyons pour une fois modestes, n'espérant d'autre revanche que celle *sans combat* dont parle Hésiode, ma prétention, ma prétention qui m'a toujours permis de mépriser d'une incertaine façon n'importe quel succès dû à des distinctions officielles, comme à tant d'écrivains ou de réalisateurs, m'a toujours permis également de me protéger en me souvenant que Proust, Joyce et Borges n'ont jamais reçu le prix Nobel, et que Bergman, Bresson, Godard ni Tarkovski n'ont obtenu la Palme d'or.

Quoi qu'il en fût, je n'eus guère le temps d'être déçu : Paulo proposa aussitôt le film au festival de

Venise et à celui de Toronto, où il fut doublement sélectionné, et la vie, cette vie étrange à laquelle contraint le fait de réaliser des films, cette vie où l'on doit croire ou feindre de croire que ce que nous avons fait (une suite d'images et de sons qui dure quelques dizaines de minutes et qui, perdue parmi des centaines d'autres suites d'images et de sons, occupera les salles, la presse et les festivals pendant quelques jours, quelques semaines ou quelques mois) est la chose la plus importante au monde, reprit son cours.

Pendant le tournage du film, j'étais tombé amoureux de Juliette. – Juliette. Oui, Juliette. Juliette Binoche. Paulo, Paulo Branco. Frédéric, Frédéric Mitterrand. Cédric, Cédric Klapisch. Julie, Julie Gayet. Qu'y a-t-il dans un nom ? Comme chacun sait depuis les Montaigu et les Capulet, une rose, portant tout autre nom, sentirait aussi bon, mais qu'y a-t-il au juste dans un nom ? *Les noms nous donnent le change. Cicéron, Podmore. Napoléon, M. Goodbody. Jésus, M. Doyle. Les Shakespeares étaient aussi répandus que les Murphys.* Oui, d'accord, mais n'empêche : qu'y a-t-il au juste dans un nom ? *C'est ce que nous nous demandons*, je le sais, puisque *nous* l'avons déjà écrit, *quand nous sommes enfants en écrivant ce nom qu'on nous dit être le nôtre.* Mais qu'y a-t-il vraiment dans *cet être privilégié et central* qui peut aussi devenir *un monstre d'insuffisance* ? Pourquoi je peux dire certains noms et pas d'autres ? Pourquoi ai-je tant hésité à laisser, dans le livre que vous tenez entre vos mains, des noms comme ceux d'Isabelle Adjani, Alain Sarde ou Raúl Ruiz ? Pourquoi, à chaque fois que je me relis, je suis gêné par certains noms que je ne prononce qu'à moitié (comme, malgré notre amitié, « mon ami Jacques ») ou par les dizaines ou centaines d'autres noms de gens célèbres rencontrés à Cannes que j'ai omis ; des noms qui, écrits, sembleraient inévitablement faire preuve d'une présomption excessive et vulgaire ? Il est sans doute naturel que j'aie envie, ou besoin, d'écrire Julie au lieu d'écrire Julie Gayet, et Juliette au lieu de Juliette Binoche, puisque Julie Gayet et Juliette Binoche, dans ma vie, ont été mille fois plus Julie et Juliette. Mais Juliette, Juliette surtout, a toujours été, aussi, Juliette Binoche. Parce que je l'ai connue en travaillant, ce serait peut-être plus juste de l'appeler Juliette Binoche ; parce que je l'ai aimée, parce que nous avons été en couple pendant deux ans et demi, elle est inexorablement, dans ma mémoire, seulement – et que « seulement » veut dire ici son contraire ! – Juliette.

O, tell me, friar, tell me,
In what vile part of this anatomy
Doth my name lodge ?

Qu'y a-t-il au juste dans un nom ? Faut-il accepter, comme nous le rappelle Danielle, *que quelque diversité d'herbe qu'il y ait, tout s'enveloppe sous le nom de salade* ? *Que veut dire « nommer » ?* Nommer *c'est donner à penser.* Mais que dit le langage lorsqu'on reconnaît à un nom une couleur, comme celle, rouge et veloutée, qui recouvre le nom de Guermantes ? Quelque chose en tout cas, qu'on ne trouve pas forcément dans la personne. Alors de qui parle-t-on lorsqu'on écrit le nom de quelqu'un ? Je ne sais pas. De nous-mêmes ? De tout le monde ? De personne ?

Bien que je singe depuis trente ans *À la recherche du temps perdu*, je n'ai jamais voulu, en écrivant, faire une copie du labyrinthe de miroirs, parfois déformants, parfois flatteurs, parfois moqueurs, parfois plus vrais que la vérité, que Proust a bâti autour de Marcel à partir de la galerie de personnages de sa vie et de son époque.

> *Ce sont nos passions qui esquissent nos livres, le repos d'intervalle qui les écrit. Quand elle renaît, quand nous pouvons reprendre le travail, la femme qui posait devant nous pour un sentiment ne nous le fait déjà plus éprouver. Il faut continuer à la peindre d'après une autre, et si c'est une trahison pour l'être, littérairement, grâce à la similitude de nos sen-*

timents, qui fait qu'une œuvre est à la fois le souvenir de nos amours passées et la prophétie de nos amours nouvelles, il n'y a pas grand inconvénient à ces substitutions. C'est une des causes de la vanité des études où on essaye de deviner de qui parle un auteur. Car une œuvre, même de confession directe, est pour le moins intercalée entre plusieurs épisodes de la vie de l'auteur, ceux antérieurs qui l'ont inspirée, ceux postérieurs, qui ne lui ressemblent pas moins. Car à l'être que nous avons le plus aimé nous ne sommes pas si fidèle qu'à nous-même, et nous l'oublions tôt ou tard pour pouvoir – puisque c'est un des traits de nous-même – recommencer d'aimer. Tout au plus à cet amour celle que nous avons tant aimée a-t-elle ajouté une forme particulière, qui nous fera lui être fidèle même dans l'infidélité.

Pour échapper à la vanité possible des futures études sur mon œuvre, et bien que je ne sache jamais si je les loue ou les blesse, je ne me suis jamais privé du plaisir d'appeler mon frère Sebastián, mes cousins Gon, Mopi, Lila, Manuela *y* Miguel, mon ami d'enfance Daniel, mes amis de l'adolescence Cédric, Alexis, Hervé, Juan, Gatti, Max, mes amis de l'âge adulte Antoine, Christophe, Nicolás, Julien ; et Philippine, Julie, Juliette, et toi Marion aujourd'hui, par vos simples, et réels, et doux prénoms.

> *Quand ils étaient seuls sur la terre, ils se nommaient eux-mêmes : Les Hommes, Les Plus Hommes des Hommes, Les Hommes Vrais, Le Peuple, Le Peuple Pacifique, Notre Peuple, Le Peuple sur la Rive, Le Peuple de l'Eau-Boueuse, Le Peuple des Cavernes, Le Peuple de la Terre-Jaune, Le Peuple de la Terre-Rouge, Ceux-qui-habitent-la-Prairie, Ceux-qui-campent-à-l'entrée, Ceux-qui-sortent, Ceux-qui-dorment, Ceux-qui-vont-contre-le-vent.*

Peut-on, en appelant quelques êtres chers, trouver l'un de ces noms qui font naître une communauté ? Écrire consiste-t-il vraiment *à inventer un peuple qui manque* ? *Le cri, le tu, le chant, la morsure, le chaos.* Ou ne s'agit-il que de ça : *laisser ressurgir, dans tout ce qu'on écrit, ce que la faculté de nommer nous a pris* ? Je ne sais au juste ce que j'inflige à mes anciens amis, à mes anciens amours, mais j'ai toujours ressenti en écrivant leurs prénoms ou leurs noms, *persuadé que leur modestie ne s'en offensera pas*, ce plaisir enfantin et cette profonde émotion qu'a ressentis Proust en citant, dans son livre où, comme *nous* l'avons déjà écrit, il n'y a pas un seul fait qui ne soit fictif, où il n'y a pas un seul personnage « à clefs », le nom véritable de ces cousins de Céleste Albaret qui s'appelaient Larivière.

Mais bien que la première particularité d'un nom, fût-il commun, est qu'il n'a pas de synonyme – bien que lorsque je dis ton nom, tu es toujours unique –, ici à Cannes, il est si gênant de devoir nommer des gens dont les noms dans ma mémoire ne font résonner qu'un écho tendre et intime et qui, dans le tumulte de notre mémoire collective, font retentir le brouhaha tout à la fois inaudible et assourdissant des trompettes extravagantes de la renommée. Bien sûr, *la notoriété de ces patronymes sera de courte durée.* Comme ceux des hommes politiques, presque tous ces noms cannois seront vite oubliés. Si nous sommes quelques-uns à nous souvenir encore de Sarah Bernhardt, qui se souvient d'Alice Ozy, de Geneviève Lantelme, d'Harry Baur, de Lucien Guitry, de Polaire ? Et ce siècle qu'on a dit pendant des siècles être celui de Périclès, qui douterait aujourd'hui qu'il n'ait plutôt été celui de Socrate ? Mais, encore une fois, je pose la question : qu'y a-t-il au juste dans un nom ? Peut-on écrire les noms célèbres de nos jours sans faire résonner chez le lecteur l'écho volage de *Voici*, *Gala* ou *Paris Match*, ces magazines qu'il n'a peut-être, heureusement, jamais lus, mais dont il a sûrement entendu parler ? Peut-on s'affranchir de la médiatique cacophonie qu'évoquent à tant d'oreilles des noms tels que Julie Gayet ? Comment dire que Julie ou Juliette sont pour moi, comme Ruth, Kate, Agnès, Christine, des prénoms qui n'éveillent qu'une douce nostalgie ? qui ne suscitent, chaque fois que je les prononce, que cette amitié qui survit toujours à l'amour comme les récits et les cicatrices survivent à l'oubli ?

Bref (si vous me permettez d'être compendieux), le tournage fini, je commençai de partager ma vie avec Juliette. Je commençai, soyons pour une fois non seulement sincère et juste, comme nous essayons de l'être toujours, mais, fût-ce tardivement, concret, je commençai d'*essayer* de partager ma vie avec Juliette. Le pus-je ? Non. Car j'étais défait. Comme après mon premier amour, j'étais totalement défait. Malgré la distraction du tournage, malgré le fait que ce fût moi qui avais mis un terme à la relation amoureuse avec Julie – et malgré Juliette, qui m'aimait du plus simple des amours –, j'étais foncièrement, fatalement et fondamentalement défait. Et Juliette forcément le sentait. Nous étions tombés lentement amoureux l'un de l'autre. Notre histoire d'amour n'avait commencé qu'à la toute fin de ces quelques semaines passées à Venise où tous les soucis de la vie quotidienne avaient été emportés par le vent espiègle et enfantin qui souffle souvent sur les tournages. Mais dès que nous étions rentrés à Paris, Juliette comprit que bien que mon amour pour Julie fût fini, j'étais si brisé par cette fin que je n'étais plus rien, plus personne. Le soir même où je quittai mon foyer, stupidement convaincu que si j'abandonnais ma femme il me fallait aussi abandonner mes enfants, Juliette, bien plus sage que moi, me proposa, puisque je n'étais pas prêt à commencer une nouvelle vie, de m'attendre.

– Ce n'est pas grave, je t'attendrai. Je t'attendrai le temps qu'il faudra.

Face à mon tourment et mon désarroi, elle me dit qu'elle m'aimait et que pour ne pas gâcher la possibilité de notre amour, sa possible force, sa possible beauté, ce serait mieux que nous restassions loin l'un de l'autre pendant quelques semaines ou quelques mois, le temps que ma blessure cicatrisât. Qu'elle était douce ! Amoureuse, amoureuse de moi et peut-être aussi de son amour, ou de l'amour en général, de l'amour dans l'absolu, elle me dit qu'elle était prête, si je le souhaitais, à ne plus tourner de films qu'avec moi.

Là ci darem la mano
Là mi dirai di sì...

Je la regardai en silence – amoureux, et incapable d'aimer. Elle avait raison, elle avait absolument raison, nous aurions dû nous éloigner ce soir-là et nous retrouver plus tard, beaucoup plus tard, le jour où j'aurais été de nouveau un homme pour qui aimer fût possible. Mais j'étais aussi incapable d'aimer que de vivre – et sans elle à mes côtés, je ne crois pas que j'aurais survécu à mon malheur.

Vorrei e non vorrei
Mi trema un poco il cor…

J'imagine ton sourire moqueur, ô mon ami lecteur ! « Je ne crois pas que j'aurais survécu à mon malheur. » Je sais : il y a quelque chose de ridiculement mélodramatique à écrire ces mots. On écrit si souvent qu'on est triste à mourir – et on meurt si rarement. Mais j'étais et je reste aujourd'hui persuadé qu'à ce moment précis de mon existence, l'écriture, l'écriture qui, comme elle le fait encore à présent me faisait déjà depuis des années mourir chaque jour, n'aurait pas pu me sauver la vie. Elle me l'avait déjà sauvée une fois, deux ans plus tôt, lorsque Julie était tombée amoureuse de ce premier acteur et que j'étais parti souffrir seul en Italie. Là, elle n'avait plus rien à sauver.

> *Écrire son autobiographie soit pour s'avouer, soit pour s'analyser, soit pour s'exposer aux yeux de tous, à la façon d'une œuvre d'art, c'est peut-être chercher à survivre, mais par un suicide perpétuel.*

Oui, Blanchot avait raison : l'écriture est un suicide perpétuel. Mais elle n'est malheureusement qu'un remède occasionnel. La vérité du chagrin, *qui n'est pas compatible avec le bonheur, avec la santé, ne l'est pas toujours avec la vie.* Potocki, Benjamin, Nerval, Maïakovski, Pavese, Mishima, Zweig, London, Celan, Trakl, Quiroga, Alfonsina Storni et Ghérasim Luca, parmi tant d'autres ! peuvent *ne pas* en témoigner.

> *Cet été-là, ou plutôt cette fin d'été-là, cette fin de fin du premier été de la première défaite, je suis allé soir après soir, pendant une dizaine de jours, dire adieu à des amis et à ma famille qui quittaient Patmos, qui abandonnaient l'île, ou plutôt qui* m'*abandonnaient l'île, qui m'abandonnaient l'île comme on abandonne une maison en ruines à un pauvre fou qui a décidé que c'était sa seule demeure – qui m'abandonnaient l'île, aussi, en m'abandonnant, en m'abandonnant comme on abandonne un malade qu'on ne peut plus aider. Ils m'abandonnaient, comme on dit, à mon triste sort ; ils m'abandonnaient à l'écriture, et ils m'abandonnaient calmement : ils savaient pertinemment que ce suicide perpétuel que j'aimais tant accomplir jour après jour sur le papier est un suicide dont on ne meurt que rarement.*

Oui. Oui et non encore une fois : ces mots écrits il y a une quinzaine d'années sont justes et injustes à la fois. Parfois, le suicide perpétuel devient *aussi* ponctuel. Et si j'ai sans doute été avec Philippine *semblable à cet adolescent qui, se réveillant un beau jour avec la ferme intention de dire à sa fiancée qu'il ne l'aime plus, qu'il va la quitter, et qui, trouvant à son réveil une lettre où celle-ci lui annonce qu'elle est partie, l'aime de nouveau et décide de se suicider*, j'étais là, après avoir décidé moi-même de quitter Julie, à deux doigts de mourir pour de vrai. Mais je ne veux pas m'étendre ici sur cette douleur passée : de *La Première Défaite* à *La Justice des hommes* en passant par *Des jours que je n'ai pas oubliés*, j'ai déjà abusé de son souvenir dans l'écriture. Je m'en tiendrai, si vous me le permettez, à un seul instant de ces longs mois où un amour à l'agonie ne laissait pas naître un nouvel amour et où mes nuits comme mes jours surabondaient en monstres, un seul et dernier instant que je n'ai jamais réussi à écrire – un seul et ultime moment qui me supplie, aujourd'hui, de ne plus le taire : Pour des raisons qu'à présent j'ignore, quelques jours ou quelques semaines après la séparation, nous étions allés ensemble, Julie et moi, chercher les enfants à la sortie de l'école. Nous étions passés d'abord boulevard Malesherbes chercher Ézéchiel qui était en dernière année de maternelle, puis nous avions traversé le parc Monceau pour aller chercher Tadeo, qui était en première année d'élémentaire. Le vieil immeuble situé avenue Van Dyck, à l'orée du parc, avait deux portes : la porte principale, par laquelle sortaient les élèves de CE et CM, et une petite porte surélevée, située sur le côté, par laquelle quittaient l'école les marmots de CP. Cette porte donnait sur un perron, vaguement circulaire, d'où les maîtresses laissaient descendre les enfants au fur et à mesure qu'elles reconnaissaient les nounous et les rares parents qui attendaient tassés au pied des marches. Nous étions arrivés à peine en retard et tous les enfants étaient partis, et Tadeo se tenait seul, collé au garde-fou en fer forgé. Son regard, perdu dans le vide, était empreint d'une tristesse aussi profonde que fut profonde sa joie lorsqu'il nous vit. Son visage entier s'éclaira de ce sourire qu'enfant il avait parfois, un sourire plein de tendresse et d'espoir, et aussi de timidité et de honte : un sourire qui exprimait le plus intense et intime des bonheurs.

– Un, deux, trois, quatre.

Sans quitter le perron, il se redressa et, pointant son petit index sur nous, nous désigna chacun notre tour avant de tourner son doigt sur lui pour finir de nous compter.

« Un, deux, trois, quatre. » Il avait dit tout bas ces mots qui résumaient toute l'espérance que son cœur immense était capable de contenir, il les avait murmurés comme un vœu qu'on n'ose prononcer, comme une prière à un saint qu'il savait bienveillant, protecteur, mais qu'il semblait craindre aussi un peu.

« Un, deux, trois, quatre. » Les listes, cette *première forme poétique, aux origines fabuleuses de la poésie*, comme les chiffres, à côté de leur mystère et leur beauté, gardent souvent quelque chose d'inévitablement décevant, d'inexorablement inachevé. Cette liste-là, cette petite et simple énumération prononcée par mon fils aîné à l'âge de cinq ans était finie – et parfaite. Rien de tout ce à quoi il aspirait n'y échappait.

« Un, deux, trois, quatre. » Sa mère, son père, son frère et lui. Sa famille. Rien de plus. Mais rien de moins. Un univers petit, restreint, mais son univers à lui. Une constellation chaleureuse, amicale. Tout ce qui, lui avait-on promis depuis qu'il était né, serait toujours là, autour de lui.

« Un, deux, trois, quatre. » Je n'ai jamais su ce que Julie a ressenti à ce moment-là. Je n'eus pas la force de me tourner vers elle. J'avais si peur de ma folie que je serrai mes enfants dans mes bras et partis rapidement.

Quel renoncement. Quelle bassesse. Quelle lâcheté. J'ai fui. J'ai fui pour ne pas éclater en sanglots devant Ézéchiel, devant Tadeo. J'ai fui pour ne pas pleurer devant mes enfants, et j'ai retraversé le parc en pleurant. Tel un apostat reniant toute foi possible, j'ai pleuré en marchant le plus vite que je pouvais pour m'éloigner de Julie et mes enfants et trouver refuge dans les bras de Juliette.

Vorrei e non vorrei
Mi trema un poco il cor...

Encore une fois, tant plus forte et tant plus sage que moi, le soir, comme nous étions chez elle, dans sa maison de Vaucresson, et que ses enfants étaient déjà couchés, et que j'étais encore si désespéré, Juliette me proposa de m'attendre, d'ajourner le début de notre amour.

– Tu n'es pas prêt. Ce n'est pas grave. Je t'attendrai.

Double lâcheté. Profonde, immense lâcheté que la douleur passée ne me permet pas aujourd'hui de me pardonner. De quel droit inflige-t-on à un amour naissant l'affliction d'un amour mourant? J'aurais dû m'éloigner, j'aurais dû partir, j'aurais dû la laisser tranquille – quitte à la perdre, quitte à tant souffrir que je n'aurais plus été là pour revenir.

Mais voilà : cela n'a pas été. Je suis resté, j'ai survécu, et je lui ai imposé de partager ma douleur.

Toi et moi sommes quittes;
Pas la peine de ressasser

Les injures de chacun
Les ennuis
Et les chagrins

Et les festivals, dans ma vie dolente, dans ma vie désolante et réjouissante comme chaque vie, ont continué de s'enchaîner. Cannes avec Juliette avait quelque chose de moins festif. Invitée partout, elle ne voulait aller nulle part. Et, dieux ! que cette envie de se tenir à l'écart, de se tenir terrée, était compréhensible. Au moindre cocktail, au moindre dîner, ne parlons pas des fêtes, comme si elle eût été, comme la Juliette de Sade, *le sujet de tous les désirs possibles*, elle attirait tant de monde que chaque sortie lui était épuisante. Ce n'étaient pas tant les badauds ou les fans, qui se ruaient déjà bien davantage sur les joueurs de football, les présentateurs télé ou les stars de ces comédies qu'on dit populaires pour suggérer que le peuple est stupide, mais des réalisateurs, des acteurs et des producteurs heureux de la rencontrer ou de la revoir qui finissaient quand même, à force, vu leur nombre, par l'épuiser. Je la suivais, l'escortais, tentais parfois de la protéger, mais mon secours n'était guère à la hauteur des assauts de sympathie qu'elle soulevait. Au Martinez, le concierge, *cette bienveillante Euménide*, toujours gentil, toujours moqueur, après quelques années à m'appeler monsieur Gayet, se résolut à m'appeler monsieur Binoche. Prétentieux comme je le suis habituellement, bien que je ne susse au juste, là, de quoi pouvais-je bien prétendre, cette gentille moquerie sincèrement m'amusa. Elle m'amusa, je peux à présent l'avouer, parce que j'ignorais alors combien avoir été monsieur Gayet, combien être devenu monsieur Binoche, fût-ce seulement trois jours par an, témoignait d'une dépossession d'une partie de moi-même qui se prolongeait bien au-delà de ma petite escapade du mois de mai. Monsieur Gayet et monsieur Binoche étaient pourtant des dépossessions bien différentes : avec Julie, bien que je ne cessasse jamais d'écrire, la mondanité, non seulement cinématographique mais également politique, et aussi la mondanité de ce monde où rien d'autre que la mondanité n'existe : celui de la mode, avait peu à peu rogné les ailes de mon ambition intellectuelle; avec Juliette, le désir de faire vraiment du cinéma me détournait de ma destinée littéraire – mais je n'étais, ni avec l'une ni avec l'autre, je le sais à présent, tout à fait moi-même.

Ha, ha! je vois de nouveau ton ultérieur sourire persifleur, ô mon futur lecteur! Oui, oui, oui : doit-on, peut-on rester soi-même lorsqu'on aime? Une rencontre, surtout lorsqu'il s'agit d'une rencontre amoureuse, ne tire-t-elle pas justement sa puissance de l'incertitude où elle nous plonge? À quoi bon aimer, si c'est pour rester absolument celui que nous étions auparavant? C'est à cet endroit précis de la vie de chacun, que la calme et tenace persévérance spinozienne baisse les bras devant le bouillonnant devenir nietzschéen; c'est à cet endroit précis de la pensée, qu'Héraclite menace Parménide. C'est à chaque fois qu'on aime que s'obstiner à être seulement nous-même nous semble une tâche moins noble – et tellement moins jubilatoire! – que s'abandonner aux êtres multiples que nous offre l'existence. Quelque chose de nous, quelque chose que nous savons ou rêvons constant, quelque chose que nous cherchons douloureusement dans la mémoire et l'écriture, et que nous trouvons parfois avec apaisement dans les habitudes, nous paraît se perdre dans le tumulte de l'existence : il est si difficile de se résoudre à ce que tout soit simplement passager, à ce que tout soit définitivement contingent. Mais comment nier que ce qui justifie le plus nos vies – l'amour, l'amour d'un homme, d'une femme, de nos enfants, d'un ami, d'un tableau, d'un livre, d'une île – soit justement ce qui nous fait le plus douter d'être réellement quelqu'un? La langue française est sage : nous sommes, seulement, une *personne*. Même avant d'entreprendre le chemin vers la clairière de l'Être, nous sommes un étant, et son absence. Rien, et Tout à la fois.

Furtif surgit au seuil de la forêt
Un gibier sombre ;
Contre la colline meurt sans bruit
le vent du soir,

Se tait la plainte du merle,
Et les douces flûtes de l'automne
Font silence dans les roseaux.

D'azur, la douleur se tait. Le masque du gibier, face à l'azur se reprend dans la douceur. Car la douceur est, à la lettre, ce qui tendrement recueille.

Comme dans la poésie, tout est mouvant dans l'amour ; plus rien n'est certain. En un instant, en un instant parfois constant, nous savons que nous ne sommes pas nous-même et nous sentons qu'il faut nous soucier d'un autre. Et c'est sans doute pour ça que j'ai si souvent été incapable d'aimer. Dans la furie aimante et souffrante de ces années passées, quelque chose de moi-même ne cessait de crier, déjà, qu'il me fallait achever ce que j'avais littérairement commencé. Voulant désespérément être moi-même et voulant désespérément n'être pas moi-même, je commençais de sentir que dans mon immense projet – tout écrire pour ne plus écrire – j'avais peut-être trouvé ce point dont parle Kafka :

un point d'arrivée sans aucune voie d'accès. Mais, de même que je ne pouvais pas vivre sans souffrir, je ne pouvais pas vivre sans écrire. Quelle absurdité ! Ou pas. Si je savais ! Ah ! mon ami lecteur ! si j'avais la moindre certitude sur l'utilité de ma douleur et de ces milliers de petites taches sombres que je dessine pour toi chaque jour à l'aube !

> *– Tu disais que les êtres qui se vantent d'expliquer et de comprendre le monde sont incapables d'y rien changer ?*
>
> *– Oui, répondit le maître. Le Vrai et le Faux sont les échappatoires de ceux qui refusent toujours la décision. Car la vérité est une chose sans fin.*

Comme disait Zorro-le-sans-dieu, « qui ne sait mentir ignore ce qu'est vérité ». Et moi qui mens en disant vrai et dis vrai en mentant, je ne puis aspirer qu'à tout ignorer.

Mais revenons aux bords de la Méditerranée. Avec Juliette – honte à moi –, j'eus le sentiment de franchir la dernière marche de la fastueuse et dérisoire pyramide sociale cannoise. Prendre un café ou dîner avec Hou Hsiao-hsien, Gus Van Sant ou David Cronenberg, dont j'avais tant aimé l'année précédente les films poignants, comme être non seulement invité mais courtisé pour participer au moindre événement mondain, me devint naturel. Et si je n'éprouvais plus, à être là, ce plaisir intense que seuls éprouvent les parvenus et les imposteurs, contempler de loin ceux qui m'entouraient, et dont certains étaient si semblables à celui que j'avais été, commençait de me ravir, et de m'amuser.

La première année où j'allai à Cannes avec Juliette, la principale excuse était qu'elle devait présenter un petit film à sketchs dans lequel elle tenait un petit rôle ; mais la principale raison en était que je me sentais obligé d'y aller pour montrer, puisque le premier film que j'avais réalisé n'y avait pas été admis, le peu d'importance que j'accordais à ce refus. Orgueilleux, insupportablement orgueilleux, je me souviens d'avoir dit à Thierry Frémaux, le premier responsable de la non-sélection de *Quelques jours en septembre* (ou plutôt le second, le premier étant la médiocre tenue du film), que cela n'avait aucune importance vu que nous étions à un mois de la Coupe du monde de football et que la seule chose qui comptât en ce printemps 2006 était que l'Argentine y fût sacrée championne. Thierry sourit, mal à l'aise, à mes mots. Il aimait « parler football », et nous avions une franche complicité philoargentine, et je lui avais dit ces mots avec une incertaine maladresse et une très certaine gentillesse – mais il lui était impossible de croire qu'ils fussent sincères, puisqu'il lui était inconcevable que pour un réalisateur quoi que ce fût fût plus important que d'être sélectionné à Cannes. Et il avait raison : j'avais réalisé un film pour être en compétition à Cannes et aucune consécration ne me semblait à la hauteur de celle-là, et la petite partie de moi qui aspirait à une carrière de réalisateur de films était terriblement déçue ; mais il avait également tort, puisque je continuais de considérer le cinéma, cet *art mécanique* comme disait Godard, comme un art mineur, comme une activité essentiellement distrayante, et que ma seule véritable ambition demeurait purement littéraire. Déçu et indifférent, je n'eus donc aucune peine à profiter, comme chaque année depuis vingt ans, de mes quelques habituels jours de répit cannois. – Mais répit de quoi au juste ? Difficile de le dire en cette année singulière. Depuis que j'avais réalisé mon premier film, ou depuis ma séparation d'avec Julie, ou peut-être même depuis un peu avant, lorsque mon quatrième livre avait connu son incertain petit succès, je n'écrivais que rarement à l'aube. Je faisais ce que font la plupart des réalisateurs : je traînais dans ma vie en attendant de faire un nouveau film. Je vivais à moitié à Paris et à moitié à Vaucresson, dans la maison où Juliette se réfugiait entre deux tournages, et j'essayais, en vain, terriblement en vain, douloureusement en vain, de former avec elle, et ses enfants et mes enfants, une nouvelle famille. Je vivais à moitié à Paris et à moitié à Vaucresson, et aux trois quarts dans les nombreux festivals où j'allais présenter le film avec Juliette – Venise, Toronto, Londres, Montréal, Mar del Plata – et dans les innombrables villes où j'allais présenter le film tout seul (Beyrouth, Rio, Bratislava, Séville, Nijni Novgorod, Novossibirsk, Istanbul, Pékin, Shanghai, Chengdu). « Quelle vie excitante ! Quelle vie foisonnante ! » direz-vous. Mmmoui. Quelle vie inutile surtout. Quelle vie trépidant d'une quête sans objet, quelle vie fourmillant d'une creuse curiosité. Mais pourquoi refuser d'aller à Rome, Manaus ou Brive-la-Gaillarde lorsqu'on nous y invite pour être honoré ? – Pourquoi l'accepter ? me répondras-tu, ô sage ami lecteur. Oui, bien sûr : pourquoi l'accepter ? C'est justement pour cette raison, ou pour cette absence de raison, que bien que j'allasse errer comme une âme en peine ou comme un chien perdu dans quelques dizaines de villes à cause de mon premier film, la seule ville dont il me plaît de me souvenir ici est celle où j'allai malgré lui : la ville de Cannes. La ville de Cannes où, comme je disais, ou comme je ne l'ai pas encore dit, je me sentais de plus en plus chez moi : c'est-à-dire bien et mal à la fois.

Il ne s'agit pas d'aller plus loin. Nous aimerions seulement tenter d'arriver une fois là même où déjà nous avons séjour.

Avant de quitter Paris, Juliette m'emmena, escorté d'un conseiller en habillement, chez Prada, où l'on me choisit un smoking et un costume qui feraient joli à côté de ses robes. Bien sûr, je me prêtai au jeu. Comme Juliette elle-même s'y prêtait : fondamentalement préoccupée par d'autres choses que l'idée de « faire joli ». Cannes avec Juliette, de toute façon, consistait beaucoup en Cannes sans Juliette : comme on la préparait pour des photos ou des interviews, comme on la trimballait en voiture pendant une heure sur des trajets que je faisais moi-même à pied en cinq minutes, comme elle acceptait parfois de voir quelque sommité ennuyeuse ou dangereuse de Hollywood, je restais beaucoup seul au soleil, au bar du Martinez ou sur l'une des trois plages privées où chaque jour on nous suppliait d'aller déjeuner.

J'aimais l'attendre. J'aimais qu'elle fût occupée et que son affairement me dévoilât ma vacance. J'avais déjà éprouvé ce plaisir avec Julie de manière ponctuelle, dans les défilés de mode ou dans les boîtes de nuit lesbiennes où quelques rôles homosexuels avaient fait d'elle une éphémère égérie. Avec Juliette, à Cannes, ce plaisir était constant.

Je passais des heures seul dans des lieux surpeuplés, rassuré d'être à l'écart au milieu de la foule. Rien, dans ma vie de petit émigré, ne m'a fait autant souffrir, mais rien n'a soulagé davantage ma frayeur de ne jamais me sentir au bon endroit, ma crainte de n'être pas admis dans les nouveaux mondes où mes différents exils, d'Argentine, de l'enfance, d'Uruguay, de ma langue maternelle, m'ont contraint de vivre, rien que cela : être seul, mais entouré. À Cannes avec Juliette, c'est-à-dire à Cannes en attendant Juliette, j'étais secrètement comblé de me sentir en même temps si loin et si proche de tout.

Que la vie peut être déchirante ! Qu'elle peut être séparante, divisante, morcelante, disloquante, déchiquetante, que dis-je, scindinante ! Comme à Paris, où une moitié de moi vivait seule dans le XIe arrondissement et une autre en couple à Vaucresson, à Cannes aussi je vivais écartelé, doucement, tendrement écartelé si l'on peut dire, entre deux états, entre deux manières d'être concomitantes. Et j'aimais ces deux penchants, et j'aimais aussi ma déchirure. Pourquoi le nier ? être déchiré me consolait. Sans doute sentais-je déjà que ma vie spirituelle était assez solide pour se poursuivre à Cannes, fût-ce souterrainement, fût-ce loin de mes livres et mon bureau. Sans doute, ayant appris, même au milieu de la foule, à *réserver ma solitude*, avais-je enfin compris que *ce qui était dangereux dans le monde c'étaient les dispositions mondaines qu'on y apporte*, et que de même qu'un écrivain médiocre vivant dans une époque épique restera un tout aussi médiocre écrivain, la mondanité par elle-même ne serait pas plus capable de me rendre banal *qu'une guerre héroïque* de me rendre sublime. J'avais encore besoin, comme Swann, d'être amoureux d'Odette et passionné par Vermeer, ou, comme Marcel, attiré par les soirées des Guermantes et la plume et le papier – bref, j'avais encore besoin, encore toujours déjà besoin, d'être superficiel et d'aspirer à être profond à la fois. Si j'étais destiné à être un mauvais poète, me disais-je, rien n'y ferait ; si j'étais destiné à ne pas l'être, non plus.

> *Mais qu'est-ce que la douleur ? La douleur déchire. Elle est le déchirement. Mais elle ne déchire pas en lambeaux éparpillés. La douleur disjoint assurément, elle distingue, mais de telle sorte que du même coup elle tire tout à soi. La douleur est ce qui joint dans le déchirement qui distingue et rassemble. La douleur est la jointure du déchirement. Elle est le seuil.*

L'année suivante, Gilles Jacob proposa à Juliette, qui avait plusieurs fois refusé de présider le jury « parce que c'était un honneur qu'on n'accordait qu'aux retraités », d'être présidente du « Soixantième », c'est-à-dire des célébrations liées à la soixantième édition du festival. Juliette accepta et demanda que nous logeassions dans la plus grande chambre d'hôtel qui existait à Cannes afin que je pusse écrire tranquillement pendant qu'elle se préparerait pour les diverses tâches qui l'attendaient pendant les quelques jours que nous devions passer sur la Croisette. On nous hébergea donc dans une suite démesurée où la chambre à coucher était séparée par un interminable couloir de la pièce où Juliette serait chaque jour coiffée et maquillée et par un autre interminable couloir d'une dernière pièce où je pourrais, où j'aurais pu, où j'aurais pu pouvoir, où je pourrais avoir pu pouvoir, lire et écrire. Bien évidemment, pendant notre court séjour, je ne mis jamais la pointe de la pointe de mes augustes orteils dans ce possible cabinet de travail. Juliette avait toujours des attentions extrêmes – et bizarres. En elle, se livraient éternellement bataille la plus extraordinaire et admirable des simplicités, héritée de son enfance agreste, bucolique, et des exigences extravagantes, fruits de décisions qu'elle paraissait parfois prendre seulement pour complaire à l'image que se faisaient d'elle ses collaborateurs, dont certains, si fidèles, si obligeants, formaient déjà, à ses côtés, une véritable famille – celle que moi-même je ne devais jamais réussir à lui offrir.

La Croisette, le Majestic, le Carlton, le Martinez, le port, le Palais, les marches, les déjeuners, les plages, les terrasses, les fêtes, les dîners. Encore une fois, j'essayai, avec Juliette, de retrouver les plaisirs que j'avais goûtés à Cannes auparavant. Mais… comment dire? mais c'était compliqué. Juliette travaillait; et son travail, même cette partie infime et anodine de l'ensemble de son travail qu'elle accomplissait en se rendant à Cannes, elle l'accomplissait avec un sérieux infini. Juliette, terriblement me ressemblait : elle sacralisait la comédie comme je sacralise l'écriture. C'est pour ça, je crois, que nous nous aimions; c'est pour ça, je crois, que nous ne parvenions pas à nous aimer. Dès que nous étions loin du cinéma et de la littérature, j'adorais la faire rire – et, chose étrange, j'y parvenais. J'y parvenais et je riais avec elle. Dès que nous nous tenions à la périphérie de ce qui, pour chacun de nous, était le plus important, le plus central, notre complicité était absolue; mais dès que nous revenions, telles des planètes ivres, vers ces soleils qui, chacun séparément, nous attiraient et nous repoussaient, modifiant sans cesse nos orbites, ces soleils qui nous éclairaient et nous réchauffaient, quitte à parfois nous embraser, notre vie ensemble, notre vie à deux, s'évanouissait. Pareils à des nébuleuses diffuses, inquiètes et impatientes, nous laissions un temps se confondre ces poussières interstellaires que nous ne voulions plus contenir, puis nous les rappelions à l'ordre, sages, ordonnés, pour n'être plus, de nouveau, que nous-mêmes.

Depuis le tout début de notre relation, Juliette savait sans doute le danger que courait notre amour naissant ; plus lent et plus bête, je le découvrais un an et demi plus tard comme, écœuré de promouvoir le film vain que nous avions fait, je revenais à la littérature. Le festival de Cannes, en cette seconde année de notre amour, ponctua, ou accentua, que dis-je ! surligna cette découverte. Comment aurait-il pu en être autrement ? J'avais toujours eu besoin du cinéma pour m'amuser, pour perdre mon temps – le cinéma, pour Juliette, était depuis toujours son Temps retrouvé.

Un soir, dînant au bord de l'eau entourés d'acteurs et de réalisateurs (je ne sais pas pourquoi, je me souviens surtout de quelques Mexicains – Gael García Bernal, Iñárritu, Alfonso Cuarón – qui, *en guise de cousins*, partageaient notre table), comme nous discutions de je ne sais quel film, nous avons été, comme tous les convives, surpris par un magnifique feu d'artifice tiré depuis une infinité de petites embarcations. Nous nous tournâmes tous vers le ciel – vers le ciel et la mer, puisque la surface de l'eau servait de miroir à la myriade d'éclats incandescents de mille couleurs différentes. Des deux côtés de l'horizon nocturne, pendant un long moment, le firmament fut joyeusement en flammes, couvert d'étincelles qui dessinaient des figures de plus en plus complexes, de plus en plus envoûtantes. Je regardais ce spectacle, happé comme tout le monde. – Happé comme tout le monde, je dirais, mais happé comme personne. Car une évidence enfantine, indéniable, irréfutable à mes yeux, me fit comprendre que c'était pour moi seul que ce spectacle était le plus beau spectacle qu'on eût jamais contemplé au festival de Cannes. Aucun film, jamais, ne m'avait autant ébloui.

Lorsque le feu d'artifice fut fini, les yeux débordants de larmes de joie, je me tournai vers Juliette et nos amis d'un soir. Convaincu qu'ils devaient songer comme moi, devant l'évidence de ce spectacle *où la force s'était fait grâce*, que l'homme était *matière, fragment, superflu, glaise, fange, nonsens, chaos, mais aussi créateur, sculpteur, dur marteau, spectateur divin et repos du septième jour*, j'avais envie de leur crier mon bonheur ; mais, aveuglés par l'amour du cinéma, ils avaient repris leur conversation, parlant de nouveau des films qu'ils avaient vus. Dissimulant mon émotion, je continuai de pleurer en silence.

Ce qui cimentait réellement notre petite bande était une incertaine expression de ma souffrance. Comme avant le second exil, comme aujourd'hui encore, les brisures de ma sensibilité, lorsqu'elles ne finissaient pas épinglées comme des papillons noirs sur une feuille blanche, s'agrégeaient tels des cristaux pour former ces flocons de tristesse qu'on appelle des larmes. En Uruguay et pendant les deux premières années que j'avais passées en France, comme tous les enfants, je m'étais toujours caché ou enfui pour pleurer. À partir de la troisième, une nouvelle forme d'abandon et de confiance, due à mes nouveaux amis, devait changer cela.

– Qu'est-ce que tu as ? Tu pleures ?

Nous étions appuyés contre les vitres du Vulpian, sous le minuscule auvent du café, nos cartables à nos pieds, sans plus un centime pour jouer au flipper, et nous regardions le ciel gris et le rideau de pluie qui se fermait devant nous. Submergé par cette tristesse qui ne devait jamais me quitter tout à fait provoquée par la nostalgie de l'arrivée de l'été au mois de novembre, j'avais laissé quelques larmes couler sur mes joues.

– Mais si, tu pleures…

François avait remarqué mes larmes et, peut-être un peu moqueur (car l'amitié ne nous prémunissait pas toujours contre une certaine méchanceté), il avait insisté d'une voix assez forte pour que les deux Pascal l'entendissent.

– Mais non, il a mal à l'œil.

D'un ton ferme, qui ne tolérait aucune objection, Pascal O. avait clos la discussion. À partir de ce jour et pour toute l'année de troisième, je devins Santiago-à-l'œil-blessé.

J'ai toujours beaucoup pleuré. J'ai toujours beaucoup pleuré – et, depuis le tout début de l'adolescence, j'ai toujours éprouvé une incertaine fierté à montrer mes larmes. J'ai pleuré mon exil au collège, où mes amis atténuaient la portée de mes sanglots en disant que j'avais mal à l'œil; j'ai pleuré au lycée, lorsque l'amour commença de se teinter d'encre; j'ai pleuré, jour après jour, pendant les quatre interminables années de ma première défaite. J'ai pleuré toute mon enfance, toute ma jeunesse, toute mon adolescence, toute ma coite maturité – comme je pleurais maintenant, enfant de nouveau, devant ce feu d'artifice formidablement éphémère.

Je disais mes larmes de joie – de joie et de peine, bien sûr, comme toutes les larmes surgies de la déchirure, de la déchirante déchirure, que la beauté provoque dans le réel. Mais la peine, cette fois-ci, l'emportait sur la joie. Car la beauté du spectacle ne cachait pas à mes yeux la fatuité et l'arrogance du spectacle. Juliette, voyant malgré ma pudeur mon émotion et ma détresse, me prit tendrement la main. Encore une fois, omnisciente, elle savait l'enfant à qui elle avait affaire. Elle le connaissait, elle le comprenait – et il la fatiguait aussi je crois, puisque si elle aimait en moi, comme j'aimais en elle, l'enfant que nous étions encore chacun, cet enfant qui offrait *comme un don du ciel* à mes mots desséchés et à l'expression de ses traits *l'éclat de son rire, le sel de ses larmes et sa toute-puissante sauvagerie*, cet enfant à la voix claire qui parlait parfois lorsque j'écrivais et à chaque fois qu'elle jouait, elle savait ce que j'ignorais, ou plutôt ce que je n'avais jamais voulu savoir : que l'enfant que nous sommes toujours, nous pouvons, aussi, pour l'autre, par amour, tantôt l'oublier.

Le lendemain, ou peut-être la veille, nous allâmes à un autre dîner, donné par Gilles Jacob, qui réunissait, dans le salon jacobien du Carlton, soixante réalisateurs. Notre présence, un rien incongrue, était le fruit d'un malentendu : un réalisateur brésilien avec qui je travaillais à l'époque m'ayant demandé si Juliette et moi y serions conviés, je m'étais renseigné auprès du protocole pour savoir si notre présence était requise. À la tête que fit Isabelle – ou était-ce encore Jérôme ?

ou était-ce déjà Eliza, ou Frédéric ? –, je crus comprendre qu'elle ne l'était pas. Mais c'était déjà trop tard : que j'eusse eu demandé si la présidente du Soixantième devait aller au dîner donné par Gilles Jacob réunissant les soixante réalisateurs invités à Cannes à cette soixantieuse occasion déclencha une petite suite d'inquiétudes protocolaires qui nous forcèrent à aller à un dîner auquel ni Juliette ni moi ne souhaitions vraiment nous rendre et auquel ni Gilles Jacob ni Thierry Frémaux, je crois, ne voulaient vraiment nous inviter.

Le dîner, bien sûr, fut aussi agréable qu'inutile, inoffensif comme le plaisir que certains éprouvent à contempler l'œuvre d'un artiste contemporain dont ils admirent surtout le prix. Mais, comme disait Leopardi, *le plaisir n'est-il pas toujours vain ?* Et puis c'était Cannes. C'était Cannes avec Juliette. Pour des raisons différentes, ce n'était pour elle comme pour moi guère excitant de rencontrer ou de revoir ces quelques dizaines de réalisateurs qui constituaient la crème fouettée ou le gratin dauphinois du cinéma mondial. Comme il ne nous était pas particulièrement plaisant de manger une énième queue de homard à la tarentaise, à la tonkinoise ou à la tahitienne ou un énième filet mignon d'un cochon glandivore. Mais nous nous pliâmes au jeu, faisant le tour des invités, riant avec eux, les accompagnant pour une dernière coupe de champagne sur la petite terrasse qui, donnant sur la Croisette, était dévorée par le regard friand des passants. *Comme un géomètre qui dépouillant les choses de leurs qualités sensibles ne voit que leur substratum linéaire*, ce que racontaient les gens commençait de m'échapper car ce qui m'intéressait, c'était, déjà, non ce qu'ils voulaient dire mais la manière dont ils le disaient, *en tant qu'elle était révélatrice de leur caractère ou de leurs ridicules.* Cette étude des mœurs, fortuite, presque involontaire, ne m'empêchait pourtant pas de profiter de la mondanité ; et, le dîner fini, de quitter tous ces gens comme s'ils eussent été mes plus proches amis pour rentrer, le cœur ivre et léger, avec une gaieté sereine et simple, pour une fois à pied, à notre immense chambre d'hôtel.

– Bonsoir, madame. Bonsoir, monsieur Binoche.

Mon imposture, je l'avoue, me sautait aux yeux jour après jour. Mais elle ne m'empêchait pas de partager de nuit la tendre douceur lunaire de Cannes, ni, de jour, de profiter de son calme soleil solitaire.

Comprendre, donner forme, être artiste : à quoi bon ?
À quoi bon la vie ? à quoi bon l'art ?
À quoi bon aligner, tels des cailloux de couleur,
Mensonge après mensonge, mot après mot ?

Notre histoire ne dura pas au-delà de l'été. En septembre, Juliette partit travailler et aimer ailleurs. Nous nous séparâmes, conscients je crois l'un et l'autre que notre séparation était le fait de mon incapacité à aimer, mais sans que nous sussions l'un ni l'autre si cette incapacité, que nous espérions tous deux passagère, nous empêcherait à jamais de nous retrouver et de laisser notre affectueuse complicité s'épanouir en un amour véritable – cet amour qu'alors, à cause de mon désarroi, elle n'était jamais parvenue à devenir.

L'automne et l'hiver passèrent comme passent les saisons lorsqu'on vieillit : avec une cruauté rapide, précipitée. Vivant seul après vingt-deux années ininterrompues de cette vie en couple que m'avaient offerte mes amours avec Lucie, Julie puis Juliette, je jouissais plus que jamais de ma solitude. Je me levais chaque jour plus tôt et finissais ce que je considérais comme ma journée de travail (deux heures passées à écrire *La Première Défaite*, le chapitre le plus long de mon Grand Tout) vers six ou sept heures du matin. Et puis un nouveau printemps survint et m'amena une nouvelle fois au seuil du mois de mai. Qu'il soit celui de Maïa ou de Marie, je dirais que ce sont les Romains qui ont raison : le mois de mai est le premier mois de l'année. Et il est aussi, pour nous autres Juifs, celui de Lilith : le mois des vents et de la nuit. – Et il était enfin, pour moi seul, le mois exceptionnel de mon habituelle escapade printanière.

Le premier mois de mai après mon histoire d'amour avec Juliette, je revins à Cannes pour accompagner, dans le rôle du producteur, un projet que voulait réaliser mon ami Juan. Nous étions déjà venus ensemble à Cannes. Comme Nicolás, comme Julien, mon vieil ami Juan avait remplacé Alexis – trop occupé à tout ce qui n'avait aucun rapport avec le cinéma – et Cédric – trop occupé à faire réellement du cinéma – dans mon terrain de jeu frivole et azuréen. C'est avec Juan surtout que nous avions pris l'habitude d'arriver les premiers à toutes les festivités – à Paris pour partir les premiers, à Cannes même si on partait les derniers. Cette année-là, nous avions tous deux été invités officiellement par le festival pour participer à des rencontres avec des distributeurs et des vendeurs internationaux et, heureux d'y revenir muni d'une excuse aussi simple, même si je savais que je ne disposerais pas des mêmes avantages qu'avec Juliette, je n'étais pas seulement prêt à accepter d'y être reçu d'une manière bien plus modeste qu'auparavant : j'en étais ravi.

Je ne dirais pourtant pas que je fus enchanté de découvrir le lieu où le festival nous logeait. Cela se nommait « Cannes Résidence Beach » et c'était situé à La Bocca. Ce qu'ils appelaient un deux-pièces, où nous devions dormir tous deux, était constitué d'une chambre si minuscule qu'on oserait à peine la qualifier d'« à coucher » et d'un canapé-lit presque une-place collé à une kitchenette. C'était non seulement hideux, mais sale. Tout suintait le ménage mal fait : les poignées de chaque placard, de chaque tiroir, et même celle de la porte d'entrée, étaient grasses et poisseuses ; chaque recoin regorgeait d'amas de poils qu'un aspirateur à bout de souffle passé à la va-vite avait poussés au lieu d'avaler ; et les couloirs et le parking débordaient, jour après jour, nuit après nuit, d'un égal amas de sacs-poubelles. Les privilèges dont on y jouissait, comme le disait la magnifique brochure qui en encensait l'agrément, étaient, je cite, « une pataugeoire, des transats gratuits et un bowling à proximité ».

Oui, je vous l'accorde, il y a quelque chose de touchant à énumérer, pour principaux attraits d'un lieu de vacances, ces trois avantages. En ce qui concerne le fait d'y loger pour assister au Festival international du film il en était un autre qui l'emportait, de loin si je puis dire, sur la pataugeoire, les transats gratuits et le bowling à proximité : le Cannes Résidence Beach était situé à trois bons quarts d'heure à pied du Palais. Pour éviter les navettes, rares et bondées, mises à disposition des réalisateurs et des producteurs tout à la fois invités et bannis par le festival dans ce pontique endroit, je louai, comme à l'époque où je logeais chez les grands-parents de Cédric avec Terence, ou avec Cédric et Alexis à Antibes ou à Juan-les-Pins, un scooter. Mais ce Cannes-là fut particulièrement pluvieux, et le plaisir de rouler en smoking comme la nuit tombait pour me rendre aux projections de même que celui de rentrer me coucher à l'aube dans ce taudis insalubre ne furent pas de nature, alors même que j'éprouvais, une année après avoir profité d'une immense suite dans un palace, cette incertaine fierté à revenir à Cannes dans des conditions rudimentaires, « pauvre mais digne » comme aurait dit mon ami Christophe, à pallier l'insatisfaction du statut perdu de duègne de star.

Non, non, non. Je me laisse prendre à ma propre toile d'arachnéennes approximations, je m'égare dans mon propre dédale d'incertitudes. D'une part : qui suis-je pour me plaindre ? Avoir des avantages ne devrait-ce pas justement m'empêcher d'être aussi injuste, aussi grossier ? Avoir eu droit à des privilèges nous fait croire souvent que nous les méritons, alors que cela devrait, au contraire, nous conduire à dire simplement « merci » et à accepter de les perdre pour que d'autres puissent y goûter. Mais, comme l'exil, qui empêche à tout jamais de se sentir entier sur quelque terre que ce soit, avoir atteint une incertaine renommée interdit pour toujours de se sentir à sa place lorsqu'on retrouve celle, inférieure, qu'on occupait préalablement sur l'échelle absurde de la célébrité. D'autre part, lorsqu'on a été favorisé, il demeure toujours des faveurs qu'on obtient seulement parce qu'avant on en a eu de plus grandes. Par exemple, ne pouvant plus profiter des couturiers de Julie ou de Juliette, grâce à mon amie Sandrine, que j'avais rencontrée en cinquième et retrouvée grâce à Philippine à l'adolescence, peut-être précisément pour préserver quelque chose de la honte de mes années à l'École Active Bilingue, c'est-à-dire pour sentir que j'étais encore le pauvre petit immigré de quelqu'un, bien que je pusse m'en payer un, pendant de longues années, dès que je décidais d'aller à Cannes, je pris l'habitude de me faire prêter un smoking par une maison bien plus chic que Prada ou Lanvin : la maison Hermès. Et puis, j'avoue, logeant à La Bocca, dans l'un des pires hôtels de la Côte d'Azur, j'étais encore, à Cannes, traité comme un invité de marque. Enfin… l'étais-je ? l'étais-je vraiment ? La question, comme souvent, ne saurait cesser d'être posée par la grâce d'une réponse ingrate. Mon imposture, en tout cas, ne retrouvait pas seulement pour moi sa désuète évidence : il me sautait aux yeux qu'elle n'avait jamais cessé d'exister.

Un soir de cette piteuse année, comme j'attendais accoutré au pied des marches, deux garçons s'approchèrent et s'adressèrent à moi en espagnol ; l'un comme si nous avions élevé des vaches ensemble au fin fond de la pampa, l'autre comme si nous avions partagé un camion-citerne pour traverser la frontière près de Tijuana ou d'El Paso. Forts de leurs forts accents argentin et mexicain, ils me parlèrent de tout et de rien, foncièrement heureux, dirent-ils, de me « retrouver ». Je leur répondis poliment, n'ayant pas la moindre idée de qui ils étaient. Puis, comme nous passions devant les photographes bras dessus, bras dessous, j'entendis le commentateur de la *montée* avertir la foule de notre présence sur le tapis rouge par l'éternelle formule « Avec nous ce soir sur les marches, les réalisateurs Alfonso Cuarón, Santiago Amigorena et Pablo Trapero ». Si bien sûr je n'avais ni joué aux cow-boys à Santa Fe ou Entre Ríos avec Pablo ni subi le triste sort des immigrés clandestins dans le désert de Chihuahua avec Alfonso, je me souvins soudain que nous avions dîné ensemble l'année précédente et partagé de nombreuses flûtes de champagne dans divers cocktails.

Chemises d'organdi, chaussures de zébu,
Cravate d'Italie, et méchant complet vermoulu…

Je ne m'attarde pas sur cette anecdote par pur snobisme. Depuis mon enfance, j'ai autant de facilité à me rappeler les chiffres et les lettres que de difficultés à reconnaître les visages et à retrouver les noms. Comme tant de gens atteints de prosopagnosie ou bêtement distraits, je me souviens de certains numéros de téléphone que je n'ai pas composés depuis quarante ans et de poèmes appris par cœur au collège alors que je suis incapable de reconnaître quelqu'un avec qui j'ai passé deux heures à discuter la veille. Cette tare, à Cannes, m'a valu, bien sûr, nombre de bévues. Il m'est arrivé, cette même année, de m'asseoir à la table d'une femme en larmes, qui me connaissait et que je connaissais, et avec qui je parlai pendant une bonne heure convaincu qu'il s'agissait de Dominique Bourgois qui pleurait la mort de Christian, avant de comprendre que c'était quelqu'un d'autre qui pleurait la mort d'un autre mari, que j'avais également connu, mais dont j'ignorais la disparition.

Mais revenons sur les marches. Aidé par le sympathique journaliste qui commentait la montée, ayant donc appris les noms de mes compères, je leur demandai innocemment ce qu'ils étaient venus faire à Cannes. Le garçon mexicain faisait partie du jury ; le garçon argentin avait eu, la veille, un film projeté en compétition officielle.

Un rubis au doigt… de pied pas çui-là,
Les ongles tout noirs, et un très joli petit mouchoir…

Je sais, le snobisme ne s'arrête pas lorsqu'on l'avoue : on continue d'être *sine nobilitate* même quand on chante, autodériseur, qu'à notre mort on veut un suaire de chez Dior. Mais je ne peux me souvenir de toutes ces fois où je devais retourner à Cannes après m'être séparé de Juliette, seul et d'autant plus vain, qu'avec une honte un peu grasse. J'écrivais encore, je lisais encore, mais j'étais devenu un véritable être de papier glacé, un clown post-moderne, intellectuel de jour, mondain le soir. Et si le jour durait trois cent cinquante et quelques jours par an, les trois, six ou douze soirs que je passais à Cannes chaque année je me plaisais à y jouer mon rôle de bambocheur avec une telle dévotion, une telle délectation, et une si profonde sincérité, que parfois je comprenais moi-même que je n'étais, non pour ce temps limité mais à jamais, plus rien que cela : un noceur, un fêtard, un bel esprit, un cœur léger.

« Je n'irai pas à Cannes cette année. » C'est à partir de ce festival de Cannes où je fus logé dans l'hôtel le plus désagréable où je fus jamais logé que je commençai à dire, chaque fois que quelqu'un me demandait à Paris, au mois de mars ou d'avril, si je pensais aller au festival : « Je n'irai pas à Cannes cette année. »

« Je n'irai pas à Cannes cette année. » Chaque année pourtant, je retournais à Cannes au mois de mai. *Poursuivant sans un mot mes extases de tamanoir*, je retournais à Cannes pour des rencontres laborieuses, pour des rendez-vous avec des producteurs étrangers, pour assister à des projections auxquelles je me sentais obligé d'assister, mais je retournais à Cannes surtout pour les déjeuners, pour les dîners, pour les soirées dans les villas et sur les plages ; je retournais à Cannes pour m'habiller, pour la boîte d'Albane, pour le bateau d'Arte ; je retournais à Cannes pour revoir le sous-sol du Palais où mille ans auparavant j'allais chercher mes places à la SACD ; je retournais à Cannes pour le plaisir de me souvenir des retours en scooter à l'aube avec Cédric et Alexis ; je retournais à Cannes pour traîner au Majestic, au Gray, au Carlton ; je retournais à Cannes pour reprendre des cafés avec Paulo ou Philippe dans le calme lointain du Martinez ; je retournais à Cannes pour croiser mes amis les plus proches et mes connaissances les plus lointaines ; je retournais à Cannes pour voir des gens pour qui, à Paris, je n'aurais pas traversé la rue afin de leur parler mais dont la rencontre, *puisque le charme du cadre réagissait sur leur qualité*, devenait là *un agréable incident* ; je retournais à Cannes à chaque fois qu'un film que j'avais écrit, produit ou réalisé était sélectionné – et à chaque fois qu'il ne l'était pas, pour voir ceux, souvent meilleurs, qui l'avaient été ; je retournais à Cannes, aussi, par fierté, pour dire, sans un mot, à tous ceux qui ne vont pas à Cannes lorsque leurs films ne sont pas sélectionnés, que cela n'est pas si important ; je retournais à Cannes parce que, à l'égal de Patmos, j'y avais été plus heureux et plus malheureux que partout ailleurs, plus heureux et plus malheureux que jamais ; je retournais à Cannes pour tant de raisons qu'il est inutile d'énumérer et surtout pour une raison très simple qu'il me plaît d'avouer : parce qu'à l'inverse des gens qui font du cinéma et des mondanités toute l'année et qui ne vont pas au festival, disent-ils, « quand ils n'ont rien à y faire », j'adore, moi qui le reste de l'année ne suis d'aucune mondanité, avoir ou n'avoir rien à y faire chaque mois de mai.

N'est-il pas singulier que tant d'acteurs et de réalisateurs éprouvent de la honte à être vus à Cannes s'ils n'ont « rien à y faire » ? N'est-il pas beaucoup plus honteux d'avouer, par son absence, qu'on est si blessé par le fait de ne pas avoir réussi à faire le film qu'on voulait faire, ou à jouer dans tel projet, ou bien que le film dans lequel on a joué ou celui qu'on a fait n'a pas été sélectionné ? *La vergüenza ajena*. Je n'ai jamais réussi à traduire que maladroitement cette expression castillane. La honte d'autrui ? La honte pour les autres ? La honte pour tous ? C'est une honte insolite et acérée, dont l'exemple le plus terrible a été donné par Robert Antelme lorsqu'il parle de cet homme qui rougit d'avoir été condamné à mort. À Paris à chaque fois que j'entendais quelqu'un dire qu'il n'irait pas à Cannes parce qu'il n'avait rien à y faire ou à chaque fois que quelqu'un, à Cannes, s'excusait d'y être alors qu'il n'aurait pas dû, c'est toujours un sentiment semblable à la *vergüenza ajena* que j'ai éprouvé – un sentiment ancestral analogue sans doute à celui qu'ont ressenti les soldats de Xerxès lorsqu'il leur a demandé de fouetter de verges la mer qui avait englouti ses vaisseaux : *non pas de la douleur mais un malaise d'ordre esthétique, une sinueuse irritation.*

Mais laissons là ces considérations bilingues, tribales ou quadripolaires, et retournons croasser sur la Croisette. Parmi les quelques raisons exceptionnellement précises qui m'ont mené à Cannes après cette année passée au Cannes Résidence Beach (mais qui donc a bien pu trouver cet horripilant nom anglo-franco-portnawak ?), il en est certaines qu'ici, dans ces interminables confessions où j'ai décidé de tout écrire pour ne plus écrire, je ne peux passer sous silence. Alors, ô libre anagnoste ! sois indulgent et accorde-moi, pour quelques pages encore, l'attention de tes larges portugaises ensablées.

Si Juliette, par amour, aveuglée, m'avait dit au tout début de notre histoire qu'elle était prête à ne plus tourner de films qu'avec moi, j'avais, parce que le plaisir de travailler avec elle avait été si intense, écrit immédiatement un autre film dont elle devait incarner le personnage principal. Mais le naturel échec commercial de mon premier film avait naturellement compliqué le montage financier de ce second projet et le tournage fut retardé et Juliette commença un spectacle de danse qui allait lui prendre deux années de sa vie – et nous nous sommes séparés. Et le gâchis qu'eût été un avenir où elle n'eût plus tourné de films qu'avec moi fut épargné à l'histoire du cinéma.

Désireux de proposer le rôle à une autre comédienne, je songeai aussitôt à Robin Wright, qui avait joué aux côtés de Juliette, merveilleusement, un personnage qui partageait une incertaine souffrance avec celui que j'avais imaginé. Comme la réponse de son agent tardait à arriver, et que j'appris qu'elle allait faire partie du jury du festival, je demandai à Laure, la fille extrêmement douce et gentille qui s'occupait des jurés, de me la présenter lorsque l'occasion se présenterait. Elle se présenta. Elle se présenta plusieurs fois. Je rencontrai Robin à l'ouverture du festival, puis lors d'autres cocktails où nous échangeâmes quelques mots. Mais, comme je demandais à Laure s'il était possible de lui trouver un moment pour que nous prissions un café afin que je lui parlasse calmement du projet, et que, puisqu'elle était très occupée, possible, cela ne l'était pas, une après-midi, Laure m'appela pour me proposer de remplacer dare-dare Hanif Kureishi, le scénariste membre du jury qui souffrait d'une intoxication alimentaire, au dîner de l'AmfAR. Dare-dare j'acceptai. Je n'avais jamais été invité à ce dîner mais, comme tant d'imposteurs, j'étais, vous vous en souvenez j'espère, déjà allé quelques années auparavant, le plus tristement du monde, à la fête qui le suit. Je ne me souviens guère des vicissitudes du dîner, mais je me souviens de l'habituel plaisir gêné ou de la plaisante gêne éprouvé (ou éprouvée) à discuter, à table, avec les membres du jury alors que le cinéma avait déjà perdu à mes yeux son éblouissante aura artistique. Je ne me rappelle guère le dîner, ni la fête, ni même les mots échangés avec Robin qui devaient nous conduire à dîner de nouveau ensemble, en tête à tête, quelques mois plus tard à Édimbourg pour parler de mon projet de film (auquel finalement elle ne participa pas), mais je me souviens d'avoir éprouvé cette sorte de nausée dont parle Augustin : celle qu'éprouvent les ivrognes *devant une tisane ou un verre d'eau*. Comme je me souviens, charnellement si je puis dire, de l'effrayante distance à laquelle je me tenais de cet univers étrange, qui était devenu mon milieu, mon monde, et duquel je commençai cependant de m'échapper, comme ces loups solitaires qui, quittant la meute après la mort de leur compagne, s'éloignent mais n'en demeurent pas moins loups pour autant.

L'écriture ne soulage pas. Mais elle soulage quand même. Et lorsqu'on écrit réellement, c'est toujours pour cette double raison. En ce qui me concerne, chaque matin, comme je me lève et qu'il fait encore nuit, comme il fait encore nuit et que j'écris, jamais je ne cesse de penser que l'homme court à sa perte, jamais ne s'absente totalement de mon esprit le temps sinistre où je vis, et j'entends constamment les pas de cette course suicidaire qui s'accélèrent dans la nuit – et je sais que tout ce que j'écrirai sera inutile. Mais chaque matin aussi, comme j'écris et que l'aurore aux doigts de rose perce la nuit de ses premières lueurs, comme tant d'hommes peut-être qui se réveillent avant l'aube, je songe que ma faible activité aide le soleil à se lever. Pris entre la certitude de l'inutilité de son écriture à changer la sinistre réalité qui l'entoure et la foi dans le fait que cette inutile activité participe à cet événement cosmique qui dépasse tellement cette réalité, quel fou prendrait-il le risque, aussi petite soit sa contribution à ce miracle qui se produit chaque jour, de cesser d'y participer ? qui, que le soleil se lève parce qu'il fait du pain à l'aube, parce qu'il marche à l'aube, parce qu'il fait l'amour à l'aube – ou parce qu'à l'aube il écrit –, qui, croyant, croyant et doutant avec une force extrême dans sa croyance, qui prendrait le risque de cesser son intime activité et que la nuit se poursuive, sans fin, sur la terre ?

Après les deux longues années de pause dans la terrifiante routine d'écriture matinale auxquelles m'avaient contraint la préparation, le tournage, le montage et la promotion de mon premier film, à Paris, *dans ma chambre paisible, seul comme je l'ai toujours été, seul comme je le serai toujours*, me demandant constamment *si ma voix – en apparence bien peu de chose – n'incarnait pas la substance de milliers de voix, la faim de se dire de milliers de vies, la patience de millions d'âmes soumises, comme la mienne, à leur destin quotidien, à leur rêve inutile, à l'espérance qui ne laisse pas de traces*, j'avais recommencé d'écrire. Voir le soleil se lever chaque jour était devenu, à mes yeux, un spectacle plus grandiose que n'importe quel film, que n'importe quel dîner, que n'importe quelle soirée. Comme ce vieux paysan que ses enfants emmènent au cinéma pour la première fois au soir de sa vie et qui, quittant la salle obscure, lorsqu'on lui demande comment il a trouvé cette expérience nouvelle, répond simplement : « Je ne sais pas, je suis entré dans cet endroit il faisait encore jour, je ressors la nuit est tombée : j'ai raté un crépuscule », dans ma vie, dès qu'un dîner ou une fête, à Cannes comme à Paris, me contraignaient de dormir jusqu'à des heures indues – huit heures, neuf heures du matin –, je songeais constamment : « Je n'étais pas à ma table avant l'aube : j'ai raté un lever de soleil. »

Cette conscience accrue de la distance à laquelle la foi dans ma destinée littéraire me tenait de la sarabande du showbiz, comme j'écrivais, ne m'interdit pourtant pas de continuer, pour quelques années encore, d'aller à Cannes chaque mois de mai. J'y retournai, par exemple, deux années de suite, parce que Julie avait proposé que nos enfants y allassent, chacun leur tour, lors de leur année de seconde. Tadeo, notre fils aîné, s'y rendit donc le premier, et il logea, avec son ami Nino et moi, dans un petit appartement surpeuplé que Julie avait loué avec sa société de production alors florissante. L'année suivante, pour Ézéchiel, qui souhaita descendre sur la Croisette avec Justine, sa petite amie, comme pour moi, qui leur servis de cicérone, Julie obtint de Pierre Lescure, le nouveau président du festival, deux chambres au Martinez. J'y avais déjà logé une fois seul, quelques années auparavant, invité par Gilles Jacob dont, trente ans plus tôt, j'avais utilisé le nom pour pénétrer frauduleusement dans une fête. Je me souviens qu'alors, ne sachant plus comment m'appeler, ou ne voulant tout bonnement plus se moquer de moi, le concierge m'accueillit, désolé, d'un simple « monsieur » – un simple « monsieur » qu'il lâcha d'un ton qui faisait songer qu'il ne pourrait se retenir longtemps d'ajouter « veuf Gayet » ou « veuf Binoche ». Là, comme j'y retournais avec mon fils et sa petite amie, c'est le concierge qui, bien que je l'eusse cru éternel, avait fini par changer.

L'un comme l'autre, nos fils ne furent guère, comme nous l'avions été nous-mêmes, éblouis par la mondanité. Comme ces conquistadors chinois, si opposés à ceux d'aujourd'hui, qui allèrent en Afrique au début de notre ère, virent à quoi cela ressemblait et, sûrs et certains de la supériorité de l'empire du Milieu, retournèrent chez eux « pas intéressés », Tadeo et Ézéchiel se rendirent aux projections, aux dîners, aux fêtes et – tant plus sages que nous – n'eurent plus jamais envie de retourner croiser sur la Croisette.

L'amitié retrouvée avec leur mère une dizaine d'années après que l'amour avait été fini me valut une autre surprenante expérience. Julie avait obtenu d'un banquier libanais qu'il participât au financement de certains des films qu'elle produisait et, lorsqu'elle l'emmena à Cannes pour la première fois, il me prit en sympathie. Nous dînâmes ensemble et allâmes ensuite dans quelque piètre soirée avant de finir la nuit, comme tant de cloportes et de crustacés, dans la boîte de nuit d'Albane. Je n'avais rien fait d'autre que l'accompagner, mais, si profane dans ce monde, si ignorant des us et coutumes de cette petite contrée méridionale où l'argent n'ouvre guère les portes, il fut convaincu que ma petite notoriété, ou ma vieille pratique, était la clef ultime pour faire sauter toutes les serrures cannoises. L'année suivante, il demanda expressément à Julie qu'elle s'assurât de ma présence au festival les deux jours qu'il comptait y passer.

> *– L'intellettuale ! Tu inventa qualcosa !*
> *– Io ne ho mille, duemila d'idee. Vi posso tenere chiusi qua dentro una settimana senza annoiarvi. Però dovete fare tutto quello che dico io !*

Peut-être sans sa cruauté pathétique, avais-je déjà éprouvé le sentiment de ressembler au Marcello de la fin de *La dolce vita*, cet amuseur mi-agent, mi-publiciste qui a tapissé sa vie *d'une végétation humaine vivace mais parasite* à laquelle cherche à plaire *sa sénilité bavarde, mélancolique et coquette*, ce pitre auquel l'argent a ôté toute l'ancienne tristesse de Rigoletto et toute l'ancienne noblesse de Yorick et qui, enfermé de nuit dans une villa en bord de mer, pour les divertir, humilie ses amis et employeurs, maltraitant la seule femme encore réellement humaine de la coterie, la transformant en pouliche, puis en poule, avant cette fin sublime où, le jour déjà levé, la plus belle fille qu'on ait jamais filmée, *pleine de promesses, riante*, formée des années que nous avons tous perdues, essaie en vain, une dernière fois, de l'autre côté du Rubicon ou du Styx, de lui rappeler l'écrivain qu'il a voulu être et qu'il ne sera jamais. J'avais déjà éprouvé le sentiment que si la vie était une comédie, à Cannes, on jouait *la répétition de cette comédie* où nous étions tous acteurs et, bien qu'il n'y eût plus de spectateurs, chacun feignait *d'avoir de la vertu et des qualités* avec la triste conscience que personne n'en avait et que personne ne pensait que les autres en avaient. J'avais éprouvé ce sentiment à chaque fois que je m'étais rendu seul à une soirée, à une projection ; à chaque fois que seul dans la chambre d'un hôtel miteux ou luxueux je m'étais regardé dans un miroir après avoir enfilé mon smoking Hermès ; j'avais déjà éprouvé ce sentiment à chaque fois que j'étais allé dans le petit bureau du protocole pour demander des places pour la projection du soir à Jérôme, Eliza, Fred, Anton ou Isabelle, ces garçons et ces filles dont je revois les visages et écris aujourd'hui les prénoms – ne me condamne pas comme démagogue, ô lecteur impitoyable ! –

avec une joie et une sympathie que le souvenir de presque aucun des dizaines de comédiens ou réalisateurs illustres que j'ai connus au festival ne pourrait me procurer; j'avais déjà éprouvé ce sentiment à chaque fois que quelqu'un, dans une fête, dans un dîner, s'était approché de moi pour me féliciter – sans avoir aucune idée de quoi je pouvais bien être congratulé; j'avais déjà éprouvé ce sentiment à chaque fois qu'un homme ou une femme, comme cette barmaid du TGV lorsque je recommençai de prendre le train pour *descendre* à Cannes, m'avouaient qu'ils savaient que j'étais un écrivain… et l'ex-fiancé de Juliette Binoche ou de Julie Gayet; j'avais déjà éprouvé ce sentiment à chaque fois que le haut-parleur avait annoncé ma présence sur les marches et à chaque fois qu'on m'avait placé sur ce siège au premier rang de ce petit carré réservé aux célébrités auquel j'avais accédé grâce à Julie, puis à Juliette, et auquel j'étais convié, depuis quelques années, sans autre raison qu'une incertaine habitude ou paresse du décorum – ou peut-être, pire encore, parce que j'étais moi-même. Et j'avais déjà éprouvé ce sentiment, aussi, à chaque fois que je songeais à cet adolescent que j'avais été jadis qui rêvait d'entrer dans ces *festins de bonbons* que sont les fêtes cannoises. Bref, j'avais déjà, souvent, éprouvé le sentiment d'être un bouffon, un guignol, mais de même que j'avais appris, *comme ce marchand qui s'embrouille dans ses livres*, à me consoler en confondant la valeur que les fêtes avaient comme j'y accédais facilement avec le prix auquel les avait cotées mon désir lorsqu'elles m'étaient inaccessibles, quand l'image que j'avais de moi était trop blessante, je me réfugiais toujours derrière la certitude que cet état méprisable de moi-même ne durait que quelques jours par an. Là, comme ce banquier libanais avait requis ma présence pour que je l'accompagnasse dans la furieuse, frivole et futile nuit festive du festival, comme j'avais accepté de la lui accorder, j'eus soudain un autre sentiment, bien plus désagréable : je crus – ou je sus ? – que cet état éphémère de mon être touchait quelque chose de si profond que tous mes étants en étaient et en seraient à jamais atteints. Étais-je devenu un petit Bloom, un fonctionnaire du cinéma dont la petite célébrité garantissait l'inexistence ? Étais-je

devenu un autre, étranger à moi-même
Infidèle à mon être ?

Pour quelles raisons obtuses croyais-je ou savais-je cela ? Peut-être, justement, injustement, parce que je commençais enfin de comprendre que mon histoire à Cannes était identique à l'histoire du reste de ma vie. Comme à Montevideo après le premier exil, comme à Paris après le second exil, à Cannes après ma première défaite, il m'avait fallu commencer tout petit, il m'avait fallu recommencer depuis le tout début, il m'avait fallu tout reprendre pour tenter d'exister de nouveau. J'étais venu à Cannes après ma première défaite, comme à Montevideo après le premier exil, comme à Paris après le second exil, démoli, en pièces, aussi détaché et aussi complexe à rassembler que le pire meuble Ikea. Et si je n'y avais pas souffert de la même manière, c'est seulement parce qu'il n'est pas que l'exaltation d'avoir réussi à monter des lits superposés ou des armoires de cuisine qui procure ce sentiment enivrant qui galvanise notre être tout entier : la construction elle-même, pour ardue qu'elle soit, le détour si je puis dire, en vaut parfois le chemin ou la chandelle.

C'est à Cannes que j'ai vécu ce que la fin de mon premier amour avait de plus poignant, de plus vivifiant, et de plus *exilant* aussi puisque, après avoir cru y remédier en aimant Julie puis Juliette, Cannes ne fit que me montrer, tel un miroir grossissant, et exactement de la même manière que mon retour en Argentine et en Uruguay dix ans après le premier exil m'avait permis de voir celui que je serais devenu si j'étais resté argentin sans douleurs aiguës autres que dentaires, que tout ce à quoi j'aurais eu droit si je n'avais pas perdu Philippine n'avait, pour moi, aucune valeur. Oui, après trente ans de festival, comme après dix ans d'exil, je voyais enfin que non seulement Philippine, mais aussi son monde, comme celui de ces Argentins que j'avais tant contemplés à Punta del Este, n'étaient tout simplement pas mon genre. Grâce à mes lectures et à l'écriture de tous ces mots que je traçais chaque matin et qui ne cessaient d'interroger la douleur de mon premier exil, la douleur de mon second exil, et la douleur de ma première défaite, le monde de Cannes, comme celui de Punta del Este, m'était heureusement – heureusement ? – devenu fatalement étranger.

> *Je suis passé parmi eux en étranger, mais nul d'entre eux n'a vu que je l'étais. J'ai vécu parmi eux en espion, mais personne – pas même moi – n'a soupçonné que je l'étais. Tous me prenaient pour un de leurs proches. Ainsi je fus semblable aux autres sans aucune ressemblance, frère de chacun sans être d'aucune famille.*
>
> *Je venais de pays prodigieux, de paysages plus beaux que la vie, mais de ces pays je n'ai jamais parlé, sauf à moi-même, et ces paysages vus seulement en songe, je ne les ai jamais évoqués. Mes pas étaient semblables aux leurs sur les parquets ou sur les dalles, mais mon cœur était loin, tout en battant bien près, maître fictif d'un corps exilé et étranger.*

Personne ne m'a vraiment connu sous ce masque de la similitude, ni n'a même su que je portais un masque, parce que personne ne savait qu'en ce monde il est des êtres masqués. Personne n'a jamais imaginé qu'à côté de moi se tenait toujours quelqu'un d'autre, qui était moi en fin de compte. On m'a toujours cru identique à moi-même.

Ils m'ont accueilli dans leur maison, leurs mains ont serré la mienne, ils m'ont vu passer dans la rue tout comme si j'étais là ; mais celui que je suis ne s'est jamais trouvé dans ces maisons, celui que je vis n'a pas de mains que les autres puissent saisir, celui pour lequel je me connais moi-même n'a pas de rues par où passer, à moins que ce ne soient toutes les rues, ni de rues où l'on puisse le voir, à moins qu'il ne soit lui-même tous les autres.

Je disais que d'avoir lu Proust m'avait permis de comprendre ce que l'on éprouve lorsqu'on réalise enfin que la personne qu'on a tant aimée n'était finalement pas « notre genre ». Mais : est-ce qu'avoir lu Proust m'a aussi entraîné à copier ce qu'ont vécu Swann et Marcel ? Ai-je aimé Philippine, ai-je aimé Julie, pour leur ressembler ? Parce que j'idolâtrais Proust, j'avais tout fait pour que ma vie coïncidât avec la sienne. Je me levais chaque jour à l'aube pour m'ourdir un passé et un destin semblables aux siens. À Paris, je me demandais même si, ayant réussi à imiter Proust au point d'être méprisé par certains comme un écrivain mondain, je serais capable de l'imiter jusqu'au bout – et de mourir la plume à la main. À Cannes, c'était différent : après tant d'années passées à arpenter sa Croisette et à fouler son tapis rouge, je comprenais douloureusement que si j'étais devenu un peu le petit Marcel, j'étais beaucoup devenu Bloch transformé en Jacques du Rozier, Saint-Loup après Rachel et, surtout, Mme Verdurin métamorphosée en princesse de Guermantes. Comme Gilberte, en ces années-là, j'appartenais à la variété la plus répandue des autruches humaines, *celles qui cachent leur tête dans l'espoir, non de ne pas être vues, ce qu'elles croient peu vraisemblable, mais de ne pas voir qu'on les voit, ce qui leur paraît déjà beaucoup et leur permet de s'en remettre à la chance pour le reste.*

> *Nous vivons tous anonymement et à distance ; déguisés, nous souffrons en demeurant inconnus. Pour certains pourtant, cette distance qui existe entre un être et lui-même ne se révèle jamais ; pour d'autres, elle s'illumine par à-coups d'horreur ou de souffrance, dans un éclair sans limites ; pour d'autres encore,*

elle est constante, douloureuse et quotidienne, toute leur vie.

Savoir intimement ce que nous sommes ne nous concerne pas vraiment, que ce que nous pensons, ce que nous éprouvons est toujours une traduction, que ce que nous voulons, nous ne l'avons pas réellement voulu et que, peut-être, personne ne l'a voulu non plus – savoir tout cela à chaque instant, sentir tout cela dans chaque sentiment, est-ce que cela n'est pas se sentir étranger à son âme même, exilé dans ses propres sensations ?

Est-ce pour cela, est-ce à cause de ce banquier libanais, de ce travail, fût-il absolument bénévole, de cet emploi, de cet emploi qu'on fit de moi, que je cessai d'aller à Cannes pendant quelques années ? je ne saurais le dire. Mais je ne peux nier qu'en y retournant avec toi, convaincu peut-être que je pourrais ainsi me rapprocher *de mon enfance et des profondeurs de ma mémoire*, j'ai revu et compris tant de choses !

Comme j'écrivais, quelques années plus tôt déjà, j'avais pris l'habitude d'y descendre en train. Et si après m'être séparé de Juliette je ne fus que rarement invité officiellement par le festival, je le fus souvent par des institutions ou par des amis producteurs, fréquentant, après les palaces sur la mer, les petits établissements de la rue d'Antibes ou de la rue Molière. Ce n'est toutefois qu'avec toi, mon dernier amour, que je compris qu'on pouvait aller à Cannes, aussi, en payant une chambre d'hôtel; comme ce n'est qu'avec toi que je me résignai à ne plus m'humilier en quémandant un smoking chez Hermès et à m'en acheter un.

– Oh Jeanne ! Pour aller jusqu'à toi, quel drôle de chemin il m'a fallu prendre !

Peu après notre arrivée, cette réplique que mon ami Christophe m'avait fait remarquer quarante ans plus tôt lorsque nous adaptions à notre « drôle » de manière *Crime et Châtiment*, cette réplique que mon ami Hugo, qui avait été l'assistant de Robert Bresson, citait si souvent, me revint à l'esprit. Oui, quel drôle de chemin il m'avait fallu prendre pour aller jusqu'à toi ; et quel drôle de chemin il nous avait fallu prendre pour être là, à Cannes, ensemble.

Tu t'en souviens ? Nous étions arrivés en fin de journée, et il était juste trop tard pour aller chercher nos accréditations et des places pour la projection du soir. Plus lucide que je ne l'avais jamais été, tu savais, avant d'aller à Cannes pour la première fois, à quel point Cannes était dérisoire, grotesque, peuplé de clowns gigantesques qui ne voyaient rien de la vanité de leur aspiration à la popularité ou à la postérité. Mais tu brûlais, tel un enfant à qui on vient d'offrir un nouveau gadget, de t'habiller, de te maquiller, de te coiffer pour observer ce monde à tes yeux aussi risible que chatoyant, aussi aberrant qu'étincelant, aussi inutile que resplendissant – ce monde qui n'était plus pour moi, et ô combien est-il plus affligeant que réjouissant d'avouer cette pauvre et tardive clairvoyance, qu'un univers en contreplaqué, caduc, de pacotille.

– Ça va comme ça ?

Avant de sortir de la chambre d'hôtel, tu m'avais montré ta robe. Je t'avais regardée comme je t'ai souvent regardée : me demandant à quoi servent toutes ces parures (maquillage, bijoux, vêtements) lorsqu'on est simplement jeune, lorsqu'on est simplement belle. Pour toute réponse, je souris à ton sourire. Qu'aurais-je pu te dire ? Il m'avait déjà paru ridicule de se vêtir d'une robe de soirée ou d'un smoking pour aller à la projection d'un film – que dire du fait de se parer de la sorte pour *ne pas y aller* ? Par amour pourtant, j'acceptai de jouer le jeu : tristement j'enfilai mon smoking, tristement je te suivis, ou te guidai dans la nuit.

Quittant la petite rue sombre où se trouvait notre hôtel, arrivant sur la Croisette, je me réjouis de ton émerveillement bien plus que je ne souffrais de constater le dépérissement du lieu. Dans l'ascenseur de l'hôtel, j'avais surpris mon reflet dans le miroir – et le vieil homme usé, *à l'œil terni, à l'air hébété*, que j'y avais découvert m'avait fait peur. La Croisette me sembla avoir décliné davantage encore que moi-même : les publicités n'avaient plus la folie faste d'antan ; les façades étaient sombres, et les palaces, le Noga Hilton (qui avait encore changé de nom), le Carlton et le Martinez, dont les halls avaient été rénovés, avaient, dans le m'as-tu-vu nouveau riche de leur nouvel éclat, perdu tout leur charme. Un charme ne se transverse pas, les souvenirs ne peuvent se diviser, et maintenant que j'avais percé moi-même à jour les illusions de ma croyance, de Cannes, *il ne restait plus grand-chose*.

À part quelques groupes de jeunes gens désolés, il n'y avait presque personne qui arpentât le trottoir de la Croisette ni le bord de mer. Seuls quelques groupes d'infortunés, de loin en loin, attendaient, maussades, qu'on les laissât emprunter l'échelle qui leur permettrait de descendre dans une des rares soirées sur la plage. Comme nous marchions, comme tu scrutais ce monde nouveau et nocturne, comme je te tenais par la main, souriant mais silencieux, un attaché de presse m'interpella pour m'inviter à rejoindre l'une de ces fêtes qui rugissaient à nos pieds. Nous y allâmes, puis suivîmes des amis dans une autre soirée, puis finîmes la nuit chez Albane. Mon passé rendait encore un nombre indécis de choses plutôt simples. Ou alors, peut-être, était-ce mon âge seulement qui faisait qu'on me rendait comme un facile hommage en m'évitant de faire la queue et en me proposant d'entrer dans les fêtes comme si c'était la dernière fois.

J'aurais pu vivre à tes côtés pendant des années sans comprendre cette chose si simple : tu es plus belle que toutes les autres parce que tu es plus vraie.

On continue de chercher la beauté dans le corps ou dans l'âme selon des critères, superficiels ou profonds, qui ont tous le même défaut : ils sont fondés sur nos goûts ou sur ceux de notre culture, de notre époque, ou sur le conflit des deux, et ils se prononcent sur la courbe d'une épaule, sur la couleur des iris, sur la fermeté d'une poitrine, sur le grain d'un épiderme ou bien sur la tendresse d'un sourire, sur la tonalité d'une voix, sur la fluidité de la formulation d'une pensée, mais ils tiennent rarement compte de cette donnée supérieure qui est leur rapport au vrai – au vrai dans la beauté ou la laideur, au vrai dans le plaisir ou dans la souffrance.

À la vérité qui manque toujours à la beauté.

Je m'excuse. Je m'excuse de t'avoir écrit il y a longtemps ces mots qui parlent de la vérité alors qu'alors la vérité n'était encore pour moi qu'un ornement, comme les flèches du saint Sébastien de Giovanni di Paolo à la National Gallery ou celui de Bellini à San Zanipolo qui plus que le blesser semblent le décorer. Je m'excuse de t'avoir écrit il y a longtemps ces mots qui parlent de la vérité alors qu'alors la vérité n'était pas encore vraie.

Notre amour avait été terrible mais j'avais, dès le premier jour, aperçu quelque chose en toi qui m'avait fait penser à un sentiment ancien que j'avais éprouvé à Capodimonte, comme je passais du retable d'Evangelista da Pian di Meleto au portrait d'Alessandro Farnese qui se trouve juste à côté et dans lequel la main gauche et le corps sont encore prisonniers de ce style parfait, mais sans vie, sans âme, que Raphaël a parfois, mais où la main droite, plus lourde qu'une main de plomb et plus légère qu'un papillon, et le visage, où frise dans l'asymétrie des yeux un regard plus profond que la plus profonde des nuits, puisqu'elle est pleine d'aurore, pleine d'aube aussi, nous montrent si clairement l'essence de toute vie. Notre amour avait été terrible, et je t'avais écrit ces mots hypocrites, ces mots insincères, bien qu'ils formassent déjà un espoir, un souhait.

Ô infinie vanité du vrai !

Mais, si ces mots n'étaient pas vrais en ces jours lointains, ne le sont-ils pas aujourd'hui ? Crois-tu qu'ils soient encore seulement un souhait ? Je te laisserai me le dire lorsque tu les reliras ici, alors que nous avons traversé tant de tempêtes, alors que je suis devenu si vieux – alors que notre fille, dont l'existence était pour moi à cette époque si inconcevable, parce que tu l'as souhaitée, dort, plus belle, plus forte, plus réelle que jamais dans la chambre d'à côté.

Notre amour avait été terrible. Notre amour avait été terrible et j'avais écrit, pour toi, un livre faux où tu étais devenue un personnage inventé par mes mensonges. Notre amour avait été terrible bien avant que nous allassions à Cannes, bien avant que j'écrive ce que je t'écris ici, à présent, espérant que je trouverai maintenant la sincérité que j'étais alors inapte à trouver. Notre amour avait été terrible jusqu'à ce jour où, seul aux Petites Indécises (ce café qui est devenu le décor de l'histoire d'amour d'Alice et Aurélien dans *La Justice des hommes*, cette annexe du *Dernier Livre* dont j'ai essayé, pendant longtemps, de me convaincre que c'était un petit roman inoffensif comme tous ces petits romans qu'on publie à foison de nos jours, ces petits romans qui prêchent, comme les petites gens, *et modestie et prudence et zèle et considération, et des petites vertus le long et cætera*), ce jour où, disais-je, je tentais de réfléchir *parce que je me savais incapable de réfléchir*, où je tentais de décider si, pour fuir notre violence, je pouvais te quitter, abandonner notre maison, notre fille – ma vie –, ce jour où je compris, si soudainement, et si clairement aussi, que jusque-là je n'avais fait que me poser pour seule question « est-ce que je peux? », et que cette question ne m'avait servi, justement, qu'à ne pas pouvoir, à ne pas pouvoir partir, à ne pas pouvoir rester; – ce jour où cette question est devenue, enfin, « est-ce que je veux? » et à laquelle, enfin! enfin! je répondis par un *saint dire Oui*.

Notre amour avait été terrible parce qu'*il est des choses si délicates qu'on fait bien de les ensevelir sous une grossièreté pour les rendre méconnaissables*. Notre amour avait été terrible parce qu'*il est des actes d'amour et de générosité excessive après lesquels il ne reste rien de mieux à faire que de prendre un bâton et rosser le témoin : ainsi lui brouillera-t-on la mémoire.*

Notre amour avait été terrible, douloureux, et il ne l'était plus. Ne me souciant ni de ce que je pouvais ni de ce que je devais faire, je savais enfin *ce que voulait mon vouloir*. Mais, ayant commencé par t'aimer si mal, j'avais encore tant de difficultés à te convaincre que lorsque j'étais heureux, désormais, c'était avec toi que je voulais partager mon bonheur, que seuls tes yeux pouvaient consoler ma tristesse, que c'était de tes bras qu'avaient besoin ma force et ma faiblesse ; comme j'avais du mal à te faire accepter les miens lorsque le désespoir t'assombrissait le cœur. Ah ! nous avions été si nombreux à nous deux ! nous avions été si multiples que notre joie et notre douleur s'étaient affrontées non comme deux guerriers fatigués mais comme deux armées furieuses.

Le plus dur était révolu. Je craignais encore un peu ta jalousie, entièrement vouée à mon passé, mais je savais, ou du moins j'espérais, t'emmenant à Cannes pour la première fois, que tu saurais profiter de cette caverne où se terrait une si grande partie des ombres de mon ancienne vie. Le premier jour, je me réjouis de la façon dont tu contemplais la Croisette et la nuit ; le lendemain, je ne fis que me réjouir davantage de ton émerveillement comme tu découvrais, après les fêtes la veille, le tapis rouge et le grand auditorium et, dès que l'obscurité vint égayer la salle (car c'est bien cela qu'elle fait au festival de Cannes), la petite montée des marches féerique agrémentée de Saint-Saëns qui précédait le film. Dès le troisième jour, étonnée comme moi de nous voir accueillis ainsi, comme si je n'avais jamais cessé d'être vaguement connu, tu ne semblais plus émerveillée ou ébahie : tu semblais simplement heureuse. Nous nous promenions, de jour comme de nuit, et tu t'étais habituée au rythme étrange du festival, supportant de mieux en mieux que je fusse obligé de m'arrêter tous les trois pas pour répondre au salut de gens que je ne reconnaissais presque jamais.

Un matin, alors que tu dormais encore dans notre petite chambre d'hôtel, n'ayant pas réussi, comme tant de fois à Cannes par le passé, à modifier mon rythme parisien et à éviter de me lever à l'aube, je sortis, pris un café, puis marchai vers le Palais.

– *Oh Jeanne ! Pour aller jusqu'à toi, quel drôle de chemin il m'a fallu prendre !* Comme je marchais, je me redis cette petite phrase qui, depuis que nous étions à Cannes, comme ces chansons qu'on fredonne involontairement, refusait de quitter mon esprit. La Croisette était déserte et je ne savais absolument pas ce que je cherchais en m'approchant de ce monstre extravagant de béton qu'est le palais des Festivals ; ce monstre qui, comme toi de ton paisible sommeil de fée, paraissait dormir de son paisible sommeil de monstre. Je ne savais absolument pas, plutôt, si je cherchais quelque chose. Une silhouette voûtée, vaguement familière, m'y fit entrer et descendre au sous-sol derrière elle. Comme les séries télé et les jeux vidéo avaient depuis longtemps pris le dessus, économiquement et culturellement, sur la bonne vieille industrie cinématographique, les sous-sols du Palais n'étaient plus ce lieu grouillant d'une vie propre, obscure et surexcitée – et, un temps pour moi, surexcitante –, où des milliers de marchands s'agitaient dans une *atmosphère de vulgarité candide et poésie surréaliste* pour vendre des films comme des bananes et des poireaux. Mais c'était pourtant, de tout ce que j'avais revu à Cannes, ce qui avait le moins changé.

Aux trousses de la silhouette voûtée, je parcourus les allées. Elle finit par s'arrêter devant la porte fermée d'un petit bureau. Je la contemplai, de dos, qui tirait difficilement l'une des trois chaises vides qui se trouvaient devant pour s'asseoir, s'asseoir péniblement. Ma main pendant le long de ma cuisse se tendit à peine, et mes doigts sondèrent le vide, puis se posèrent tendrement sur l'arête effilée du formica du long comptoir où je venais faire la queue quarante ans plus tôt. Soudain, le bout de mes doigts tâtant le formica, effleurant l'aggloméré, je me souvins de tout : de la première année avec Hervé, Marc et Nathalie, de Cannes avec Terence, de Cannes avec Anne, de Cannes avec Cédric et Alexis, de Cannes avec Julie, avec Juliette, et de Cannes de nouveau seul, heureux, puis honteux, puis presque indifférent; je me souvenais d'avoir regardé la montée des marches de loin et de la surprise de les avoir montées *de près* le lendemain; je me souvenais de l'excitation d'imaginer ce qu'était cet univers festif et de l'excitation de découvrir ce qu'il était réellement ; je me souvenais des fêtes et du scooter à l'aube et de la joie de l'ivresse et de la tristesse et du désarroi ; je me souvenais du balcon et des strapontins de l'orchestre et des premières fois où l'on m'appela à la dernière minute pour pallier des absences et boucher des trous dans le carré des stars, et des nombreuses fois où je m'y assis ensuite à une place à mon nom ; je me souvenais de la gare, du Blue Bar, de l'AmfAR, de l'Eden-Roc, de Chez Laura, de la pizzeria du quai Saint-Pierre où je déjeunai avec mon premier agent ; je me souvenais des mille rendez-vous au Grand Hôtel avec d'autres agents, producteurs, réalisateurs et acteurs pour parler de projets qui neuf fois sur dix ne se feraient jamais ; je me souvenais de l'immense allégresse enfantine des feux d'artifice, et des cocktails, des plages, des terrasses, des soirées, et des stars et des inconnus croisés pendant ces quarante années passées à venir à Cannes chaque mois de mai. Soudain, *toute inquiétude sur l'avenir, tout doute intellectuel étaient dissipés.* Soudain, tout à la fois triste *comme si je venais de perdre un ami, de mourir à moi-même, de renier un mort ou de méconnaître un dieu,* et heureux, soulagé comme si j'étais enfin aux portes *de la clairière dans la forêt,* je me souvenais de toute ma jeunesse, et je me souvenais aussi de Marcel, non seulement lorsqu'il voit les arbres d'Hudimesnil s'éloigner, mais aussi lorsqu'il porte à ses lèvres cette cuillérée de thé où il a laissé ramollir ce petit morceau de ce petit gâteau *court et dodu*, et lorsqu'il se retrouve face aux clochers de Martinville, et lorsque, dans la cour de l'hôtel de Guermantes, il bute contre les pavés mal équarris. *Tilt, quand notre cœur fait tilt, tout avec lui fait tilt*... Oui, c'était ça. Oui, tilt, ça avait fait tilt, enfin ! enfin *je sentais mes poumons mouillés de chagrin, mon sang lourd de pensées*, enfin *je pensais de nouveau avec le cœur.*

Pour goûter cet instant suspendu, ces souvenirs indicibles, sans que je m'en rendisse compte, j'avais fermé les yeux. Un petit raclement de gorge me tira de ma rêverie : le long comptoir en aggloméré couvert de formica aussitôt disparut. Je rouvris les yeux. L'ayant perdu dans le passé, je le cherchai du regard dans le présent : il n'existait plus non plus. Mes doigts le sentaient encore, mais mes yeux voyaient qu'ils pendaient dans le vide.

Les places étant principalement distribuées sous leur forme (ou leur absence de forme) informatique, la SACD n'avait plus que deux petits bureaux aux portes discrètement numérotées. Comme la silhouette voûtée avait fini par remarquer ma présence et s'était tournée vers moi, je reconnus le visage souriant de ce scénariste qu'il y a des siècles j'étais passé voir au camping du Cannet.

– Oh ! Santiago ! Ça va ? Ça fait longtemps ! Viens. Viens t'asseoir à côté de moi.

Obéissant, *ponctuel et doux comme Buffon dit du chameau*, je m'assis à ses côtés.

– Tu viens chercher tes places ? Moi, je viens tous les matins. Je n'arrive jamais à les télécharger sur mon smartphone, dit-il en me montrant un appareil qui datait d'il y a une bonne quinzaine d'années.

Comme je bafouillais une explication maladroite sur le fait que depuis longtemps je ne prenais plus mes places à la SACD et que je me trouvais dans les sous-sols du Palais à cette heure inattendue simplement parce que j'étais sorti me promener, il m'interrompit pour me dire qu'il avait vu l'un des derniers films que j'avais écrits.

– C'était super. Vraiment. Très émouvant. Mais je n'ai pas compris pourquoi la fille, après son accident, au lieu d'aller se terrer chez elle toute seule comme si elle était totalement irresponsable de ce qui lui arrive, ne va pas plutôt à l'autre bout du monde. En Australie, par exemple. C'est là qu'elle aurait pu rencontrer quelqu'un, je dirais une femme plutôt qu'un homme, ce qui aurait permis qu'après, à son retour…

Il m'expliqua longuement l'histoire qu'il avait inventée à partir de la cinquième minute du film, une histoire qui n'était ni meilleure ni moins bonne que celle que nous avions inventée le réalisateur et moi : une histoire qui était juste plus logique à ses yeux, puisque c'était la sienne.

Comme en l'écoutant je souriais constamment du plus bienveillant des sourires, il continua de dérouler son idée jusqu'au bout.

– Non ? C'est pas mal, non ?

– Oui. Ça aurait pu... Je veux dire : oui, ça aurait été bien.

Je me levai, lui serrai fort la main et repartis en silence. J'ai toujours aimé cette faculté qu'ont tant de scénaristes à sempiternellement inventer des histoires, d'autres histoires possibles, aussi bien lorsqu'ils lisent un scénario que lorsqu'ils voient un film fini.

Je continuais de me promener dans les sous-sols du Palais. Se pourrait-il vraiment que le sage soit *celui qui jette une lumière dans l'obscurité du passé* ? *Indéchiffrable, fuyante est la nature de ce qui a déjà été.* Perdu dans mes pensées, je parcourais ces mêmes couloirs qu'empruntaient les premiers employés qui arrivaient pour travailler et qui n'étaient plus pour moi des couloirs mais *un passé glissant, triste et doux.* Ayant épuisé le sous-sol, je montai dans les étages et cherchai en vain ce bureau mystérieux où j'étais parfois allé avec Terence, ce bureau dont je ne parvenais jamais à me souvenir à quoi il était dédié. Je songeais à Freud, tentant désespérément de retrouver le nom de Signorelli, mais il ne me semblait nullement nécessaire d'essayer d'élucider ce mystérieux oubli. Au bout d'un long moment, je quittai le Palais pour aller m'asseoir face à la mer. *Le ciel avait l'air d'une immense mer nuance de turquoise qui se retire, laissant émerger toute une ligne légère de rochers noirs, qui étaient de petits nuages.* Comme souvent, alors que le soleil était déjà levé depuis longtemps, la mer paraissait garder encore, silencieusement, jalousement, quelque chose de l'inavouable secret de la nuit.

> *Un petit coup au carreau, comme si quelque chose l'avait heurté, suivi d'une ample chute légère comme de grains de sable qu'on eût laissés tomber d'une fenêtre au-dessus, puis la chute s'étendant, se réglant, adoptant un rythme, devenant fluide, sonore, musicale, innombrable, universelle : c'était la pluie.*

La pure prose n'est jamais « prosaïque ». J'avais beaucoup lu. Il me restait tant à lire. *Serein comme quelqu'un qui jouit d'avance de sa mort*, si vous me permettez d'abuser encore du *lyrisme frugal de la citation*, je retournai vers l'hôtel et me rappelai, sans savoir pourquoi, cette description de la pluie de Proust, dont les mots auraient pu former des vers. Il ne pleuvait pourtant pas. Je regardai encore le ciel et la mer : combien souvent le crépuscule de la nuit ressemble à celui du jour !

Heures du deuil, vision taciturne du soleil ;
L'âme est en vérité chose étrange sur terre…

Oui, lire, me souvenir, écrire, occupaient depuis si longtemps une si grande partie de ma vie.

Lorsque j'entrai dans la chambre, tu dormais encore.

– Bonjour.

– Bonjour, me répondis-tu avec un regard heureux mais fugace, comme si tu regrettais de t'être laissée aller à te montrer heureuse avant de te souvenir que tu n'aimais pas te réveiller.

La journée fut calme, étonnamment calme pourrais-je dire, tant notre quotidien amoureux avait été fait pendant longtemps de feu et de sang. Tu voulus aller à la plage, et pour saugrenu que me semblât ce désir, il me ravit. Je sais aujourd'hui à quel point le ravissement que provoquaient en moi tes envies de jeune femme avait pour toi quelque chose d'humiliant : alors, je l'ignorais. Et si je ne parvenais que rarement à prendre du plaisir à cette infinité de petits moments frétillant d'une vie si pure que tu m'offrais (aller à une fête foraine, marcher sous la pluie, danser), il me plaisait autant que tu pusses en jouir qu'il te déplaisait que je fusse incapable d'apprécier leur simple et puissante vitalité. De loin, inévitablement de loin, douloureusement de loin, je te regardai batifoler dans l'eau, *marine comme une mouette*.

Après la plage, nous rentrâmes doucement nous habiller. Il était projeté, ce soir-là, un film dans lequel jouait Juliette. Craignant qu'il te déplût de te retrouver nez à nez avec elle, j'avais demandé au protocole de nous placer au balcon. Bien sûr, lorsqu'on dit « les autres », on les désigne ainsi *pour dissimuler le fait que l'on est essentiellement l'un d'eux*, mais en montant les marches à tes côtés, en entendant l'aboyeuse prononcer mon nom, je savourai silencieusement une sorte de fierté nouvelle : celle de jouer encore à faire partie d'un monde dont le simple fait d'être placé au balcon, de retourner volontairement au balcon, me permettait, croyais-je, à la fois, de m'exclure. Arrivant en haut des marches, nous fîmes la queue pour saluer le délégué général. Depuis ma dernière venue au festival, son amour sincère et passionnel pour le cinéma n'avait pas faibli mais son pouvoir s'était accru, et il s'était développée chez lui cette amabilité aristocratique heureuse de verser un baume sur le sentiment d'infériorité de ceux qui l'approchaient. Pour être aimé, admiré, mais non pour être cru, à tous il semblait dire *« Vous êtes mon égal, sinon mieux! »*; et, tout comme aux Guermantes, vu les sourires qu'il prodiguait, qu'on démêlât le caractère fictif de cette amabilité lui paraissait clairement être bien élevé, croire l'amabilité réelle, c'était tout aussi clairement la mauvaise éducation. Dès que nous l'eûmes salué, Isabelle surgit et nous pria de la suivre : le protocole, comprenant mon désir de n'être pas placé dans le petit carré juste devant le rang occupé par l'équipe du film, avait décidé, pour « m'éviter » le balcon où je me délectais de retourner, de nous placer dans la corbeille discrète du jury. Comme tous ses membres avaient déjà vu le film à une séance matinale, nous nous retrouvâmes assis seuls dans ce petit box. Dès que la salle fut obscure, on vint pourtant installer un homme âgé à nos côtés. Le reconnaissant dans la pénombre, je le saluai rapidement. Lorsque je te dis son nom en quittant la salle, tu soupiras un petit « waouh ! » d'admiration avant d'ajouter, avec un sourire malicieux :

– Ouf! S'il n'avait pas ronflé pendant toute la projection, j'aurais eu si peur qu'il me tripote que j'aurais été incapable de regarder le film.

Waouh et ouf, oui : il s'agissait de Roman Polanski.

Mais où est-il ce ciel de ciel que nous ne voyons pas et en comparaison duquel même le ciel de notre terre est terre ?

Après la séance, égarés dans cet instant impalpable où, à la sortie d'une salle obscure, *lux umbra dei*, l'on découvre que la nuit elle-même est plus lumineuse que n'importe quelle chimère inventée par l'homme, nous marchâmes sur la Croisette en discutant du film avec des amis et des inconnus. Sans le vouloir, par la grâce ou la disgrâce de nos pas perdus, nous nous retrouvâmes à l'entrée de la plage qui accueillait la fête du film que nous venions de voir. Nos amis, comme nos inconnus, nous y avaient menés sans un mot, sûrs et certains que nous ne pouvions, après la projection, avoir d'autre destination. Doutant que tu voulusses y entrer, je t'interrogeai d'un regard craintif; désinvolte, tu me répondis d'un haussement léger de l'une de tes épaules qui, moqueur, semblait dire : « Tu croyais que j'aurais peur, hein ? »

Comme nos amis disparaissaient déjà au bout du petit escalier, la main dans la main, nous nous avançâmes vers les quelques videurs qui gardaient l'entrée. Sobrement, et un peu méchamment, ils me demandèrent nos invitations. Je n'insistai pas. Il n'y avait trace d'aucun distributeur, d'aucun attaché de presse, d'aucun responsable qui, me reconnaissant peut-être, aurait pu leur demander de nous laisser passer. Je me tournai vers toi, hésitant à te dire que ce n'était peut-être pas plus mal, que nous pourrions en profiter pour marcher dans la nuit ou pour contempler la mer endormie lorsque apparut derrière nous le producteur du film, une pile de cartons d'invitation à la main. Je le connaissais depuis plus de trente ans. C'était un bon producteur, pour lequel je n'avais jamais travaillé, et qui m'avait fait comprendre, à de nombreuses reprises, qu'il ne m'appréciait guère.

– Tu peux me donner deux invitations, s'il te plaît ? demandai-je poliment.

– Non, répondit-il simplement.

Aïe. Je me tournai de nouveau vers toi, désolé de t'avoir rendue témoin d'une telle avanie. Je n'avais pas cru, en venant à Cannes une dernière fois, que ma vieillesse m'obligerait à vivre ce type d'humiliation. Je te donnais la main pour partir lorsque je l'entendis, de la plus mauvaise volonté que j'eusse jamais entendue, adresser un grognement aux videurs :

– Amigorena. Laissez-le passer.

Je le remerciai, mais il détourna son regard. Rarement j'avais ressenti autant de haine, ou peut-être bêtement, et combien était-ce plus humiliant, de mépris à mon égard.

Avant de descendre vers la plage, je le regardai encore un instant, essayant de comprendre son attitude. Tout à coup, je me souvins qu'à part ce réalisateur qui s'était disputé avec Cédric bien des années plus tôt (et dont il avait produit tous les films qui avaient rencontré avec le temps de moins en moins de succès), il haïssait ou méprisait tout le monde. *Même la plus creuse noix encore veut qu'on la casse.* Je n'eus guère le temps de m'attarder davantage à tenter de comprendre ce petit homme dont la psychologie soudain me fascinait : d'un air détaché, tu me tiras par la main et, complices, nous entrâmes dans la fête.

La fête – ou disons plutôt la soirée, tant me parut aussitôt vain que quelque chose d'un tant soit peu festif pût jamais se produire en ce lieu ce soir-là – venait de commencer. Assoiffés, nous prîmes une coupe de champagne au seul comptoir où l'on servait à boire, et où les serveurs servaient déjà des flûtes comme si les bouteilles fussent comptées ; affamés, nous cherchâmes ces tables de buffet fastueuses que j'avais naguère connues mais, comme dans ces soupers *d'une magnificence à mourir de faim* dont parle Mme de Sévigné, il y avait juste quelques garçons passant furtivement avec des plateaux qui étaient, au sortir des cuisines, déjà à moitié vides. Je contemplai la petite foule qui commençait d'innonder l'espace. Les smokings et les robes de soirée donnaient encore le change, et j'eus l'impression qu'au moins ça, ça n'avait pas changé. Mais dès que je baissai les yeux vers le sol, force me fut de constater que presque plus aucune femme ne portait d'escarpins à talon aiguille, que presque plus aucun homme ne portait de chaussures en cuir glacé. La seule chose qu'il semblait qu'on pût fêter sur ces planches posées sur le sable où les invités, *exaspérés par leurs perpétuels rhumatismes comme les cachalots grisons*, commençaient de danser avec, tout à la fois, *un acharnement diabolique* et cette mollesse propre au grand âge, était *la grande chute des cheveux et des illusions.*

– Y a rien à bouffer.

Un pique-assiette professionnel, que je connaissais depuis toujours sans jamais avoir su son nom, s'était approché dans mon dos pour me murmurer cette récrimination indignée. Avec un regard sec de réprobation définitive, il me tendit sa main, serra la mienne et s'en alla. Comme tu souriais, intriguée par ce surprenant personnage, je te racontai brièvement le peu que je savais sur lui. Après l'avoir croisé régulièrement à Cannes pendant des années convaincu, pour je ne sais quelle raison, qu'il était producteur – fût-il un petit producteur obscur –, j'avais fini par comprendre un jour, comme il me demandait si j'avais des « plans de tournages » pour l'été, qu'il était simplement figurant; et qu'il figurait dans les fêtes à Cannes comme il figurait dans les films : avec la même scrupuleuse et grave diligence. Jamais pendant toutes ces années d'ailleurs il n'avait soupçonné que je fusse différent de lui : pour des raisons aussi insondables que celles qui m'avaient fait croire qu'il était producteur, il était persuadé depuis toujours que j'étais moi aussi un simple figurant.

> *Now what you hear is not a test,*
> *I'm rappin' to the beat*
> *And me, the groove and my friends*
> *are gonna try to move your feet…*

Une chanson à laquelle tu ne pouvais résister commença et tu partis danser. Je me tournai et contemplai un instant ce petit être insigne et ordinaire qui venait de s'éloigner de moi. Tout en lui était carré. Ses épaules, son visage, ses immenses mains qui semblaient appartenir à un corps trois fois plus grand que le sien. Avait-il tort ? avait-il raison de me considérer comme son égal ? Le besoin absurde et désespéré de guérir la blessure narcissique que m'avait infligée Philippine m'avait conduit à gravir un à un tous les degrés de la vaniteuse et dérisoire échelle sociale du cinéma ; mais n'étais-je pas resté le pique-assiette de mes premières années au festival de Cannes ? étais-je devenu autre chose qu'un figurant de cet univers qui, au fond, n'était pas plus mon genre que Philippine elle-même ? Et maintenant que j'avais écrit, publié, maintenant que mon destin littéraire paraissait peu à peu s'accomplir, maintenant que je me sentais tellement, vainement, différent – qu'étais-je venu faire parmi ces gens qui avaient tous l'air d'éprouver un *suave mari magno* à contempler les échecs de leurs camarades ?

Je me détournai de ce petit homme alors que posté à la sortie des cuisines il dévalisait le plateau à moitié vide d'un serveur pour te regarder danser. Tu étais belle. Simplement. Sobrement belle.

Soulagé, je fis quelques pas au milieu de la foule. C'était flagrant : *chacun semblait s'être « fait une tête »*. Certains s'étaient affublés d'une barbe blanche, d'autres avaient trouvé le moyen de couvrir leurs figures de rides, leurs sourcils de poils hérissés ; chez d'autres, actrices, acteurs autrefois célèbres, le temps avait tant travesti leurs traits qu'on avait envie de les féliciter de s'être si *merveilleusement grimés*. Et que dire de l'immense majorité qui avait cru que la magie des piqûres et la maestria du bistouri sauraient préserver à leurs faciès ravagés une jeunesse éternelle ? Une actrice admirable, un peu plus âgée que moi, avec qui je tombai nez à nez, m'adressa quelques mots – mais j'étais incapable de la regarder en face. À chaque fois qu'elle tournait la tête, fût-ce d'un demi-centimètre, la peau de son cou souffrait tant qu'elle crissait, à mes yeux, de ce bruit si singulier que produisent les vis en bois des jeux d'enfant lorsqu'on les desserre, et sa bouche, comme celle des loups dans les cartoons de Tex Avery, restait un instant suspendue dans le vide avant de suivre la torsion de son visage. Laissant ses traits distordus dans cet espace dont je ne pouvais comprendre les multiples dimensions et où ils semblaient vivre leur vie autonome, je poursuivis mon chemin. À peine plus loin, je croisai un vieil homme en qui je crus reconnaître un réalisateur que j'avais autrefois admiré : *des végétations légères, étranges, vertes et roses* envahissaient son menton. « *Peut-être un hiver de plus,* me dis-je, *le jetterait bas.* » Dès qu'il m'eut tourné le dos, une femme que j'aurais juré ne connaître ni d'Ève ni d'Adam ôta de ses mains résignées *de longs gants d'une grâce inutile* pour serrer la mienne comme si j'avais été un trésor longtemps convoité. Puis elle se tourna pour faire exactement la même chose avec un autre invité ; et elle s'en alla, passant d'un convive à un autre avec cette même expression de bonheur infini, telles ces Américaines qui s'extasient devant tout, prenant pour leurs enfants comme pour des gens qu'elles connaissent à peine ces airs de tendresse éperdue qu'elles prennent, avec la même sincérité, pour un vieux pneu ou pour une *tarte aux fraises.* Quelques pas de plus et je vis deux hommes âgés, bras dessus, bras dessous, venir à moi pour me dire quelques mots gentils sur l'un de mes livres. Le temps n'avait, en eux, approfondi que leur ancienne bonté, leur ancienne tendresse, et la jeunesse de leur sourire, au creux du grimoire de leurs rides, sur les lignes du palimpseste de leurs pattes-d'oie, était encore plus éclatante qu'au temps de leur gloire. Ils n'étaient plus que des ruines, mais superbes, et moins encore que des ruines, *cette belle chose romantique* que peuvent être des rochers dans la tempête. C'étaient Gilles Jacob et Jérôme Clément.

Encore quelques pas, et je trouvai un poteau sur lequel m'appuyer. Des gens que je connaissais et ne connaissais pas vinrent me saluer puis, remarquant sans doute que bien plus qu'avec mes yeux je scrutais leurs visages avec les lacunes de ma mémoire, continuèrent leur chemin. Mon épaule sur le poteau, je ne bougeai plus. La piste de danse devant moi, la mer sombre derrière, je soupirai d'un profond soupir.

> *Car si les noms avaient perdu pour moi de leur individualité, les mots me découvraient tout leur sens. La beauté des images est logée à l'arrière des choses, celle des idées à l'avant. De sorte que la première cesse de nous émerveiller quand on les a atteintes, mais qu'on ne comprend la seconde que quand on les a dépassées.*

Des gens vinrent encore me saluer. Parmi eux, j'eus la surprise de voir apparaître cet amant de Frédéric Mitterrand que j'avais rencontré quarante ans plus tôt et dont je n'ai jamais su le nom. Il me prit la main avec un sourire ému, aimable et entendu – et dans lequel pourtant je ne sus quoi entendre – puis s'éloigna, inspectant la fête et ses noctambules *d'une façon quasi inconsciente, par une sorte d'habitude et de particularité animale*. Son plumage si étrange faisait de lui une espèce si rare, si précieuse, *qu'on aurait voulu le posséder pour une collection ornithologique*. Il salua d'autres gens, d'autres gens le saluèrent. Il avait des redressements de tête *si soyeusement et fièrement huppée sous l'aigrette d'or de ses cheveux un peu déplumés, des mouvements de cou tellement plus souples, plus fiers et plus coquets que n'en ont les humains*, que devant la curiosité moitié mondaine, moitié zoologique qu'il m'inspirait, je me demandai si c'était au festival de Cannes que je me trouvais ou au Jardin des Plantes, et si je regardais un producteur traverser une fête *ou se promener dans sa cage un oiseau*.

– Tu te souviens de Marie ?

Un homme avec qui j'avais jadis travaillé me présenta sa femme, *suspendue entre la fraîcheur et le flétrissement*. Comme j'acquiesçais en souriant à la question de son mari, elle me murmura à l'oreille : « Je ne suis pas sûre que tu te souviennes de moi, *et je ne suis pas sûre non plus qu'il faille te souhaiter une meilleure mémoire*. » Son sourire était radieux et, fût-il trop tard pour l'en convaincre, puisque tous deux s'éloignaient déjà, j'eus envie de la démentir car, pour une fois, je me souvenais vraiment d'elle et des quelques jours que nous avions passés ensemble trente ou quarante ans plus tôt dans la maison d'amis communs dans les Cévennes.

Des gens vinrent encore me saluer, ou me féliciter, *sanglotant d'amabilité*, mais je les entendais à peine. Je me sentais parfaitement invisible – non pas inatteignable comme lorsque j'étais jeune, mais inexistant, comme lorsqu'on ne l'est plus.

– On a cru faire partie d'un monde, on finit par faire partie des meubles… ou du paysage.

Mon ami Julien, que j'avais rencontré grâce au cinéma et qui était depuis longtemps devenu, avec mon ami Max, le premier lecteur de mes écrits littéraires, me glissa cette phrase à l'oreille en me tendant une nouvelle coupe de champagne. Oui, c'était vrai, il avait tout à fait raison. Sa lucidité terrible, véritablement terrible, monstrueuse, sa lucidité qui ne réussit jamais à lui épargner l'illusion qu'il lui serait un jour facile, vu son intelligence, de « faire du cinéma », – sa lucidité, par cette simple phrase murmurée avec le plus doux et amical des sourires, me fit aussitôt détourner l'attention de la fête pour, plein dc doutes, plein de foi, m'examiner moi-même.

Cette idée du Temps avait un dernier prix pour moi, elle était un aiguillon, elle me disait qu'il était temps de commencer, si je voulais atteindre ce que j'avais quelquefois senti au cours de ma vie, dans de brefs éclairs, du côté de Guermantes, dans mes promenades en voiture avec Mme de Villeparisis, et qui m'avait fait considérer la vie comme digne d'être vécue. Combien me le semblait-elle davantage, maintenant qu'elle me semblait pouvoir être éclaircie, elle qu'on vit dans les ténèbres, ramenée au vrai de ce qu'elle était, elle qu'on fausse sans cesse, en somme réalisée dans un livre ! Que celui qui pourrait écrire un tel livre serait heureux, pensais-je ; quel labeur devant lui ! Pour en donner une idée, c'est aux arts les plus élevés et les plus différents qu'il faudrait emprunter des comparaisons ; car cet écrivain qui d'ailleurs pour chaque caractère aurait à en faire apparaître les faces les plus opposées, pour faire sentir son volume comme celui d'un solide, devrait préparer son livre, minutieusement, avec de perpétuels regroupements de forces, comme pour une offensive, le supporter comme une fatigue, l'accepter comme une règle, le construire comme une église, le suivre comme un régime, le vaincre comme un obstacle, le conquérir comme une amitié, le suralimenter comme un enfant, le créer comme un monde, sans laisser de côté ces mystères qui n'ont probablement leur explication que dans d'autres mondes et dont le pressentiment est ce qui nous émeut le plus dans la vie et dans l'art.

Pour inutile et indifférent que je me sentisse toujours à Cannes, comme ressuscitait en moi l'impression de *l'homme éternel n'étant pas liée plus forcément à la solitude qu'à la société*, je commençai à soupçonner que tout ce temps que j'avais perdu en venant au festival depuis plus de trente ans, tout ce temps vivant où, papillonnant entre les mille êtres que je pouvais être, passant d'une fête à une autre fête à une autre fête comme je passais d'un Santiago à un autre Santiago à un autre Santiago, me perdant dans ce que le monde du cinéma plus que mon vouloir voulait que je fusse, n'avait de sens que si je reprenais, par l'écriture, possession de moi-même. Grâce ou à cause de Proust, croyant que *la vérité suprême de la vie* était dans l'art, et sachant qu'écrire, que chercher *à extraire la généralité* de mon chagrin m'avait toujours un peu consolé, je pensai là, soudainement, que penser, écrire, qui m'avait été le plus souvent si douloureux, était pour moi, non seulement cela, mais aussi une activité naturelle, une fonction saine et nécessaire dont l'accomplissement me rendait tout simplement heureux, *comme pour les hommes physiques l'exercice, la sueur et le bain*.

Souriant encore de ce sourire qui rappelait celui de Gatsby, ce sourire complice qui va *au-delà de la complicité*, ce sourire qu'on ne rencontre que cinq ou six fois dans une vie *et qui vous rassure à jamais*, ce sourire qui, *après avoir jaugé – ou feint de jauger – le genre humain dans son ensemble, choisit de s'adresser à vous*, ce sourire *qui vous comprend dans la mesure exacte où vous souhaitez qu'on vous comprenne, qui croit en vous comme vous aimeriez croire vous-même*, – souriant toujours, et toujours doux et amical, Julien s'appuya au même poteau que moi.

J'ai été, dans ma vie, avec Julien comme avec Nicolás, Hervé, et surtout mon éternel Daniel, un bien mauvais ami. Bien que je n'aie jamais été convaincu qu'il faille opposer l'amitié et la philosophie à l'art et l'amour, bien que je n'aie jamais pensé – permettez-moi, pour cette unique fois, d'être en désaccord avec Proust – que les artistes aient *le devoir de vivre pour eux-mêmes* et que l'amitié, cette *chose intermédiaire entre la fatigue et l'ennui*, soit *une dispense de ce devoir, une abdication de soi*, bien que je n'aie jamais songé que Nietzsche eût eu tort d'aller voir Jacob Burckhardt pour pleurer le faux incendie du Louvre ou que, *pour quelques raisons morales qu'il le fasse, l'artiste qui renonce à une heure de travail pour une heure de causerie sait qu'il sacrifie une réalité pour quelque chose qui n'existe pas*, j'ai quand même opposé amour et amitié, et je n'ai guère réussi à me désintéresser assez de moi-même pour m'intéresser assez à ceux que j'ai aimés. Seuls Max et Christophe, et Cédric à sa façon, et Juan à la sienne, partageant ma même folie, n'ont, j'imagine, jamais souffert de mon indifférence. Mais peut-être avec Julien, qui sans être aspiré par son ambition créatrice avait toujours été si fondamentalement tourné vers la création, avions-nous assez partagé l'illusion que l'amitié était le seul sentiment qui rendait la politique possible pour que cette ambition n'étouffât pas tout à fait le plaisir de la *causerie*. Ce soir-là, comme nos épaules se touchaient, se tenaient, il me sembla qu'elles se promettaient que notre amitié, malgré la littérature, malgré le cinéma, ne s'éteindrait jamais. Soulagé par ce contact, je tournai mon regard pour te regarder danser. Sans que je comprisse au juste pourquoi, mes yeux s'étaient remplis de larmes.

Un peu de tumulte au pied de l'échelle qui descendait de la Croisette à la plage nous avertit de l'arrivée de l'équipe du film.

– Voilà la femme que tu n'as pas su aimer.

Toujours lapidaire, toujours moqueur, mais toujours aussi lucide, et doux et amical, Julien désigna Juliette d'un petit geste du menton. Couverte d'éloges, drapée de félicitations, baignée de louanges et de flatteries sincères et insincères comme on en reçoit à Cannes quelle que soit la qualité du film qu'on a présenté, elle se trouvait si entourée que nous pûmes sans peine éviter d'aller tout de suite la saluer.

La remarquant à ton tour, tu t'arrêtas de danser et tu vins te poster à mes côtés. Je te pris la main pour te rassurer. C'était une époque où tu me demandais encore, souvent, dans ces lieux inhospitaliers que tu voulais et que tu ne voulais pas fréquenter, de ne jamais te lâcher la main. Tu regardas Juliette un instant puis tu me tiras pour me décoller de mon poteau. Je crus que tu voulais aller vers le bord de la mer, loin de l'entrée de la fête où Juliette était encore accaparée par une petite foule dévote. Au contraire, tu m'entraînas simplement vers elle.

En marchant avec toi, je me dis que Julien avait raison : je n'avais pas su aimer Juliette. Mais avais-je su aimer d'autres femmes ? J'avais cru savoir. J'avais cru savoir aimer Philippine. J'avais cru savoir aimer Julie. Mais n'étaient-elles pas justement les deux femmes que je n'avais le plus aimées que pour m'aimer le plus moi-même ? J'avais aimé Philippine à dix-huit ans et pour me guérir de son désamour j'avais, quinze ans plus tard, aimé Julie. Puis, pour apaiser la brûlure d'une trahison de Julie, j'avais décidé de la quitter pour Juliette.

Est-ce qu'il y avait, dans cette décision, la volonté de blesser Julie ? oui, sans doute. Est-ce qu'il y avait aussi tout simplement du désir et des sentiments ? oui, sans doute aussi. Mais il y avait, dans l'amour pour Juliette, davantage encore que tout ça, l'évidence de l'amitié, d'une amitié que je ne croyais pas alors possible de concilier avec l'amour, ou avec l'idée plutôt que je me faisais encore de l'amour. Je n'avais pas su aimer Juliette parce que je n'avais pas encore l'âge d'aimer en acceptant d'enfin cesser d'idéaliser l'amour – ou d'enfin cesser de m'idéaliser moi-même.

Te tenant toujours la main, ou tenu toujours par toi par la main, je pensai à un petit livre que j'avais lu bien des années auparavant : *Éloge de l'amour.* C'est Julien et son amie Judith qui me l'avaient offert. J'avais détesté chaque page de ce petit traité si sage, de ce nouvel éloge de *l'amour vraiment conjugal* sans foi ni ange, de cette véritable insulte lancée à la face du sublime auteur des *Arcanes célestes.* « Sans doute si je lisais ce petit livre aujourd'hui, me suis-je dit en marchant avec toi, j'éprouverais autant de haine pour la méthodique manière que l'auteur, féru de grands systèmes de pensée, ayant oublié que le concept, *en os et octogonal comme un dé*, n'est que le résidu d'une métaphore, emploie pour s'opposer au romantisme ; sans doute songerais-je encore que la Raison ne doit pas tenter d'analyser les mille raisons irraisonnables du sentiment amoureux ; sans doute me dirais-je encore que le polythéisme de l'amour est tellement plus intéressant que le monothéisme de la pensée ; mais aurais-je, avec l'âge, acquis l'aptitude, si ce n'est de comprendre, de sentir quelque chose de cette étrange proposition qu'il fait d'un amour quotidien, routinier, temporel ? d'un amour qui, incluant la sexualité, la naissance d'un enfant, le vieillissement, serait *une construction de vérité* ? » J'avais adhéré, sans le trouver réellement pertinent ou original, au constat que le livre faisait d'un double péril couru par l'amour : celui de devenir une variante de l'hédonisme et celui d'être détruit, comme tant d'autres choses – et tant de nous-mêmes –, par le libéralisme ou l'économie. *Aujourd'hui le lien intense perd de plus en plus de son sens. Il est surtout improductif, car seules des liaisons faibles accélèrent la consolation et la communication. Les choses du cœur sont rares, elles cèdent la place aux articles jetables.* C'est bien des années plus tard, lisant l'un des élèves d'Alain Badiou, que je comprendrais que ses propos n'étaient pas si inintéressants. Alors, tout au long de la lecture, je n'avais cessé de me dire « Comme c'est étrange, on dirait vraiment qu'il a été écrit par un homme qui n'a jamais aimé ». Le souvenir du livre était déjà aussi vague qu'il l'est aujourd'hui, mais je crus même, en m'en souvenant, ou en ne m'en souvenant pas, que l'auteur, se sentant si supérieur à Médée, Othello, Rogojine, Zeno, Swann et Marcel – et donc aussi à Euripide, Shakespeare, Dostoïevski, Svevo et Proust –, s'insurgeait contre l'idée que l'amour pût provoquer de la jalousie.

Tes yeux bleu.
Tes yeux clair.
Les cheveux blonds que tu as.
Et tes lèvres
Qui sont plus ~~rouge~~ plus douce que moi.

Je pensais à mes amours anciennes. Je pensais à Ruth Prins, cette première codétenue de l'Instituto Crandon *tendre comme un premier jour de printemps* à qui j'adressai les vers malhabiles et pleins de fautes d'orthographe de ce premier poème d'amour – Ruth que déjà, à six ans et demi, j'avais aimée avec une incertaine jalousie.

Et que dire de Sandra, Sandra Cladera, Sandra « Narigona » Cladera ?

À l'anonyme

T'écris, je te tue. Étron. Je te casse, tête de nœud. Je te défonce le lever de l'astre. je te farcis la rate.

JE TE PARTAGE L'ÂME, ORPHELIN DÉPAREILLÉ. TA GRAND-MÈRE, J'EN FAIS TA SŒUR. PALINDROME. CUL DE LA TÊTE DE LA TOUFFE DE TA TANTE.

Oui, Sandra, à dix ans, ces mots grossiers en témoignent assez, je l'ai aimée avec une jalousie profonde et explicite, une jalousie qui devait mettre fin, entre autres et justement si je puis dire, à cette dernière relation véritablement enfantine où Éros était encore hermaphrodite, et l'amour et l'amitié point séparés : mon *amitour* ou mon *aimitié* avec Guillermo Ache.

Mes yeux ne se reposent
Que lorsqu'on contemple ensemble
Le noir de tes paupières closes.

Et puis il y eut Hélène, cette minuscule merveille bondissante et sombre et heureuse qui, encore impubère, me fit découvrir qu'on pouvait aimer et désirer – et jalouser – toute une vie de ce désir *enivrant* qui fait que notre vie à nous, ayant brusquement cessé d'être notre vie totale, n'étant plus qu'*une petite partie de l'espace étendu devant nous que nous brûlons de couvrir*, nous offre ce prolongement, cette multiplication possible de nous-même, *qui est le bonheur.*

Le malheur est enfin réel : je suis seul, la nuit tombe, j'ai froid, et je regarde une vapeur s'élever de la patte d'un éléphant.

Et puis, en seconde, enfin pubère, il y eut Delphine, qui me sembla convenir si parfaitement à ce que je *devais* aimer (une fille cultivée, politisée, indépendante) ; Delphine que je décidai, comme Juliette ? d'aimer avant que de tomber amoureux. *L'ai-je aimée pour autant ? oui – et non. Oui, oui, oui – et non. Pas tout de suite – et puis désespérément.* Désespérément – et jalousement bien sûr.

J'entre dans l'eau
Rien de plus –
Tout est dit, tout est dieu

Ce n'est pas la première,
Ce n'est pas la dernière
Fois que j'entre comme ça
– Homme et dieu à la fois.

Et puis j'ai aimé Marianne Un, avec qui je fis l'amour pour la première fois et que, bien qu'elle m'eût donné, au début de notre relation, ces preuves qui dispensent souvent, entre deux amants, *à tout jamais d'aimer assez celui qui les reçoit*, j'aimais tout de même parfois, par exemple à Engelberg alors que je me sentais perdu dans son monde alémanique et qu'elle essayait de m'enseigner à skier, avec cette même incertaine et furieuse jalousie.

– Je rentrerai… peut-être… pas dormir.

Je rentrerai… peut-être… pas dormir. Le temps qui avait entouré ce « peut-être » avait été extrêmement long. Il m'avait laissé profiter jusqu'à la dernière goutte de mon malheur.

De Philippine, de Φilippine et Julie, dont j'ai fait un seul Premier Amour et une seule Première Défaite qui occupent un petit millier de pages de ce *Dernier Livre* dont vous tenez le premier chapitre de la dernière partie entre vos mains, il me semble inutile de répéter les centaines de milliers de mots qui, comme ceux-ci qu'elle(s) me di(ren)t, répondant quelques mois plus tard à ceux identiques que je l(e)u(i)(r) avais dit, témoignent, attestent, prouvent, que dis-je ? corroborent ! ratifient ! l'immense, intense et insondable jalousie avec laquelle je les ai aimées.

– Mais les autres ?

Soudain, je lève ma main gauche et je caresse son bras nu. Le contact est doux, étonnamment doux – doux au-delà de la douceur attendue. Soudain, je sens que la douceur du contact n'est pas transmise à mon cerveau seulement par ma main mais également par le bras de Kate. Par le bras de Kate qui est devenu mon bras. Soudain, c'est mon propre bras que je caresse. Soudain, Kate a disparu.

Oui, que dire des autres ? Que dire de Kate que j'aimais en sixième, et qui me fit faire ce rêve étrange, et écrire ces mots étranges ? que dire de cette autre Delphine dont j'ai follement aimé le visage asiatique et silencieux en cinquième ? de Raphaëlle qui me fit comprendre, à Aix pendant des vacances de Pâques, qu'on pouvait aimer une fille comme on aime un lieu ? d'Agnès dont je guettais chaque jour, en quatrième, l'improbable apparition au-dessus de l'escalier qui, passant sous le HLM où elle habitait, permettait d'accéder à la macabre Butte-aux-Cailles ? que dire de Jenny, avec qui, pour la première fois, je jouai à jouer à être une famille ? de Christine, de Christine au regard pétillant, de Christine au goût de bonbon – de Christine qui, à la fin de la troisième, comme j'étais encore un petit vermisseau craintif, ne réussit pas à me faire perdre ma virginité ? que dire de Tina, cette petite galaxie joyeuse qu'à Patmos j'aimai tout un été quand j'avais seize ans seulement parce que je l'avais vue danser sur un petit muret quelques années auparavant ? que dire de Michela, de Marianne Deux et de Marie íDali dont je fus seulement l'amant ?

– Hhhhhumhmumnmouh !… nnffhh ?

Un rugissement de lionne se terminant par un soupir soulagé de petite fille comblée interrompit notre conversation.

Comment chose mortelle
peut-elle être si pure et si belle ?

Marie íDali s'était réveillée et s'étirait interminablement sous notre regard amusé.

Oui, que dire de Marie íDali que j'ai tant aimée à vingt ans d'un amour d'où la jalousie était depuis le premier jour interdite, puisque c'était à un autre, son « vrai » copain, qu'elle était réservée ? Que dire de cette autre généalogie d'amours, de cet *éboulement d'amours* qui m'ont aussi permis *de ne plus m'entendre me taire* et où la jalousie n'existait pas ?

Chaque personne qui nous fait souffrir peut être rattachée par nous à une divinité dont elle n'est qu'un reflet fragmentaire et le dernier degré, divinité (Idée) dont la contemplation nous donne aussitôt de la joie au lieu de la peine que nous avions. Tout l'art de vivre, c'est de ne nous servir des personnes qui nous font souffrir que comme d'un degré permettant d'accéder à leur forme divine et de peupler ainsi joyeusement notre vie de divinités.

Mais je m'égare. Comme toujours lorsque j'écris sur mon passé, *je laisse ma plume me conduire plus que je ne la conduis* et le passé de mon passé me dépiste, m'aveugle, me fourvoie. Et l'éternel projet de tout écrire, le projet d'épuiser la mémoire, dont j'espérais que la matière même se tarirait avec l'âge, trouve d'autres voies, des sentiers qui bifurquent dans la mémoire de la mémoire que sont mes écrits. Oui, à chaque fois que j'entame la rédaction d'un nouveau volume, j'augure, pour moi et pour toi, ô lecteur illusoire ! qu'il sera plus concis que les précédents. Mais à chaque fois qu'il me semble avoir mis la mémoire hors d'haleine, elle retrouve un nouveau souffle, et les souvenirs, les souvenirs de ma vie comme les souvenirs de mes lectures, débordent de toutes parts, et les spirales et les volutes du passé, *des* passés, des passés multiples créés par ma bibliothèque et ma plume, m'aspirent comme des abîmes de fumée – et le silence de l'écriture me démontre qu'il me reste encore tant à écrire.

D'une manière ou d'une autre, il faut que je découvre moi aussi le plus petit élément, la cellule de mon art, le moyen tangible et immatériel de tout écrire. Alors, la conscience claire et forte de l'énorme travail qui m'attendrait me forcerait à m'y atteler ; j'aurais tellement à faire qu'un jour ouvré ressemblerait au suivant, et mon travail serait toujours réussi car, bien que commençant par des choses réalisables et modestes, il serait d'emblée dans le grand. Tout serait soudain très loin, perturbations et voix, et même l'hostile s'intégrerait au travail, de même que les bruits entrent dans le rêve et le font glisser insensiblement vers l'inattendu.

D'une œuvre qui porte une exigence excessive, écrivait Louis-René des Forêts, *on pourrait dire au contraire qu'elle tient dans son échec la condition même de sa réussite.*

Lorsque nous arrivâmes à côté de Juliette, à peine t'eussé-je eu présentée (pourquoi se priver ici de ce passé antérieur surcomposé, proprement inapproprié, que j'eusse eu dû tant surutiliser ailleurs ?), elle te scruta des pieds à la tête, comme si tu eusses eu été la plus étrange des bêtes. Puis elle sourit et nous nous embrassâmes et la politesse et la gentillesse reprirent le dessus sur la curiosité. Comme vous parliez ensemble et que je vous contemplais à mon tour avec ma coutumière, et blessante et douloureuse distance, brusquement, je me souvins des longues disputes que j'avais eues après m'être séparé d'avec Philippine avec Paolo, cet ami ancien qui fut le deuxième des trois êtres (le dernier étant Antoine, que vous avez rencontré à Goult et à Patmos il y a quelques pages et dont je parlerai plus longuement dans le second chapitre de cette dernière partie) qui, ai-je écrit il y a trente ans, *nous sont intimement proches pour des raisons obscures, plus physiques que morales*, ces êtres dont *par amour nous attendons des prouesses que par amitié nous les savons incapables d'accomplir.* « – *L'amour a une tâche divine : affirmer son objet*, avais-je dit à Paolo à l'époque. *L'amour, le vrai amour, ne peut pas s'arrêter.* » Que cette pensée était à présent loin de moi ! Je n'avais pas su aimer Juliette avec l'amitié qu'elle m'inspirait parce que j'étais un piètre amoureux et aussi parce que, au-delà de l'amitié, Juliette voulait – quoi de plus normal ? – de la passion. Saurais-je à présent t'aimer, toi, Marion, avec la frénésie turbulente et la sage gaieté de ces deux sentiments ? La question, à ce moment précis, méritait, ou plutôt : réclamait, réclamait à cor et à cri, une réponse négative. « Non, tu ne sais pas ! Tu n'as jamais su aimer ! Tu es aussi piètre ami que piteux amoureux ! » Ces mots, tu aurais pu me les hurler là, au milieu de cette fête cannoise qui n'avait rien d'une fête. Si tu avais entendu mes pensées, je le sais, tu aurais pu me hurler ces mots, là, devant tout le monde, parce que tu me les as hurlés tant de fois avant et après cette soirée. – Mais, puis-je espérer savoir un jour ? Cet espoir ne m'est-il pas permis puisque j'écris pour comprendre ? puisque j'écris pour apprendre bien plus que pour enseigner ?

Ce sont deux expériences radicalement opposées : dans l'une prime le plaisir de l'aventure, de l'insécurité, de se gagner le pain du jour avec la sueur de chaque front ; dans l'autre, le plaisir de la sécurité, de ce calme, de savoir que le dîner est servi. Ce sont, en tous les cas, des formes de se sentir en relation avec un autre – cet ensemble de subterfuges et d'aspirations que nous appelons amour. Même s'il est clair que les modèles jamais n'apparaissent purs, qu'ils se confondent, se mélangent : ce qui compte, si jamais, ce sont les proportions. Et, peut-être – je pense à présent –, obtenir qu'un amour fonctionne c'est savoir combiner ces proportions. Apprendre, avec le temps – finir d'apprendre quand cela n'a que peu d'importance –, à réussir ce mélange.

Ai-je, avec l'âge, compris qu'il n'est guère important de séparer ces deux formes d'amour mais, comme le conseille mon cousin Mopi dans ses mémoires, de trouver une juste répartition ? Ai-je compris que peut-être ce qui est important ce n'est pas d'aimer d'une façon ou de l'autre mais la proportion de chacune de ces formes dans un seul et même amour ? Ai-je compris que peut-être réussir à ce qu'un amour dure c'est simplement apprendre, à deux, à bien doser la passion et la tendresse, l'amour et l'amitié ?

Si dans ces confessions qui m'occupent depuis trente ans et qui m'occuperont peut-être jusqu'à ma mort tout est vrai et faux à la fois, j'essaie, du mieux que je peux crois-moi, que tout soit sincèrement vrai et sincèrement faux. Je n'ai pas de crime à avouer, ni comme victime, ni comme bourreau. La littérature, malheureusement, n'a jamais été et ne sera jamais pour moi cet exutoire qu'elle est en France chaque mois de septembre, cet abcès crevé par un écrivain et que *ces chacals qui décortiquent le réel, qui dépècent la charogne jetée quotidiennement sur la place publique, qui témoignent, dénoncent, enfoncent les crocs dans la pourriture contemporaine comme si l'abjection de l'existence était une nouveauté* entretiennent ensuite pendant des mois pour favoriser la suppuration des maux de notre « société » comme si c'étaient *les grosses dimensions des phéno-*

mènes sociaux qui étaient une excellente occasion de pénétrer plus avant dans l'âme humaine alors que, au contraire, c'est en descendant en profondeur dans une individualité qu'on a *une chance de comprendre ces phénomènes.* Non, je n'ai pas de crime à avouer : *à défaut de savoir, j'écris.* Je n'ai pas de crime à avouer : j'avoue seulement que j'ai vécu. Je ne suis pas le premier, et je suis loin d'être le seul. Et je ne crois pas à cette idée, un rien postmoderne – ou un rien postmoderne –, qui fait de toute confession une œuvre. J'avoue que je travaille : j'avoue que j'écris, j'avoue que je me relis, j'avoue que je réécris, j'avoue que je me relis encore. Et encore. Et encore. Et que chaque mot choisi à ma dernière relecture, à ma dernière réécriture, a bien plus à voir avec une vérité littéraire, si je puis dire, m'excusant, en même temps, de l'oxymore et du pléonasme, qu'avec une vérité vécue. Je n'ai pas de crime à avouer, ni comme victime ni comme bourreau, j'avoue seulement que j'ai vécu quelques bonheurs et quelques malheurs et, croyant que la pertinence peut produire de la beauté, et convaincu, malgré tout et sans savoir pourquoi, que la beauté peut nous sauver, persuadé *qu'un « je » qui sonne juste peut devenir un « nous » d'une rare puissance*, j'avoue que je n'essaie, parmi les milliers de mots incongrus, que de trouver quelques mots congrus pour le raconter.

J'ai su en cet instant, avec une précision qui n'allait pas sans une sensation de douleur, qu'au cours de toutes les années que j'ai à vivre, celles qui vont venir bientôt et celles qui viendront ensuite, je n'écrirai aucun livre anglais ni latin : et ce, pour une unique raison, d'une bizarrerie si pénible pour moi que je laisse à l'esprit infiniment supérieur qu'est le vôtre le soin de la ranger à sa place dans ce domaine des phénomènes physiques et spirituels qui s'étale harmonieusement devant vous : parce que précisément la langue dans laquelle il me serait donné non seulement d'écrire mais encore de penser n'est ni la latine ni l'anglaise, non plus que l'italienne ou l'espagnole, mais une langue dont pas un seul mot ne m'est connu, une langue dans laquelle les choses muettes me parlent, et dans laquelle peut-être je me justifierai un jour dans ma tombe devant un juge inconnu.

Nous parlions avec Juliette. Nous parlions du film dans lequel elle avait joué et qui justifiait notre présence sur cette plage à cette heure hindoue, et d'autres films que nous avions vus, et de nos enfants, que l'autre, depuis longtemps, n'avait pas vus. Nous parlions de tout et de rien, avec la simplicité et la grandeur qui débordent toujours le

« tout », qui débordent toujours le « rien », lorsque nous perçûmes le petit tintamarre que provoquait l'arrivée dans la fête d'une femme au bras d'un homme célèbre dont nous reconnûmes aussitôt l'*indolente physionomie de cumulus*. C'était Julie. C'étaient Julie et son mari, déjà ancien président de la République. Ils saluaient tous les invités en se frayant lentement un chemin vers nous.

Julie était comme elle est. Comme elle a toujours été. De ce sourire vague que j'avais tant aimé et qui maintenant, similaire au sourire de Madeleine Forestier, me semblait, non pas parce qu'elle avait changé mais parce que je n'étais plus le même, *promettre toujours pour ne jamais tenir*, elle saluait tout le monde, au bras de François Hollande que tout le monde saluait. Ensemble, ils traversaient la soirée. Et Julie souriait à chacun et François souriait à chacune, et la douceur de l'une paraissait toujours dire « Oui, je sais que vous m'aimez », et le regard épicé et malicieux de l'autre paraissait toujours dire cette vérité qu'il disait continuellement depuis qu'il avait quitté sa très-haute fonction : « Je n'ai peut-être pas fait grand-chose, mais j'ai été le seul président honnête depuis si longtemps ! » Bref, Julie et François avançaient comme si la fête fût faite pour eux, c'est-à-dire comme si tout le monde, depuis toujours, les eût tous deux attendus.

La contemplant venir vers nous, je me souvins du jour où elle m'avait appelé pour me dire que son nouvel amour, encore secret, serait le lendemain dévoilé par les médias. C'était un jeudi je crois. Et c'était « ma » semaine : nos enfants, âgés de treize et quatorze ans, étaient chez moi. Julie me demanda de les prévenir. Je leur dis donc que les journaux allaient parler de l'histoire d'amour de leur mère – dont ils étaient au courant depuis longtemps – et que ça allait sans doute faire un peu de bruit, et que ça durerait tout au plus une semaine avant que les journalistes, indignés et paresseux comme toujours, et tous les *lecteurs d'un jour et autres mouches à viande* passassent à autre chose. J'avais tort. Cet événement sans intérêt – sans autre intérêt que l'intérêt intime qu'une femme et un homme trouvent toujours dans une relation amoureuse – occupa les médias, français et étrangers, pendant des mois. Mes enfants n'eurent pas à en souffrir. Le fait qu'ils portassent mon nom de famille suffit à les protéger au collège comme au lycée. Je n'en souffris pas plus moi-même : pourquoi en aurais-je souffert? Mais une suite d'événements fortuits fait que cela m'amuse, aujourd'hui, de me souvenir de cette semaine agitée de ma vie.

Le lendemain du « scandale », un ami de Julie me demanda si j'accepterais d'aller parler d'elle à la radio. Cet ami pensait que j'étais la meilleure personne pour la défendre des propos injurieux de l'ex-compagne de François Hollande qui, furieuse, l'accusait d'être une moins-que-rien et de lui avoir volé son homme – c'est-à-dire de ce dont on l'avait accusée elle-même quelques années plus tôt. Pour tenter de calmer la situation, le lundi matin je crois, j'allai à une radio où je tentai de parler simplement et sincèrement de la mère de mes enfants. Je ne voyais pas, après cette petite intervention médiatique où je ne dis que des banalités, ce qu'on pourrait bien me vouloir de plus. Dans les jours qui suivirent, je reçus quelque quatre-vingts demandes d'interview. Ce fut assez… comment dire ?… ce fut assez cocasse. Il y eut les journaux sérieux, ou qui se croient sérieux, comme *Le Monde*, *Libération*, le *New York Times*, le *Guardian*, *La Repubblica*, *El País*, et les journaux les plus absurdes, comme, j'en souris encore en m'en souvenant, *Olé*, que je lis chaque jour et qui est l'équivalent de *L'Équipe* à Buenos Aires. Il y eut, bien sûr, d'autres demandes grotesques (*Voici*, *Gala*, *France Dimanche*, *Closer*, *Nous deux*, *Télé 7 jours*, le *Midi olympique*) et quelques demandes inévitables (*L'Express*, *Le Nouvel Obs*, *Psychologies Magazine*). Il y eut aussi des demandes gênantes, comme celle de *Paris Match*, dont une journaliste me proposa, avec une simplicité explicite et effrayante, en échange d'un entretien, de faire des critiques positives du livre qu'elle n'avait pas lu que je venais de publier et d'un film qu'elle n'avait pas vu que je venais de réaliser et qui sortait en salle la semaine suivante. Mais la plus grande quantité de demandes d'entretien vint, vous vous en doutez sans doute, de ces magazines qu'on dit féminins et qui si souvent présentent, encore aujourd'hui, de la Femme, la pire image imaginée par l'homme. Il y eut *Elle*, *Marie-Claire*, *Femme actuelle*, *Vogue* et dix autres revues dont j'ai oublié les noms. Un matin, je reçus un coup de fil d'une journaliste de *Grazia*. Je déclinai son offre, raccrochai et reçus aussitôt un autre appel d'une autre journaliste qui se présenta exactement de la même manière. Comme je lui disais que quelqu'un d'autre de *Grazia* m'avait déjà appelé et que je lui avais déjà expliqué que je n'avais plus rien à dire sur ce sujet, elle me dit – avec une incertaine fierté et un bel accent italien – qu'elle, elle travaillait pour « *Grazia Italia* ». Presque exactement avec les mêmes mots, teintés de divers accents, je reçus des appels de *Grazia Espagne*, *Grazia Pologne*, *Grazia Brésil* et, pour finir, *Grazia Corée du Sud*. Bref, les seuls grands médias qui eurent la politesse de ne point me contacter furent *La Vie du rail*, *Le Chasseur français*, *La Gazette de l'hôtel Drouot* et *Picsou Magazine*.

Si l'on considère qu'aujourd'hui encore tous les grands événements se glissent furtive-

ment et comme voilés sur la scène du monde, qu'ils sont cachés par des faits insignifiants à côté desquels ils paraissent mesquins, que leurs effets profonds ne font trembler le sol que longtemps après s'être produits, – quelle importance peut-on alors accorder à la presse, telle qu'elle existe aujourd'hui, avec sa quotidienne dépense de poumons pour crier, étourdir, exciter, effrayer ? La presse est-elle autre chose qu'un bruit aveugle, qu'une fausse alerte permanente qui détourne les oreilles et les sens dans la mauvaise direction ?

Si elle est étrange cette capacité qu'ont les *esclaves du papier quotidien*, les *brigands semi-cultivés*, les *superflus toujours malades qui vomissent leur bile et la nomment gazette* lorsque survient un événement important – important pour tout un pays, important pour l'humanité tout entière –, à s'offusquer, à s'indigner au plus haut point, avant de l'oublier le lendemain pour passer à autre chose, que dire de cette autre faculté qu'ils possèdent, alors qu'un événement est aussi anodin que la découverte d'un amour clandestin, de s'en occuper pendant des mois ?

J'écrivais que mes enfants ni moi n'eûmes à souffrir de cette affaire. Il y eut toutefois, parmi nous si je puis dire, une véritable et innocente victime collatérale de ce scandale. Les journaux les plus sérieux – *Mediapart* surtout –, pour justifier à leurs propres yeux la nécessité de continuer à écrire sur cet événement sans intérêt, découvrirent que le studio où se retrouvaient Julie et François Hollande était prêté par une femme dont l'ex-mari avait lui-même prêté innocemment son nom à un cercle de jeux qui appartenait à la mafia corse. Cette femme, Emmanuelle, et cet homme, François, nous les avions rencontrés, Julie et moi, parce qu'ils étaient les parents d'Enzo, le meilleur ami de notre fils cadet lorsqu'ils avaient six ans. Portant, le plus naturellement et le plus malencontreusement du monde, le nom de famille de son père, synonyme médiatique pendant une semaine de « mafieux corse », le petit Enzo fut, comme on dit aujourd'hui, « harcelé » au collège alors qu'il n'avait rien à voir avec toute cette désolante et insignifiante affaire.

En relisant un article du *Monde* paru au moment des faits, bien que je susse déjà qu'*on lit les journaux comme on aime, un bandeau sur les yeux*, qu'on *ne cherche pas à comprendre les faits* mais qu'on écoute simplement *les douces paroles du rédacteur en chef comme on écoute les paroles de sa maîtresse*, j'ai été surpris par cet acharnement si flagrant à vouloir croire que tout ça avait une quelconque importance. L'article, reconnaissant à demi-mots que la piste de la mafia corse ne menait nulle part, remarquait tout de même que Nicolas Sarkozy, lorsqu'il était président, avait été mieux protégé que François Hollande. Pour critiquer la sécurité de l'alors actuel président, l'article citait les noms des principaux responsables de la sécurité de l'ancien : presque tous sont aujourd'hui reconnus coupables de divers délits.

Je ne demande pas à tous les *scribouillards et les braillards qui font de l'esprit un calembour*, à tous ces *instituteurs d'un jour qui éructent la lavasse verbeuse et répugnante* de prendre leurs plumes pour des pistolets, de les tourner vers leur nombril et de tirer. Mais n'est-il pas singulier qu'écrivant sur tant de sujets les journalistes aient tant négligé de réfléchir aux critiques que certains petits auteurs, comme Nietzsche ou Schopenhauer, leur ont adressées il y a déjà tant d'années ?

> *J'ai réfléchi aujourd'hui au genre de prose qui est la mienne. En somme, comment est-ce que j'écris ? J'ai eu, comme bien d'autres, le désir perverti de posséder un système et des normes. Certes, j'ai écrit bien avant d'avoir l'un ou l'autre ; mais, en cela non plus, je ne diffère guère des autres.*
>
> *M'analysant cet après-midi, je m'aperçois que mon système stylistique repose sur*

deux principes, et tout aussitôt, à la manière de nos bons classiques, j'érige ces deux principes en règles fondamentales de tout art d'écrire : dire ce que l'on éprouve exactement comme on l'éprouve – clairement si c'est clair; obscurément si c'est obscur; confusément si c'est confus; et bien comprendre que la grammaire n'est jamais qu'un outil, et non pas une loi.

Supposons que je voie devant moi une jeune fille à l'allure masculine. Un être humain ordinaire dira simplement : « Cette jeune fille a l'air d'un garçon. » Un autre être humain, tout aussi ordinaire, mais déjà plus conscient du fait que parler, c'est dire, dira d'elle : « Cette jeune fille est un garçon. » Un autre encore, tout aussi conscient des devoirs de l'expression, mais poussé davantage encore par l'amour de la concision, cette vigueur de la pensée, dira d'elle : « Ce garçon. » Quant à moi, je dirai : « Cette garçon », violant la règle de grammaire la plus élémentaire, qui exige que s'accordent en genre et en nombre le substantif et l'adjectif. Et j'aurai fort bien dit; j'aurai parlé dans l'absolu, photographiquement, loin de la platitude, de la norme, du quotidien. Aussi n'aurai-je pas parlé : j'aurai dit.

Quelques jours plus tard, une nouvelle petite infamie médiatique me fit voir d'encore plus loin la désolation publique dans laquelle était tombée ma vie. Le livre que je venais de publier, celui qui faillit avoir une critique positive dans *Paris Match*, avait été écrit en 2010, c'est-à-dire non seulement bien avant que Julie ne rencontrât François Hollande mais avant même qu'il ne devînt président. Il racontait comment, encore quelques années plus tôt, en 2003, comme je l'ai déjà dit, elle était tombée amoureuse d'un comédien avec lequel elle travaillait alors que nous étions encore mariés – alors que je l'aimais encore ; alors que, peut-être, elle m'aimait encore. Son amour pour ce comédien, bien qu'il fût éphémère, avait été aussi fort et sincère qu'avait été son amour pour moi. Et c'est cela qui m'avait fait tant souffrir, et c'est cela qui m'avait fait l'écrire. Lorsque j'avais donné le manuscrit à Paul, je lui avais demandé, le plus sérieusement du monde, s'il pourrait n'en imprimer que trois exemplaires : un pour lui, un pour Julie et un pour moi. Le plus sérieusement du monde, il refusa. Au moment de la parution, au mois de janvier 2014, des journalistes, omettant mille précisions qui attestaient de l'impossibilité que le comédien dont je disais que Julie avait été amoureuse fût François Hollande, voulurent lire, dans le simple fait qu'il fût comédien, que cela prouvait, métaphoriquement, que c'était bien lui. Alors que mon éditeur comme moi-même gardions un silence malaisé sur ces suppositions, un critique littéraire (ou simplement, devrais-je dire, car cela existe malgré tout, un bon journaliste) prit la défense de ce petit livre, s'offusquant qu'il fût « déchiffré à travers les lunettes grotesques de la pipolerie ». Énervé, cet homme qu'à l'époque je ne connaissais pas, eut des mots qui me semblèrent très justes – et que je devais, à ma manière, répéter souvent : « Dans un roman tout est vrai. Et tout est faux. Ça dépend comment on l'écrit. »

On ment plus qu'il ne faut
par manque de fantaisie :
la vérité s'invente aussi.

Citons Machado. Citons encore Machado que j'ai déjà tant cité et crions le aussi en allemand :

Magnanima menzogna! ov' or' è il vero
Si bello, che si possa a te preporre?

et laissons enfin de côté toute cette hollandaise affaire dont, par Toutatis ! je n'aurais jamais dû parler.

INFORMÉ DU PASSÉ, LE PRÉSENT AGIT AVEC PRUDENCE
DE PEUR QU'IL N'AIT À ROUGIR DE L'ACTION FUTURE

Comme je me détournais de ces souvenirs et que je te regardais discuter avec Julie et Juliette, je ne pus m'empêcher de penser à l'harmonie des *Trois Grâces* de Baldung que j'avais admirée quelques mois plus tôt à Madrid. Puis, par je ne sais quelle licence, ou quelle obligation, mes pensées s'en allèrent vers les six figures de l'*Allégorie du Temps* du Titien, dont adolescent j'avais lu avec ferveur et dévotion l'analyse de Panofsky ; et, virevoltant de-ci de-là dans la mémoire, elles finirent par se poser sur *Les Trois Âges de l'homme* que nous avions contemplé ensemble quelques mois plus tôt à Édimbourg. Dans sa profondeur, Juliette avait quelque chose du vieillard qui, plus que réfléchir comme Hamlet, paraît bercer ou chérir ses deux crânes ; Julie, délicate et hésitante, s'était tournée vers François Hollande avec son regard éternellement humide et humidement amoureux comme la jeune fille du tableau ; et toi, présente et absente, et vivante, terriblement vivante, vivante de cette beauté qui excède tous les âges, tu avais quelque chose des petits enfants qui jouent, dorment et se câlinent comme si le temps n'existait pas. Je vous contemplais et je pensais au Titien et je pensais aussi aux *Trois Âges* de Munch et à celui de Klimt, et je me demandai de quelle insuffisance souffrait mon regard pour voir Julie que j'avais tant aimée et Juliette que je n'avais pas réussi à aimer mais que j'avais aimée quand même, et toi, Marion, mon vrai amour, comme si vous fussiez toutes trois figées dans le temps. Mon écriture devait-elle pallier l'impuissance de mon regard ? Je pensais à Klimt, à Munch, au Titien, lorsque, brutalement si je puis dire, mc revint à l'esprit une autre représentation des trois âges, celle de Baldung justement, qui, au Prado, réverbère ses *Trois Grâces*. Je te regardais, et je regardais Julie, et je regardais Juliette : me fallait-il chercher la Mort pour compléter le tableau ?

Perdu dans ces pensées, alors que mes yeux avaient abandonné Julie et Juliette pour ne contempler que toi, pour te regarder parler et sourire avec cette simplicité que j'ignorais, cette simplicité sublime qui m'échappait, qui me fuyait, et qui, comprenais-je chaque jour davantage, parce qu'elle me dévoilait inévitablement combien j'étais incapable d'être là, présent, en même temps m'effrayait et me fascinait, quelqu'un est apparu derrière moi. Je pourrais dire que j'ai ressenti cette forme particulière de présence qui s'exprime par toutes ces forces innommables – ondes ? vibrations ? télépathie ? magnétisme ? – qui nous font parfois croire en quelque chose qu'on pourrait nommer Dieu ; mais non : c'est à l'air surpris et amusé que prit ton visage que je compris que quelqu'un s'était approché dans mon dos pour me saluer. Je me tournai et vis une femme d'un certain âge. *Une seconde je me demandai qui me disait bonjour* : c'était Philippine.

Par la grâce des séries, cette nouvelle forme audiovisuelle qui peu à peu prenait la place de ce qu'avait été, pendant une petite centaine d'années, le cinéma, elle connaissait, âgée, ce succès – honteux comme tout succès – dont elle avait rêvé pendant toute sa jeunesse. Ironie du sort, comme on dit. Triste, cruelle, ironie du sort. La femme que j'avais écrit avoir le plus aimée était là, faisant face aux deux femmes que j'avais le plus aimées et à la femme que j'aimais le plus. Si Juliette, Julie et toi m'aviez fait penser à Baldung, au Titien, à Klimt et à Munch, en regardant Philippine, je songeai au *Col tempo* du Giorgione, que j'avais admiré mille fois à Venise dans cette salle magique de l'Accademia où il côtoyait les plus belles madones de Bellini.

Après m'avoir salué, Philippine embrassa Juliette et Julie puis elle t'embrassa. Tendrement, posément, elle vous embrassa l'une après l'autre. Puis, le regard triste, *avec une moue de femme vain-*

cue, s'excusant de devoir rejoindre une amie, elle s'éloigna et disparut dans la foule.

¡Mentira! ¡Mentira!
Yo quise decirle
Las horas que pasan
Ya no vuelven más…

Mensonges! mensonges! j'ai voulu lui dire, les heures qui passent, ne reviennent jamais… Comme dans ce tango que j'écoutais en boucle quarante ans plus tôt enfermé dans mon studio de l'île Saint-Louis, je la regardai s'en aller lentement. J'aurais voulu lui dire que je me souvenais encore du goût de cette tartine au miel qu'elle m'avait fait goûter quarante ans plus tôt, j'aurais voulu lui dire que je me souvenais de sa chemise de nuit en pilou à petits carreaux gris et bleus, j'aurais voulu lui dire que je me souvenais de la rue du Sommerard, du lycée Fénelon, de la Pâtisserie viennoise, j'aurais voulu lui dire que je me souvenais de la rue du Regard et du jardin du musée Rodin, j'aurais voulu lui dire que je me souvenais de Rome, de Venise, de Cetona, j'aurais voulu lui dire que je me souvenais de ce restaurant vietnamien où nous avions dîné juste avant qu'elle me quitte, j'aurais voulu lui dire que je me souvenais de chaque endroit où nous nous étions aimés et aussi de la *tristesse hirsute* de Rio, de l'immensité du

Cabo Polonio et de tous ces autres lieux où j'avais cherché en vain à l'oublier pendant les cinq interminables années de la première défaite – j'aurais voulu lui dire que je n'avais jamais oublié les enfants que nous n'avions pas eus. Mais je ne pouvais rien lui dire, car tout aurait été faux puisqu'elle n'était plus pour moi qu'un amour passé, perdu, gommé par les autres femmes que j'avais aimées après elle et, surtout, par les mille et quelques pages que j'avais écrites pour raconter notre amour. Je ne pouvais rien lui dire parce que l'amour général, abstrait, éprouvé non seulement pour toutes les femmes que j'ai connues mais aussi pour les villes, les tableaux, les poèmes et les milliers de lieux qu'elles m'avaient fait aimer l'avait déjà effacée.

Se fue en silencio,
Sin un reproche,
Busqué un espejo
Y me quise mirar…

Comme dans le tango, je la regardai lentement s'en aller et cherchai aussitôt un miroir pour me regarder moi-même. Une vitre obscure qui donnait sur la plage me permit d'observer mon reflet. *Col tempo. La Vieille.* Ou *Le Vieux.* Il y avait sur mon front, *grimé par l'ombre du crépuscule*, tant d'hivers qu'en me voyant, elle aussi sans doute, elle eut pitié.

Y así mi cariño
Al tuyo enlazado
Es solo un fantasma
Del viejo pasado
Que ya no se puede
Resucitar.

Et ainsi ma tendresse, à la tienne enlacée, est seulement un fantôme, du vieux passé, qu'on ne peut plus ressusciter. Oui, le temps passé ne revient jamais. Même en écrivant, *on ne peut pas le ressusciter.*

Seul au milieu de la foule, perdu au cœur de la fête, mort au milieu des vivants, je regardai encore mon reflet sur cette vitre sombre qui donnait sur la mer. Par à-coups, une vague plus puissante moussait mon visage de sa moutonnante écume blanche. *Écume de lune. Sa crinière écume-de-lune, ses prunelles étoiles. Houyhnhnm, homme à naseaux. Têtes chevalines, Temple, Buck Mulligan.* Écume de lune. C'est ainsi que tout avait commencé : par ce scénario écrit pour la reconquérir. Par ce scénario dont j'avais volé le titre à Joyce.

On ne possède éternellement que ce qu'on a perdu.

Par ce scénario qui portait cette phrase d'Ibsen en exergue. Comment avais-je pu décider d'abandonner la poésie et d'écrire un projet de film pour reconquérir Philippine ? Pourquoi avais-je détourné l'écriture de sa misérable tâche solitaire, de sa magnifique tâche solitaire, pour jouer avec elle ? pour faire semblant de vivre, pour faire semblant d'aimer ? Le point de départ de ce long détour qu'avait été le cinéma dans ma vie s'achevait. *Le retour est un instant toujours lointain.* C'est par cette phrase qu'allait, qu'avait, commencer, commencé, mon interminable projet littéraire. *Le retour est un instant toujours lointain.* Oui, comme le temps, comme nous-mêmes, tout, toujours, s'éloigne de nous. De chacun. De tous. *Il n'y a pas de ligne droite, ni dans les choses ni dans le langage.* Nous sommes, inévitablement, les Abandonnés.

Le temps passé ne revient jamais, on ne peut pas le ressusciter. Pourtant, lorsqu'on écrit, il recommence toujours. Et il peut devenir aussi vivant que le futur, car mémoire et espoir sont une seule et même chose lorsqu'on croit au présent.

> *De moi – par ce privilège qui ne dure pas et où nous avons, pendant le court instant du retour, la faculté d'assister brusquement à notre propre absence – il n'y avait là que le témoin, l'observateur, en chapeau et manteau de voyage, l'étranger qui n'est pas de la maison, le photographe qui vient prendre un cliché des lieux qu'on ne reverra plus.*

Je me tournai vers Julie, Juliette et toi. Vous aviez été rejointes par François qui, ayant trouvé un sujet de conversation que j'ignorais, vous faisait rire. Vous étiez plus vivantes que jamais. *« Saisis-moi au passage si tu en as la force et tâche à résoudre l'énigme de bonheur que je te propose. »* Je regardai une dernière fois mon reflet. Ce que j'avais à écrire, ce que j'avais rêvé d'écrire à vingt ans, lisant Proust pour la première fois, ce que j'écrivais déjà depuis de longues années, ce qui était ma vie, ma seule vie, vécue, écrite, à vivre, à écrire, était là, derrière moi, tout à la fois à portée de ma main et insaisissable comme un rideau de fumée – derrière moi, et s'ouvrant devant moi comme une fin possible : comme le début de ce cheminement vers la parole qui ne peut être, aussi, que la fin du chemin et couvrant mon dos comme un lourd manteau d'anciens rêves irréalisés. J'écrivais. J'avais écrit. J'avais déjà tant écrit sur moi-même ! Mais, lecteur avide, ayant à ma manière fait le tour de la *Recherche*, n'étais-je pas comparable à *ce renard qui rentre dans sa cage après l'avoir brisée* ? La fin de l'écriture de mon seul projet littéraire pouvait-elle être une solution, comme elle le fut pour Proust, puisque *personne ne peut retirer à l'autre son mourir*, ou me ferait-elle simplement, comme le craignait Wilde, *passer d'une prison à une autre* ?

Lentement, je m'éloignai d'elle, ou de moi, faisant les quelques pas qui me séparaient de la grève.

La mer et la mort se ressemblent. Dans ces mots, que j'avais écrits il y a des siècles, se cachait une vérité qui me parut tout à coup incontestable. La mer et la mort se ressemblent tant.

– Santi…

J'entendis derrière moi, une voix brouillée par la musique.

– Santi !

Quelle était cette voix? J'avais envie de me laisser tomber sur les genoux dans le sable comme Marcello à la fin de *La dolce vita* ou de pénétrer dans les flots pour « aller en Chine » comme Richard Burton dans *La Nuit de l'Iguane.* La mer, la mort. La mémoire. La mermortmémoire.

– ¡Santi !

Quelle était cette voix ? « Santi ! » ou « ¡Santi ! » ? La mer ? Ou la mère ? *Ha ! très grand arbre du langage peuplé d'oracles, de maximes et murmurant murmures d'aveugle-né dans les quinconces du savoir…* Face à la mer sombre, j'étais à nouveau le petit enfant rêveur que j'avais été à Montevideo, perdu dans la frondaison foisonnante de son gomero qui, comme le figuier, *pleurait des larmes de lait* ; ce petit enfant qu'on appelait pour qu'il vînt dîner – ou pour qu'il cessât d'écrire et de rêver. Et j'étais aussi cet enfant désolé face aux dunes et à l'océan infini à l'est de Punta del Este. Et aussi cet adolescent qui, les yeux fermés, main dans la main avec son frère aîné, courait au milieu des sables mouvants du Mont-Saint-Michel peu après le second exil. Et cet adolescent encore, à peine pubère, se caressant dans la mer calme à Psiliamos puis contemplant l'infinité de minuscules épinochettes qui, surgies de nulle part, venaient picorer sa blanche sécrétion. Et aussi ce petit homme perdu après avoir fait l'amour pour la première fois que son frère, encore ! avait fini par prendre par la main pour rejoindre des amis dans l'eau. *Words, words, words...* Entre chaque vague, une nouvelle pensée, une nouvelle phrase, lue, rêvée, écrite, à écrire, dite, indicible, jouait avec le va-et-vient immémorial de la mer.

– Santi !

Je ne savais pas qui m'appelait. Ma mère ? Juliette ? Julie ? Philippine ? *Peut-être toutes les femmes.* Des larmes, des larmes d'espoir, de désespoir, des larmes de joie, des larmes de lait, des larmes d'effroi, coulaient sur mes joues.

– Santi !

Je ne savais pas qui m'appelait, mais je sais qu'une seule femme me prit doucement la main : Toi. La mermortmémoire était là, devant moi, plus sombre que jamais, plus pleine que jamais, plus attirante que jamais – plus morte que jamais.

– Tu viens ?

La mort à mes pieds léchait mes chaussures glacées. Et la vie, la vie vivante crépitait dans mon dos comme un immense feu d'artifice, un feu d'artifice dont tu étais, par ta beauté, par ta beauté propre, par ta beauté de laquelle était absent tout le grotesque spectacle du cinéma, du festival, la promesse d'un bouquet final.

Aller ? Ne pas aller ? Plonger ? Ne pas plonger ? Écrire ? Ne pas écrire ? Vivre ? Mourir ? Tu ne m'as pas laissé le choix. Tu m'as tiré par la main, et j'ai fait un pas en arrière. L'envie de mourir était si claire, si lumineuse, si prometteuse, si vigoureuse. Et j'étais si fatigué. J'étais si mort. J'étais si mort et, comme la promesse de mort de la mer – tu étais si vivace, si vitale, si vivante.

Ma main dans ta main, je levai mes yeux sur ton visage. *To sleep, no more…* Oui, l'envie de mourir était si lumineuse, mais il y avait encore plus de lumière dans ton regard.

Tu m'as tiré par la main. Comme mon frère à Psiliamos quarante ans plus tôt, tu m'as tiré par la main. Tu m'as tiré par la main comme si nous allions faire l'amour pour la première fois. Je savais que jamais tu ne saurais la portée, la grandeur et la gravité de ce geste minuscule.

Les premières fois ont un goût de miel et de piment : bien plus que la fleur d'oranger, elles sentent l'eau de rose, et le parfum, doux et acide à la fois, des magnolias. Les pre-

mières fois sont fermes, et un rien rugueuses. Le plus souvent, elles adviennent au crépuscule du jour ou à celui de la nuit.

Pourquoi vivre ? Pourquoi mourir ? Pourquoi séparer la vie et la mort ? Enfant, je me souvenais d'avoir songé que si je croyais vraiment que la mort était possible, je ne pourrais plus vivre : pourquoi vivre si on sait vraiment qu'on va mourir ? Pourquoi le moindre être humain incapable comme moi – comme nous tous ? – de vivre sans se sentir écartelé entre l'instant et l'éternité, entre la conviction qu'il est tout et la certitude qu'il n'est rien, confierait-il son sort à des jours qui, un jour, doivent s'arrêter ?

Je te regardais et, un instant, je me demandai pourquoi on était là. Qu'était-on venus faire parmi cette infinité de punaises coquettes *qui mettaient leur ambition à sentir l'infini au point que l'infini se mettait à sentir la punaise* ? Tu avais voulu aller à Cannes. Tu avais voulu savoir « comment c'était ». Si ce n'est saine, compréhensible curiosité. Mais pourquoi avais-je accepté de t'y emmener ? J'étais vieux, défait, déclassé, convaincu d'avoir perdu ma place et mes privilèges, heureusement oublié des médias et malheureusement oublié de mes anciens camarades de cinéma. Peut-être avais-je songé que la fraîcheur de ton regard sur ce monde flétri pourrait le raviver à mes propres yeux. Et me revivifier peut-être aussi. Ta jeunesse, comme toute jeunesse, accomplissait depuis que je t'avais rencontrée cette double tâche : me donner l'illusion que j'étais de nouveau jeune, me confirmer que j'étais terriblement vieux. Je te regardai encore. Puis je me tournai de nouveau vers la mer. Les vagues allaient et venaient devant moi. Elles venaient comme elles viennent toujours, hurlant : « *Words, words, words !* » et se retiraient comme toujours elles se retirent, en murmurant : « *To sleep, no more…* »; et entre deux vagues, comme toujours, si on tendait une oreille attentive, on entendait les sirènes susurrer : « *The rest… is silence.* »

Tu as tiré de nouveau sur ma main. Plus fort. Et, docile, je t'ai suivi. On a bu. On a dansé. On a bu encore. On a dansé encore. On a dansé comme jamais je n'avais dansé. En dansant, à un certain moment, j'ai vu Julien qui me regardait et qui acquiesçait, son magnifique sourire de Gatsby aux lèvres. L'intelligence de son regard surnageait dans la fête. Elle flottait, survivant difficilement, vaillamment, dans le bruit tonitruant de la musique et des voix et des cris. Elle semblait me dire : « Enfin ! »

Au temps des ténèbres
Chantera-t-on encore ?

Oui, on chantera :
Le chant des ténèbres.

Y a-t-il jamais eu de la place, dans une fête, pour un peu d'intelligence ? Peut-il y avoir un peu de sagesse dans l'euphorie, un peu de discernement dans l'excitation ? Se pourrait-il que le paradis soit ce lieu qu'a visité Swedenborg où les anges discutent de théologie et où tous les plaisirs, ceux de la chair comme ceux de l'esprit, sont plus vivaces qu'ici ? Mes pensées, sans que mon corps cessât de se plier au rythme de la techno, revenaient à mes vieilles obsessions intellectuelles : l'indifférence entre Apollon et Dionysos, les êtres hybrides, la naissance de l'écriture, le silence de la peinture, les mots et les choses, l'espace et le temps, la double nature des Centaures, *cette aube de nous-mêmes au-dessus du néant*. Je dansais et je regardais en même temps. *Parler c'est ne pas être, se taire, ne pas exister.* Avais-je raison ? avais-je tort de tenter d'être vivant et mort à la fois ? N'était-ce pas là la seule vie possible pour que ma vie fût à moi ? Vivre et réfléchir ensemble. Vivre un peu. Réfléchir un peu. Comment avais-je pu ne pas le comprendre plus tôt ? J'avais vu *La dolce vita* des dizaines de fois, des dizaines de fois j'avais regardé Marcello se perdre dans la frivolité et Steiner mourir de son intelligence. Et j'avais déjà lu Hölderlin et Nietzsche.

Oui, j'aurais dû le comprendre plus tôt : l'excès de culture mène au suicide ou à la folie ; l'excès de désinvolture à cet autre suicide qui nous fait céder au Ils, au On – cet autre suicide qu'est la perte de soi. Je fermai les yeux. Je dansais encore. Parfois, comme un éclair, j'entrouvrais les yeux et je t'apercevais, dansant dans les éclats de lumière. Tu étais heureuse, si heureuse.

Où donc est Dieu, même s'il n'existe
pas ? Je voudrais prier et pleurer, me repentir
de crimes que je n'ai pas commis, et savourer
le pardon comme une caresse…

La pauvre, me suis-je dit. Oui, j'avoue, je t'avoue, Marion, mon amour, qu'en te regardant j'eus pitié : tu étais si jeune, si vivante, si heureuse – et j'étais si ruiné. Tu m'as vu te regarder et, radieuse malgré mon air maussade, tu m'as souri. Si vieux, étais-je enfin, grâce à toi, fidèle à moi-même ?

– *Oh Jeanne ! Pour aller jusqu'à toi, quel drôle de chemin il m'a fallu prendre !*

Cette réplique qui trottait dans ma tête telle une petite jument sauvage depuis que nous étions descendus du train à la gare de Cannes, je la comprenais enfin. Oui, il m'avait fallu faire ce chemin, ce détour, ce détour fait de mille détours qu'avait été le cinéma dans ma vie pour te trouver. Oui, te trouver sans avoir fait ce détour aurait été inutile. Le détour était nécessaire. Les détours sont toujours nécessaires. Qu'on les nomme *comptoirs phéniciens*, *cités égyptiennes*, *labyrinthe* ou λόγος, il faut jouir des détours : ce sont eux les chemins qui nous conduisent au cœur de ce qu'ils tiennent à distance. Il m'avait fallu faire ce détour pour te trouver comme il m'avait fallu tout ce temps perdu pour commencer à me trouver moi-même. Tout ce temps que j'avais perdu à Cannes n'était pas *une face nocturne* de mon être. J'étais devenu un autre, un étranger à mes propres yeux, mais je n'avais, comprenais-je enfin, que des raisons futures de m'émerveiller de cette perte. Pourquoi ? Parce que si persévérer en son être est un beau programme, conquérir, ou plutôt reconquérir, se lancer à la reconquête de son être après avoir compris qu'on l'a perdu, est un projet encore plus beau. Seul le temps perdu permet d'un jour commencer à le chercher ; seul le temps perdu permet d'espérer un jour un temps retrouvé. L'opposition de ces deux temps est décisive, comme le choix du couple Apollon-Dionysos, *mais leur opposition est trompeuse.* Je m'étais perdu à Cannes dans la fureur, l'exaltation et l'ivresse de Dionysos ; je devais maintenant me retrouver dans l'écriture – c'est-à-dire dans la fureur, l'exaltation et l'ivresse d'Apollon. J'avais dû me perdre pour me retrouver là, enfermé dans ma prison de silence littéraire, dans cette prison où, par l'écriture, j'avais choisi de me cloîtrer, où j'avais choisi de me tenir prisonnier bien au-delà de la réclusion à laquelle le monde m'avait condamné depuis ma naissance en m'imposant d'être un enfant laconique, un jeune garçon aphone, un adolescent taciturne, un adulte coi, – j'avais dû me perdre pour me chercher, et j'avais dû me chercher pour te trouver. Ou peut-être avais-je dû m'enfermer pour que tu me trouves. De derrière les barreaux de mon écriture, en tout cas, de derrière les barreaux de mes livres, de derrière les barreaux de l'absurde reconnaissance qu'ils m'avaient procurée, je t'avais vue ; et j'avais compris que tu étais mon salut. J'avais compris ce que tu étais pour moi. Il me restait une vie pour comprendre ce que tu étais, et ce que moi-même je pouvais être, *pour toi*.

Pour une fois, nous sommes restés jusqu'à la fin. Nous avons laissé le passé s'en aller. Nous avons laissé Juliette, Julie et Philippine partir, tels ces fantômes qui se retirent et, encore plus fantomatiques, finissent par ne plus tourmenter que de leur absence la maison qu'ils étaient supposés hanter.

Nous sommes allés à une autre fête, puis une autre, puis encore une autre, une dernière fête sur une terrasse qui dominait la ville et la mer. Et nous avons dansé. Nous avons dansé, tous deux, ensemble, comme si nous n'étions plus des créatures aptères *qui ne peuvent s'affranchir de leur lourde nature*, mais ces êtres ailés que nous n'aurions jamais dû cesser d'être. Et à l'aube, comme la musique s'arrêtait, de *cette immense terrasse d'Elsinore*, j'ai levé les yeux une dernière fois sur mes *millions de spectres* et la baie de Cannes et les vestiges de la nuit. Si le cinéma – tout le cinéma – n'était pas déjà mort, il était évident qu'il vivait la fin de cette longue agonie commencée avec la blessure que la télévision lui avait infligée un siècle plus tôt et qui, bien qu'elle ne lui eût pas été alors fatale, grâce à Internet, finissait par mortellement meurtrir sa chair de lumière.

La fête était finie. La nuit était morte. Tout semblait s'en aller. Comme dans *La Vierge au voile* de Sebastiano del Piombo, le sommeil d'un enfant avait endormi le monde. Lentement, je baissai les yeux vers la mer. Elle était encore sombre. Lentement, je levai les yeux vers le ciel : il était déjà clair.

Pour comprendre, je me suis détruit.
Comprendre, c'est oublier d'aimer.

Cannes et l'écriture. Cannes et la mer. Cannes et Paris. Cannes et Patmos. Ma vie tenait à peu de chose. Avoir lu Proust à vingt ans avait sans doute fait que tout au long de mon existence le temps perdu et le temps retrouvé avaient fini par s'emmêler : j'avais lu, écrit et vécu *en même temps*.

Cannes et l'écriture. Cannes et la mer. Cannes et Paris. Cannes et Patmos. Et toi. Toi et moi. Pendant des décennies, j'avais lu, écrit, vécu – mais j'avais continué de garder ma douloureuse distance d'enfant avec toute chose ; cette distance déchirante d'exilé, de déterré, qu'il m'avait fallu essayer de combler, jour après jour, avec une nouvelle terre : la terre des mots. Mais si j'avais cru trouver une nouvelle terre avec l'écriture, je m'en étais finalement si bien recouvert que j'étais enseveli. Ce n'est qu'en finissant définitivement d'écrire – pour toi – que je pourrais trouver, je le comprenais là, enfin, ce qui depuis toujours, dans mes livres, dans les livres des autres, dans les autres femmes aimées, m'avait inévitablement manqué : non pas mon Temps, mais mon Espace retrouvé.

> *Ne T'es-Tu jamais dit, pensivement,*
> *CELA EST insoucieux en cet instant de savoir*
> *si un homme était là, ou une fleur, ou un*
> *grain de sable ?*

J'étais toujours seul face à la ville et à la mer. Mais tu n'as guère tardé à venir à mes côtés. L'aube, l'aube que je souffrais tant les rares fois où un imprévu m'empêchait, à Paris, de pouvoir la contempler, – l'aube, ce jour-là, nous en avons profité ensemble. Nous avons regardé ensemble le soleil très lentement se lever. Nous l'avons contemplé d'un seul regard poser ses premières aquarelles sur les nuages clairsemés.

Pour que soit ce qui est

Comme le jour renaissait, comme la mer devenait aussi lucide que le ciel, je crus enfin comprendre cette phrase de Valéry qui m'éblouissait depuis tant d'années et autour de laquelle j'avais entortillé tant de mots. Tu m'en voulais tellement de n'avoir pas su t'aimer tout de suite comme j'aurais dû ! Et depuis longtemps déjà, je savais combien tu avais raison ; depuis longtemps déjà, je comprenais ta souffrance. Mais, la comprenant, je m'étais encore considéré impuissant face à elle. Je ne sais pas si pendant ces décennies passées à aimer et à faire du cinéma j'avais appris grand-chose ; pas plus que je ne sais si pendant ces décennies passées à écrire ce que j'avais ou n'avais pas appris, j'avais fini par comprendre grand-chose au cinéma, à l'écriture, à l'amour. Mais toi, je le savais, là, enfin, en ce matin clair, j'apprenais à t'aimer. J'apprenais à t'aimer comme on apprend à aimer la réalité ; comme on apprend à aimer quelqu'un qui, finalement, *est* notre genre. Ça n'avait pas, jusque-là, suffi à te rendre heureuse. Mais là, devant la mer et le ciel enfin clairs, ta main dans ma main, ma main dans ta main, j'ai su que c'était tout simplement toi qui étais *ce qui est*. – Et qu'au-delà de mon éternel projet d'écriture, dont la fin enfin me semblait possible, il ne me restait plus qu'à t'affirmer.

Le Dernier Livre

Première partie : *Une enfance laconique*

Chapitre 1 : *Le Premier Cauchemar*
Chapitre 2 : *La Première Lettre*

Deuxième partie : *Une jeunesse aphone*

Chapitre 1 : *Le Premier Exil*
Chapitre 2 : *Les Premiers Arrangements*

Troisième partie : *Une adolescence taciturne*

Chapitre 1 : *Le Second Exil*
Chapitre 2 : *Les Premières Fois*

Quatrième partie : *Une maturité coite*

Chapitre 1 : *Le Premier Amour*
Chapitre 2 : *La Première Défaite*

Cinquième partie : *Une vieillesse discrète ou La Sixième Partie*

Chapitre 1 : *Le Festival de Cannes ou Le Temps perdu*
Chapitre 2 : *Patmos ou L'Espace retrouvé*

Appendices

1978
2003, paru sous le titre *Des jours que je n'ai pas oubliés*
2086, paru sous le titre *Mes derniers mots*
1942, paru sous le titre *Le Ghetto intérieur*
2005, paru sous le titre *La Justice des hommes*

Achevé d'imprimer en février 2025
dans les ateliers de Normandie Roto Impression s.a.s.
à Lonrai (Orne)

N° d'éditeur : 2931
N° d'édition : 651997
N° d'imprimeur : 2500350
Dépôt légal : mars 2025

Imprimé en France